漫時光 009

長公主 五

墨書白　著

高寶書版集團

◆目錄◆

第一百二十一章 約見

李蓉聽著李川絮絮叨叨安慰許久，她終於有些乏了，讓靜蘭把快涼了的雞蛋拿開，抬眼看向李川道：「行了，你別同我這裡扯東扯西的，你要是有空就幫我打聽一件事去。」

李川聽李蓉吩咐，忙道：「妳說。」

「科舉主考官定了嗎？」

李川沒想到李蓉會問這個問題，他下意識道：「應該是定下來了。」

「這麼早？」李蓉皺起眉頭。

李川想了想，只道，「本不是這麼早的，畢竟科舉一貫也不是什麼大事，那些人考進來，世家子弟本就是有安排的，那些寒門的，要麼做點沒用的小官，要麼送到地方上去，就不回來了，管這事的，以往也就是考功主事，讓侍郎位置來管都算高的了。所以本來應當是後面的時日才定，但今年怪得很，王尚書說了，今年朝中震蕩，拔擢人才乃重中之重，他向父皇主動說他要來當這個主考官。」

李川說著，不免笑起來，從旁邊取了茶杯，端在手裡，看向李蓉：「他開口了，誰還能說什麼？尚書大人親自當主考官，還有誰越過了他去？所以雖然沒定下來，但也八九不離十了。」

李蓉沒說話，思索著，李川喝了口茶，又苦口婆心說起她的婚事：「其實妳也別太難過，舊的不去、新的不來，要不最近我帶妳好好相看相看，妳要瞧見喜歡的……」

「行了、行了，」李蓉皺眉打斷他，「還操心？操心你自己差不多。你婚事怎麼樣？」

「這我管得了嗎？」李川笑起來，「我都說了，隨便他們，想什麼時候選太子妃就是什麼時候選，想選誰選誰，我都無所謂。結果現在可好了，」李川湊上來，神祕道，「姐，妳猜怎麼了？」

「怎麼了？」

「父皇、母后暗中協議好了，」李川眉眼是按不住的高興，「暫時不選了。」

「不選了？」李蓉詫異出聲，但話一出口，她就反應過來怎麼回事。

如今上官家已經打消了和太子結親的念頭，在自查積弊，太子妃的爭奪也就落在了其他世家之間。

對於李明來說，他不希望太子妃的位置落到任何一個世家手裡，這樣是在加固李川與世家的聯繫，他更希望李川娶一些寒門女子，甚至於，李川不娶也行。

畢竟，李川的太子位穩不穩不重要，他並不希望他穩。

兩方各有想法，沒有上官家的強勢逼壓，如今太子妃的位置就僵下了。

「倒也是好事。」李蓉點點頭。

李川剝了旁邊的瓜子，見李蓉並無不喜，有些好奇道：「姐，妳不擔心我不娶妻，太子位不穩啊？」

「你要不娶妻就能讓你的太子位不穩，」李蓉轉頭看他，似笑非笑，「那你的太子位可真就不穩了。」

李川皺皺眉頭，似有不解，李蓉便將話說破來給他聽：「川兒，你記得，朝堂上的位置要穩，無非三件事，錢、兵、人。你有錢，你才有糧草、有兵馬、有幫你辦事的人。你有幫你辦事說話的人，你的話才作數，而你有兵馬，你才能保護你的錢和你的人。如果你有這三樣東西，你成婚與否，不會影響你的位置。如果你沒有這三樣東西……」李蓉笑容裡帶了些冷，「就算娶了再多的世家女，於他人心中，你也不過就是傀儡罷了。」

「若有一日需要換一個傀儡，」李蓉扇子輕敲著手掌，「你以為很難嗎？」

就像上一世，李川娶了五個女人，而李明為肅王內設督查司、外奪西北兵權，西北兵權旁落於蕭肅之手時，他身邊又留下了誰？

「阿姐說這些，其實我都明白。」李川聽著李蓉的話，不由得苦笑，「就是母后不明白。」

「母后也不是不明白，只是人總想走最好走的路罷了。她讓你成親，就是想用婚姻來獲得這三樣，這遠比你直接獲取簡單多了。」

李川點頭應了一聲，轉頭看向遠處，似是有些疲憊。

李蓉看著他的樣子，拍了拍他的手：「別想了，早些回吧。讓人盯著父皇那個『小內閣』，看他要塞哪些人進去。該攔的得攔著，這種位置讓不得。」

「明白。」李川應了聲，這些事情他都有分寸。

李蓉吩咐好，便讓李川從後門偷偷離開，囑咐他日後少來。

他如今來公主府風險太大，還是少來得好。

等李川走了，李蓉回了庭院，自己在搖椅上躺了一會兒，突然就覺得庭院裡空空的。

她轉頭問了靜蘭一句：「駙馬的東西都搬好了？」

「駙馬沒帶什麼東西走。」

靜蘭收撿著東西，李蓉轉頭瞧她，「怎的呢？是打算都重買？」

「駙馬說了，」靜蘭蹲下來，小聲道，「他早晚得回來，就先不搬了。」

李蓉聽到了靜蘭傳話，也不知道怎麼的，就覺得方才院子裡那股子蕭索氣息，突然就沒了。

她不由得又多問了幾句：「駙馬是搬回裴府嗎？」

「這倒沒有。」靜蘭搖搖頭：「裴相爺原來在京中有座宅子，駙馬搬過去住了。」

李蓉點了點頭。她躺在搖椅上待了一會兒，又起了身來，吩咐道：「妳找拓跋燕，讓他去駙馬府邸旁邊的府邸問問，看看哪家人願意賣房，願意的話，價格貴點也沒關係。」

靜蘭聽李蓉說話，壓不住笑意，看了李蓉一眼，笑著道：「殿下不是說不要亂花錢了嗎？」

「買房子是購置產業，」李蓉說得理直氣壯，「怎麼能叫亂花錢呢？」

旁邊給李蓉捶著腿的靜梅沒忍住，「噗哧」一聲笑了出來。

李蓉挑眉瞧她，靜梅趕緊笑著道歉：「對不住、殿下，奴婢不是有意笑您的。」

也無須多解釋什麼，李蓉便知道她們在笑什麼。她抬起手去用扇子輕輕敲了敲靜梅，輕叱道：「囂張丫頭。」

三個人在院子裡打打鬧鬧，沒了一會兒，督查司的侍衛長就走了進來。

打從荀川離開華京，督查司的侍衛長就改成了一個名為趙重九的人。這個人是荀川一手帶起來，李蓉又幾經考核後才用的，他手裡捧著一盤紙卷，這都是從天南海北發回來的消息。

李蓉重生回來，便開始讓裴文宣重建上一世的暗網，但除了裴文宣所建立的暗網，她自己還有一套備用的人。

她不習慣把重要的事都賭在一個可能性上，裴文宣好用，可不代表只用他。

後來她建設督查司之後，這些暗網便直接被她併入了督查司，等荀川出華京，開始四處給她遊建督查司，這些消息網路的鋪陳速度就加倍建立起來，尤其是在西北和西南。

西北有秦臨在，荀川建立暗網幾乎是暢通無阻，而西南藺飛白雖然還沒有明顯的起色，但是那裡也並沒有強勢的世家官員，李蓉派人過去布局也方便得多。

當然，與此同時，所對應消耗的，也就是錢。

督查司有李明給的銀子，但這遠遠不夠，所以不得已就得填補上她的小金庫。可若以如今的消耗速度，她也撐不了太久，好在去年裴文宣在產業上做下了一系列布局，從請穀塵子到她封地青州教授務農到收購地產和各類產業，又收復了拓跋燕幫忙經營打理錢財，今年她的帳目，也勉強夠運作。

趙重九端著訊息上來，恭敬道：「殿下，這是最近各地發回來的消息。」

李蓉應了一聲，取了訊息來迅速翻閱。

她一面翻閱著訊息，一面聽著趙重九道：「殿下，和離之事，大約查清楚了。」

「說吧。」李蓉聲音很淡，她掃著紙上荀川寫著西北的情況。

西北如今大戰已經沒有，但今年冬日嚴寒，大夏防線外凍死了不少牛羊，於是還是發生了幾次小型劫掠戰，單獨針對某個城池打秋風，搶完就跑。

秦臨被派到最前線單獨守城，秦臨臨時招募城中被搶了糧食的百姓成了軍隊，加上原來秦氏掌控的軍隊，填充了不少人。現在最大的問題就是缺錢，讓李蓉想辦法幫忙弄錢。

「昨夜宮裡，蘇大人和陛下密談了什麼，接著陛下就下了旨意，要削減督查司的費用，並且讓青州稅賦上交給朝廷一半，以支援北方軍餉。」

聽到這話，李蓉頓了頓動作，片刻後，她將藺飛白從西南的消息拿出來。

西南今年倒發生了幾場大一些的戰役，藺飛白升得很快，現在也面臨了問題，擢升的路子上，需要買通官員。

總結也是兩個字，缺錢。

看見錢，李蓉就感覺頭疼，一想到李明最開始的聖旨是同她要錢，她就感覺慶幸，沒抬頭看著消息道：「誰讓父皇改的消息？」

「陛下去了一趟柔妃娘娘那裡，」趙重九答得平淡，「回來就把主意改了。」

聽到這話，李蓉便笑起來：「看來裴文宣算得也不錯。」

柔妃和蘇容卿的合作，的確是有裂痕了。

否則蘇容卿已經給了方案，柔妃應當全力幫著推進，而不是如今這麼半路改了蘇容卿的意思。

這讓李蓉舒了口氣。

蘇容卿還是太瞭解公主府的家底，他讓李明砍她的收入，這當真擊在她的軟肋上。只是還好柔妃沒聽他的，錯估了她和裴文宣的感情。

只是這樣的巧合，大約也不會發生得太多。

蘇容卿這一次必然意識到柔妃對他有了芥蒂，他既然打算利用柔妃，便不會放任這份芥蒂，他必然會做些什麼，以挽回柔妃和他之間的合作，而李蓉不能給他這個機會。

李蓉思索著，又想到科舉主考官的事，她突然想起一個人。

她忙抬眼看向趙重九，吩咐道：「你去幫我聯繫一下崔玉郎，你就問他，上一次他同我說的事，還打不打算繼續？」

趙重九恭敬抬手，應聲道：「是。」

趙重九辦事效率很高，當天晚上，他就在一條小巷裡找到了崔玉郎。

崔玉郎剛剛喝完花酒回去，在路上走得東倒西歪，他一面吟詩一面往前，走到一半，就看見巷子中間站了個人。

趙重九身著督查司官服，腰上佩刀，崔玉郎皺了皺眉頭，靠在牆上，喝了口酒道：「這位大人站在這裡做什麼，是崔某犯事要入督查司了？」

趙重九面色不動，只道：「是殿下讓卑職來問問崔大人。」

聽到這話，崔玉郎抬起頭，目光微冷，隨後就聽趙重九道：「上一次您同她說的事，還打不打算繼續？」

這話一出，崔玉郎當即愣住了。

他面上表情幾變，似乎極為掙扎，趙重九皺起眉頭，見崔玉郎久不答話，不由得催促道：「崔大人？」

「大人，」崔玉郎猶豫了很久，喝了口酒，才終於道，「那就勞煩大人為崔某問一聲，若順了公主的意思，公主可保證我性命無虞？」

趙重九點點頭：「可還有其他要問？」

「還有就是……」崔玉郎答得鄭重，「等事後，殿下可會答應幫崔某查案，給崔某好友一個公道？」

趙重九應下，又確認了一遍：「可還有其他問題？」

「若殿下都答應，大人告知在下一聲就是。」崔玉郎面上視死如歸，「三日後休沐，在下會在德順客棧頂樓包間，恭候殿下大駕。不過來之前，還請殿下確認，不要讓駙馬知曉。臣之於駙馬，不過螻蟻，」崔玉郎恭敬行禮，「還望殿下憐惜。」

趙重九：「……」

他不知道為什麼，總覺得這事裡透著幾分玄妙。只是他還是點了點頭，見崔玉郎沒了其他話，就折回去，將崔玉郎的意思轉達了。

趙重九將崔玉郎的話幾乎是一句一句複述了回去，李蓉泡著腳聽著，靜梅聽著趙重九的報告，不由得道：「殿下，他好端端提駙馬做什麼？他要讓殿下憐惜什麼？」

李蓉淡淡看了靜梅一眼，用一種寬容中又帶了幾分憐憫的口吻道：「他有病，我們要包容他。」李蓉又轉頭吩咐趙重九：「你回去告訴他，讓他三日後在清月茶樓等我。」

趙重九點頭，退下去傳話，剛一轉身，李蓉還是忍不住加了句：「還有，告訴他，讓他別一天天胡思亂想，正常一點！」

趙重九對此表示讚同，他也覺得，這個崔大人的腦子，不太好的樣子。

李蓉的話送到了崔玉郎這裡，他聽到地點在清月茶樓，短暫愣神後，他不由得有幾分感慨：「殿下真會玩。」

趙重九抬眼看他，淡道：「殿下還說了，」這話讓崔玉郎又緊張起來，「讓你正常一點。」

第一百二十二章　選擇

崔玉郎正常與否，李蓉也不知道了。

反正時間定好了，一切也安排好了，就等著三日後滿朝官員休沐，她便能找崔玉郎好好談談。

她在城裡不好見崔玉郎，到處是耳目，所以只能約到城外去，花的時間長了，也就只能等休沐那一天。

剛好，裴文宣也是這麼想的。

帶著溫氏搬入他父親留下的裴府後，他花了點時間稍作完善，便算是安定下來。

他帶的東西不多，這樣讓他心裡舒服一些，覺得自己好似只是出來度個假，早晚要回去的。

不知道是不是因為東西不多還是李蓉不在，總覺得這屋子裡空蕩蕩，晚上睡在床上，翻來覆去，莫名就覺得這床太大了些。

好不容易睡著了，有時候半夜睡夢中抬手一摸，感覺身邊沒人，又總會突然醒過來，一瞬就好似覺得自己還在上一世，這輩子一切都只是一場黃粱美夢，醒過來就又回到他上一輩子自己一個人孤苦伶仃的日子，生生嚇到清醒，又慢慢想起發生了什麼，緩了過來。

白日朝堂上見著李蓉，明明知道也不該看，但就是克制不住的想把目光看向她。也不知道他不在，李蓉睡得如何，想沒想他。

於是這麼煎熬下來，度日如年，熬不過三日，休沐時間一到，裴文宣就決定去見她。城裡見不方便，就得城外去，大夏十日一休沐，錯過了今日，就得等下一個十日，於是天還沒亮，裴文宣就讓童業去敲趙重九的門，把他的消息傳給李蓉。

趙重九老老實實把消息轉給了李蓉，這時李蓉剛醒過來，正穿戴好衣服，準備出城去見崔玉郎。

她得了趙重九的消息，就有些糾結了。

她也想見裴文宣，但是崔玉郎人已經約好了，事也耽擱不得，她掙扎了片刻，突然就反應過來。

她竟然為這種事掙扎？

「同駙馬說一聲，今日我出城有事，等下次休沐吧。是正事，讓他不必介懷。」

李蓉抬眼吩咐了趙重九，便轉頭讓人去拿她要的東西。

趙重九立刻讓人去回稟了裴文宣，裴文宣得到話時，李蓉已經快出城了。

但這時裴文宣也準備好了，他聽到李蓉回絕他，不由得皺起眉頭：「她有什麼事？」

「回話的人沒說。」童業打量著裴文宣的神情，小心翼翼道：「要不公子今日就好好休息一下？」

裴文宣沒說話，他坐了一會兒，還是站了起來，他低聲道：「不行，我得去看看。」

說著，裴文宣便趕緊出了門。

裴文宣的府邸距離城門比李蓉近，他算了時間，抄了近路提前出了城門，就在城門口等著。

李蓉要掩人耳目，自然不會以公主府的馬車出去，普通馬車混在往來人群之間，也看不出誰是李蓉。

裴文宣就在馬車裡，捲了簾子盯著，等了一會後，有一家普普通通的馬車，捲了簾子後同侍衛說了幾句，侍衛便讓人放行，裴文宣看了片刻，放下車簾，低聲道：「跟上。」

李蓉馬車不徐不疾往城外走，走了沒一會兒，李蓉便聽外面人道：「殿下，有人好像跟著咱們。」

李蓉睜開眼，扇子敲著手心，想了想道：「讓人去茶樓找崔玉郎，告訴他改地方了，到蘆葦亭等我。到了前面，找個林子停下，讓大家都休息。等一下我下車，」李蓉壓低了聲音，「留兩個人幫我盯著後面清道。」

侍衛點了點頭，按照李蓉的安排做了。

馬車往前走了一會兒，便停了下來，侍衛連忙轉頭詢問車裡的裴文宣：「大人，前面馬車停了。」

裴文宣沉默片刻，只道：「繼續走。」

這一段路並不長，不需要停下馬車休息，李蓉還停車，必然是發現他了。他若還停下，怕會驚動李蓉，如今最好的方法，就是讓李蓉以為他走了，然後在前面等著李蓉。

裴文宣揣摩著李蓉的心思，以李蓉的性格，她不可能只下馬車停一下，等她下馬車後，應該還會做一次偽裝，讓人裝成她離開，她自己再走第二路……

不。

裴文宣想起了當初在山莊裡李蓉埋伏楊泉的手筆，李蓉甚至可能不走第二路，她會更穩妥，她還會留一批侍衛跟著她，偽裝第二次後，她最後才走。

裴文宣猜想好李蓉的打算，便讓人停了馬車，領了兩個侍衛後，趕緊竄進了旁邊的林子，他捲了袖子，同旁邊侍衛吩咐：「等一下見到有侍衛跑過，你們就追上去。」

侍衛應聲，按著裴文宣的要求埋伏在旁邊，而裴文宣選了顆老樹爬了上去，蹲在樹上，盯著周邊。

李蓉在馬車裡和靜蘭換了衣服，她是戴著面紗偽裝成了一個普通婦人出行，靜蘭和她一換衣服，便再看不出來區別。所有人在邊上鬧哄哄圍著說話，過一會兒又回了馬車。

馬車往前走了一會兒，李蓉朝著暗處留下來的兩個侍衛揮了揮手，侍衛立刻跑著離開。

侍衛一路往前，裴文宣在樹上見到侍衛跑過來，他朝著埋伏在草中的人揮了揮手，等李蓉的人跑開後，他的人追著李蓉的人就跑了過去。

李蓉在暗處等了一會兒，揣測著人都該走得差不多，終於才從樹下轉身跑了出來，趕緊朝著蘆葦亭跑過去。

此時沒有他人，她一路跑得著急，裴文宣坐在樹上，看著李蓉一路狂奔，他皺起眉頭。

李蓉這個反應，到底是做什麼去？

他心裡頗有些疑惑，但也沒作聲，等李蓉從他樹下跑過，跑遠，裴文宣才下樹來，追著李蓉就跑了過去。

李蓉一面跑、一面四處張望，而裴文宣一路跟、一路躲，兩個人都不是專門的探子，居然就維持了一種詭異和諧，跑了一路後，李蓉終於到了蘆葦亭。

崔玉郎已經早早等在那裡，他穿了一身青衫，頭髮用髮帶半挽，手上握著一支玉笛，在聽見李蓉腳步聲的剎那，他含笑轉身，從唇角上揚的角度到轉身的弧度，無異不彰顯出一種精緻的矯作。

李蓉喘著粗氣，手撐在長亭柱子上，看著崔玉郎表演，她早有預料，卻還是在崔玉郎回頭的瞬間哽得連呼吸都頓了頓。

李蓉尚且如此，躲在暗處的裴文宣更是忍不住，只恨自己上次沒劈死他。

雖然理智告訴裴文宣，李蓉主動找崔玉郎必然是為了正事，可他看見這兩人站在一起，還是覺得礙眼。

好在他還是按捺得住衝動，蹲守在暗處，配合著李蓉的安排。

「殿下。」崔玉郎看見李蓉入亭，朝著李蓉恭敬行禮。

李蓉扶著柱子緩了片刻，擺了擺手，示意免禮之後，走進長亭，只道：「今日有人跟著，我們長話短說。」

「你上次那個案子，是當地鄉紳奪了你朋友的考試名額？」

「是。」崔玉郎聽李蓉問及正事，立刻正了神色。

李蓉端了茶杯，緩慢道，「哪裡的事？」

「望州章平縣。」

「你家鄉？」

「是。」

「你乃禮部官員，」李蓉抬眼，似笑非笑，「這點事都擺不平嗎？」

「殿下說笑了。」崔玉郎苦笑，「不過是沒半點實權的清水衙門，能做什麼呢？」

李蓉坐在環繞了長亭一圈的長椅上，看著長椅外的小河，她神色平緩：「你有怨言。」

崔玉郎沒說話，李蓉轉過頭去，看著崔玉郎，笑了起來：「上次你說自薦枕席……」李蓉直起身，走到崔玉郎身前，她盯著崔玉郎，崔玉郎笑而不語。

崔玉郎是秦樓楚館的常客，女人堆裡打滾打慣了的，他出沒青樓，據說都不需要花錢，每次結帳的時候賦詩一首，改日就是華京最膾炙人口的曲子。

這樣的人，面對李蓉的眼神和打量，他沒有半點退卻，甚至還上前一步，靠近了李蓉，低頭看著李蓉，深情款款道：「殿下覺得如何？」

「啪嗒」一聲脆響，裴文宣老遠看著他們的動作，雖然聽不太清內容，但他也有些忍不住，直接捏斷了手中的樹枝。

李蓉感覺彷彿聽見了什麼，但又覺得似乎是錯覺，她往旁邊蘆葦地裡掃了一圈，也不見人影，她想了想，朝著崔玉郎做了個手勢，往河邊又走遠了一點，而後壓低了聲道：「你是為了你朋友，還是為了自己？」

「殿下何出此言？」

崔玉郎有些奇怪，李蓉輕笑了一聲，抬眼看向崔玉郎：「崔大人就從來沒想過在官場上做點什麼嗎？」

上一世崔玉郎流連青樓浪蕩不羈，於朝政根本沒有半點興趣。可李蓉讀過他的詩，總覺得這樣的詩，不是一個對官場毫無意思的人會寫的。

最重要的是，崔玉郎家中並不算富有，他父親不過一個普通私塾的老師，他從小到大讀書，所需要的、所花費的心思，非常人所能及。

付出這麼大的代價步入官場，會連野心都沒有嗎？當年離開，怕也不過是失望透頂的離開而已。

畢竟當年大夏的官場裡，崔玉郎這樣的人，根本沒有半點容身之處。

可這一世，他卻來找她告狀了。

不僅是告狀，還要同她自薦枕席，企圖成為她的情郎，只要成為她的情郎，他就多了一份助力。

「其實崔大人的意思，我明白。」李蓉靠在柱子上，看著崔玉郎似笑非笑：「告狀不過是個由頭，自薦枕席才是真。之所以自薦枕席，不過是因為崔大人如今，」李蓉抬手撐起頭，瞧著崔玉郎，「想要一個靠山罷了。」

崔玉郎笑著沒有說話，李蓉想了想：「不過我也很奇怪，你既然想要依附於誰，為什麼不早一點動作，而且……」李蓉抬起扇子，指了自己，「為什麼選擇我呢？」

第一百二十三章 春風樓

「殿下把話說得這麼透，就沒意思了。」崔玉郎聽著李蓉的話，倒也不覺尷尬，施施然往後退開，往邊上長椅一坐，斜靠在欄杆上，張合著手裡的扇子，笑意盈盈道：「不過殿下說得也沒錯，在下的確想依附殿下，所以這個案子，是在下送給殿下的。」

「送我？」李蓉輕笑，「如何說？」

「我知殿下，意在柔妃，」崔玉郎扇子遮了一半臉，壓低了聲音，「這個搶了書生名額的蕭平章，正是柔妃的親戚。」

有一、兩個作惡的親戚，再正常不過，柔妃從宮女得勢，她的親眷在鄉野作威作福，也並不讓人意外。

只是拔樹先鬆土，如果柔妃沒有根基，那麼這一件事就夠擊垮她。可柔妃如果正得盛寵，這事鬧出來，不僅會不了了之，查案的人反而還要遭李明暗中懲治。

李蓉相信崔玉郎知道這一點，她坐到崔玉郎邊上，同崔玉郎隔著長亭的柱子，悠然道：「崔大人說笑了，柔妃的事，又關本宮什麼事？」

崔玉郎似笑非笑回頭，打量了李蓉一眼。

裴文宣遠遠看著，忍不住又把樹枝折了一截。

挨得這麼近，崔玉郎的眼神都不對了。這兩人談正事怎麼就眉來眼去的？

李蓉得了崔玉郎的眼神，也知崔玉郎心中是了然的，她看了看天色，也知兩人沒多少時間打機鋒，乾脆道：「你為何要幫我呢？」

「這個，殿下也不必管了。」崔玉郎低頭摸著手裡的摺扇：「殿下只需知道，崔某有心投誠於殿下，哪怕做出些犧牲也無妨。」

「你不說清楚，我怎麼敢接你這份好意？」

「那我說，因為殿下長得好看些，」崔玉郎抬頭看向李蓉，搖著扇子道，「這理由夠嗎？」

「你這是什麼意思？」

李蓉有些不解，崔玉郎感慨著道：「殿下想啊，我父親不過是個夫子，能考上個狀元，也只是因為當初我來華京，詩詞出眾，得貴人賞識。我既無錢財，又無驚人才智，唯一的資本不就是這張臉嗎？」崔玉郎說著，頗為自信笑起來：「不瞞殿下所說，當初剛中狀元，德陽長公主便已給在下遞過樹枝，只是崔某福薄，不敢承此大愛，就推拒了，接著就被放到了禮部，一直幹著無關痛癢的小事。」

李蓉點點頭，德陽長公主是她姑姑，如今也年近五十了，崔玉郎的年紀，都快趕上她孫子輩，拒絕也正常。

「早聽聞殿下愛俊才，一直不敢確認。前些時日駙馬清談，公主從人堆裡被擠了出來，後來殿下又祕遊花船，所以，在下就想試試。」

「那可惜了。」李蓉看著崔玉郎摩娑著手中金扇，知他沒說實話，便漫不經心道，「我對此事沒興趣。」

「那的確可惜。」崔玉郎嘆了口氣，「殿下邀我來此，我還以為殿下是同意了呀。」

李蓉擺擺手，站起身來：「既然不說實話，就罷了。」

說著，她便打算往外走去，崔玉郎聽她的話，動作頓了頓，聽著李蓉即將走出亭外，他突然道：「殿下，微臣不像殿下想像中那樣無能，殿下不再考慮一下嗎？」

「我不懷疑你的能力。」李蓉神色平靜，上一世崔玉郎雖然是提前辭官離開，但也經歷了幾次鬥爭，他幾乎是毫髮無傷，可見其人心智，回去之後也過得十分順坦，雖在官場上沒有建樹，但他上一世，倒卻是得了個善終的。

「我只是想不到你忠心的理由。你這理由我不信，若你的理由當真，你這樣的人，我不敢用，也沒必要用。」

說完李蓉便打算離開，崔玉郎終於叫住她：「我可以說，但怕說了，殿下不信。」

「三聲，」李蓉不想與他廢話，「三，二……」

「因為殿下辦了秦氏的案子。」崔玉郎終於出聲，李蓉疑惑回頭，就看崔玉郎扭過頭去，看著旁邊的小河，緩聲道，「我想，殿下是個好人。」

李蓉沒有說話，崔玉郎嘲諷一笑：「您看，我說了，殿下不會信的。」

「我信。」

李蓉平靜出聲，崔玉郎詫異抬頭，李蓉平緩道：「你的意思我明瞭了，那我就直說了，我不想直接收你。」

崔玉郎沒說話，他等著李蓉，李蓉走上前去，輕聲道：「但我可以安排你去柔妃那裡。」

崔玉郎意外看著李蓉，片刻後，他想明白過來：「殿下是希望我當您的線人？」

「你只需應行不行。」

「殿下既然開口，自然可以。」

「那為了讓我放心，你需得吃下這個。」李蓉拿出早準備好的藥瓶，半蹲下身，遞給崔玉郎，「以後每月這一日，你來找我，我給你暫緩的解藥。等我除了柔妃，便會將解藥徹底給你。當然，我也會給你相應的好處，若你有能力，無論你出身如何，同平章事的位置，你都可以搆一搆。」

崔玉郎聽著李蓉的話，他想了片刻後，輕笑了一聲，抓了瓶子過來，將裡面的藥丸直接倒進了嘴裡，隨後將瓶子往湖中一扔，感慨起來：「女人啊，果然多疑。」

李蓉笑著直起身來：「日後有急事，可直接來府上聯繫我，現下你先回去吧。」

「殿下的侍衛呢？」崔玉郎意外問了這麼一句，李蓉頓了頓動作，這才想起來，她是一個人跑過來的，她想了想，揣測道：「馬車不好進來，他們應當在不遠處官道附近吧。」

「殿下一人待著不妥，」崔玉郎搖頭，「在下送殿下回去吧。」

李蓉倒也沒拒絕，點了點頭，便轉身道：「走吧。」

崔玉郎得話，便上前去，從旁折了一根樹枝，走在前方，替李蓉開道。

他提前用樹枝壓過旁邊探過來的荊棘，方便李蓉行走。

一面走，一面同李蓉說著話，他說話風趣，又多讚美之詞，撇開了正事，不過幾句便說得李蓉笑起來。

兩人說說笑笑走遠，裴文宣終於才從草堆裡直起身來，他拍了拍麻了的腿，扔了手裡最後一截樹枝，等緩了一會兒後，童業終於才找了過來，看著裴文宣站在長亭門口，童業趕緊走上來，小心翼翼道：「公子，您在這兒看什麼呢？」

裴文宣沒說話，等腿上最後一點麻退散，他才轉過頭來，緩聲道：「殿下呢？」

「方才殿下和崔玉郎走過去了，現下應該快找到他們的馬車了。」童業答得很小心，他太瞭解自家公子的性子，此刻看著冷靜，但心裡是什麼情況，就只有裴文宣自己知道了。

「崔玉郎怎麼來的？」

裴文宣聽了童業的話，轉身跟著童業往官道方向走去，童業趕緊道：「租了個馬車，剛停路邊，我還聽見車夫在說呢，說他看上去人模人樣的，雇個馬車和他們砍價砍了快半個時辰。您別說，這崔大人，可真親民。」

「那是因為窮。」裴文宣深有體會，他想了想，吩咐道：「你等下過去，讓人在馬車上留二兩銀子，再想辦法把車夫引開，把車輪偷了。」

「偷……偷車輪？」童業有些震驚。

裴文宣皺起眉頭：「你有什麼意見？」

「沒，沒有。」童業結巴了，他哪裡敢有意見？他只是有些震驚。

為了不讓裴文宣的火發在自己身上，他趕緊道，「奴才這就去辦。」

童業說完，一路小跑著回去，把裴文宣的命令告訴了侍衛，大家稍作商議，趁著崔玉郎還在送李蓉，童業直接跑到路邊去扔了銅板，開始大喊：「銀子？誰掉的銀子？」

他這麼一喊，坐在茶館裡歇息的車夫趕緊圍了過來看熱鬧，侍衛偷偷跑到馬車邊上，悄悄拉了馬車就走遠了去。

把馬車拉到林子裡，侍衛一人拉馬，兩人拆輪子，沒了一會兒就把輪子拆了下來，扛著輪子趕緊離開了現場。

這時候崔玉郎已經把李蓉送到了馬車上，兩人一路相談甚歡，等上了馬車，崔玉郎玩笑道：「殿下，您真的不考慮一下我？您都和駙馬和離了，我也不比駙馬差吧？」

李蓉知道他是玩笑，她輕輕一笑，只道：「你日後可別當著人前這麼說，不然有人可得記恨你。」

「為公主這樣的美人爭風吃醋，玉郎覺得值得。」

「行了，」李蓉讓人放下車簾，「回吧。」

崔玉郎笑著退開，目送著李蓉馬車走遠。

而裴文宣就站在不遠處的蘆葦地裡，盯著送走李蓉的崔玉郎。

背了輪子回來的侍衛站在他身後，童業小聲道：「公子，這輪子怎麼辦？」

「這些車夫會在這裡留宿，」裴文宣淡道，「留個人在這裡，輪子明天給車夫裝回去吧。」

「啊？」

童業有些懵，隨後就聽裴文宣道：「再給車夫留一兩銀子，算作他們的宿費和賠償。」

他只是想懲治崔玉郎這個登徒子，不想殃及池魚。

現在這個天色，如果要走回去，得走到晚上，車夫必然是要在這裡留宿，但崔玉郎明日還得上朝，所以他只能選擇走回去。

於是和車夫一番討價還價，企圖多要點路費回來未遂之後，崔玉郎也沒有其他辦法，只能決定自己走回去。

另外叫馬車也不是不行，只是這個時候回去再半路搭車，他就不划算了。

確定崔玉郎是要走回去，裴文宣終於暢快了些，他領了其他人一起回了馬車，上了馬車之後，領著人快樂地從崔玉郎身邊跑過。

馬車接近崔玉郎時，裴文宣特意吩咐了一句：「跑快些。」

車夫不解其意，但還是按著吩咐跑快了點，經過崔玉郎時，道路上塵土滾滾，撲了崔玉郎一臉的灰。

崔玉郎在灰塵中頓住腳步，屏住呼吸，等塵土散去，他看著那架跑遠的馬車，先告訴自己，天將降大任於斯人……

但這話才背到一半，他實在忍不住了，見四下也沒什麼人，也顧不得風度，忍不住開口大罵：「跑這麼快趕著投胎嗎？有錢了不起啊！」

裴文宣聽到崔玉郎在後面罵人，他心裡一口氣終於舒開，從旁邊取了茶，喝了一口，頗為高興。

童業打量著裴文宣的神色，不由得道：「公子在高興什麼？」

裴文宣端著茶，側了側頭，讚道：「好茶。」

李蓉同崔玉郎談完，回了公主府來，她自己在屋裡坐了一會兒，想了一下如今的情況。

如今距離李明病逝只有不到兩年。

上一世李明廢李川，分別走的是三步。

第一步，廢了楊家，讓蕭肅去西北，成為了鎮北王，得到了西北的兵權。

第二步，讓柔妃建立督查司，借助督查司的能力，讓柔妃得到政治資本，擁有了寒族作為依仗，在朝廷有了自己的支持者。

第三步，督查司開始嚴查李川身邊的人，拉出了上官家大大小小的案子，而李川後宮鬥爭不停，原本試圖用婚姻聯繫世家關係，最後變成了幾個后妃身後的家族在東宮的鬥爭。一灘爛泥拉出來，終於給了李明廢太子的理由。

而如今情況已經大不一樣。

西北的軍權，雖然明面上是蕭肅，但她暗中將秦臨提前安排進了隊伍中，又讓李川親臨戰場，帶著打了最難的上半場，儘管因為秦氏案讓人過早察覺她和秦家的關係，但因早期蕭肅在戰場上依賴秦臨，後來秦氏案翻案後作為補償，秦家在西北也算站穩了位置。

而蕭肅雖然掌握著西北絕大多數的軍隊，但這些人都是從楊家的時代過來，各自屬於各自家族，對蕭肅這種打仗到一半空降過來搶功勞的寒門將領毫無忠誠可言。只要她斷了柔妃和李明這邊朝堂上的支持，蕭肅手中斷錢斷糧，那些兵馬立刻就沒了價值。

所以軍權這一步棋，已經被她用秦臨抵消了一半。

而後是督查司這一步棋，也被她提前搶到手中。

李明想的是讓她先建督查司，等時機成熟，再轉交到柔妃手裡。可只有自己拚出來的東西才是自己的，當年督查司能成為柔妃的政治資本，是因為裡面的所有人都是她一手領著上來的寒門，所以寒門信任她。而如今督查司是她李蓉一手選人建出來，名望也是她殺出來的，就算直接把柔妃提成督查司司主，她也能快速架空柔妃。

所以督查司這一步棋，也沒了。

最後是瓦解李川的民心和利用後宮裡支持李川的世家，如今李川不娶這麼多女人，而上官家在上官雅自查之後也乾乾淨淨，再找不出什麼錯處，李川親自去北方監軍打了最難的一場仗，這之後想要動李川的聲望，幾乎就是不可能。

如今來說，他們只要穩穩走下去，李川的太子位，便難以撼動。

可問題就在於，蘇容卿也回來了。

李蓉不確定蘇容卿回來的時間，但至少在她成親的時候，他應該已經回來了。

他既然回來，不可能這麼眼睜睜看著她布局卻毫無動作。

其他不說，至少裴文宣要當科舉主考官，他給攔了下來。

如果不是他在後面搗鬼，王厚文好好的一個尚書，怎麼會主動來管科舉的事？

李蓉思索著這些雜事，她開始覺得有些頭疼。她突然很想裴文宣在，兩個人一起聊一聊，或許就有更多的想法。

她看著燭火跳動沒有說話，靜梅打了洗腳水來，看了李蓉一眼，抿唇笑了起來：「殿下是不是在想駙馬？」

李蓉聽到這話，回過神來，她輕笑了一聲，不知道怎麼的，就下意識有那麼幾分不好意思，只道：「有什麼好想的，明天不就見到了嗎？」

靜梅笑嘻嘻沒說話，李蓉就直覺她在笑她，她不由得道：「妳笑什麼？」

靜梅低頭給她洗著腳，低聲提醒：「今天駙馬約您見面，您沒能過去，奴婢還以為您心裡掛著呢。」

靜梅不說李蓉不想，靜梅一說，李蓉就更想裴文宣了。

她面上不露，只道：「妳操心得比我還多。」

靜梅笑嘻嘻不說話，李蓉努力讓自己多想點正事，免得掛著裴文宣，克制不住自己，想去見他。

可如今才剛和離，就冒著風險見他，也不像話。

認識多少年的夫妻了，哪裡來這麼多矯情事？

李蓉洗過腳，自己躺在了床上，她在床上翻來覆去，左思右想，終於是決定下來。

她得見裴文宣一面。

當然也不是為了見他，李蓉安慰著自己，她並不是這麼不理智的人，只是要和裴文宣說一說崔玉郎的事。

崔玉郎是要用的，將他安排到柔妃身邊，需花點功夫。而崔玉郎帶來的消息，雖然扳倒柔妃沒什麼用，但是找王厚文麻煩，卻是有用的。

無論是安排崔玉郎，還是設計王厚文，書信都不穩妥，她必須和裴文宣面談，哪怕承擔一些風險，也得見一見。

想到必須見裴文宣，李蓉心情突然就舒暢了許多，她側身抱了被子，閉上眼睛，高興睡了過去。

第二天早朝，李蓉照著平日的時間到了宮裡，剛下馬車，就看見剛到的裴文宣。

她趁著人少，在還沒亮的天色裡朝著裴文宣眨了眨眼，裴文宣見得她「眉目傳情」，竟然是假裝什麼都沒看到一樣，轉身就走了進去。

李蓉愣了愣，她看了看周遭，確認沒什麼人之後，她不由得有些驚訝，裴文宣這做戲也做得太足了吧？

而裴文宣捏著笏板往前走著，心裡有些發悶。

為了崔玉郎這麼點事就把見他的事往後推，現在又沒事人一樣見他，怕是心裡半點負擔都沒有。

李蓉這人，真沒心沒肺到家。

兩個人就這麼沒帶一眼瞟的過了早朝，等回了公主府，李蓉趕緊讓趙重九去傳信給裴文宣，要約他見面。

裴文宣得了李蓉的信，便知道李蓉要說什麼，她和崔玉郎的話他聽了，雖然斷斷續續，但也八九不離十，無非就是要和他說招攬崔玉郎以及王厚文的事。

這些他都有安排，不是什麼頂要的事，於是他果斷讓人回了話：「讓殿下自己想想自己最近做了什麼，好好反思一下，她想明白了，我們再見面。」

趙重九點了點頭，轉身就走，沒給裴文宣半點反悔的時間。

裴文宣說完在庭院裡站了一會兒，片刻後他還是沒忍住，轉頭同童業道：「你回去找趙重九，說方才那些話別傳了，就同他說，讓殿下晚上在府裡留個道，我去找她。」

童業點了點頭，趕緊去追趙重九。

裴文宣自己站在院子裡想，這事李蓉自己想不清楚，他還是得當面和她談。

但他沒來得及把這個想法傳遞過去，童業出去了一會兒後，就折了回來，急道：「公子，趙大人走太快，沒追上。」

裴文宣：「……」

不知道為什麼，他心裡有些害怕了。

總覺得，方才那些話，說得好像硬氣了一些。

童業看了裴文宣一眼，他忍不住道：「那個，公子，你要是害怕，不如找人再傳話回去？」

裴文宣聽到這話，冷冷瞪了童業一眼：「我有什麼好怕？沒傳就算了，看她怎麼想吧。」裴文宣轉過身，只道：「今晚是何大人設宴？」

「是。」

「準備一下吧，今晚赴宴。」

「公子……」童業小心翼翼，「你真的去啊？」

「有何不能去？」裴文宣淡淡瞟過去。

童業支吾著道，「何大人，把地點定在了春風樓啊。」

裴文宣：「……」

裴文宣還在掙扎著晚上這場宴席要不要去的時候，趙重九回到了公主府。

他把裴文宣的話十五一十，一個字兒不落的回稟給了李蓉。

李蓉喝了口茶，只道：「這是他原話？」

「是。」趙重九平靜道，「原話。」

李蓉沒說話，她將茶放到桌上，同靜梅道：「去換成菊花茶。」

靜梅趕緊去換茶，李蓉抬頭看著趙重九：「知道他今晚去哪兒嗎？」

「早先問過了。」趙重九早接過李蓉吩咐，時時盯著裴文宣，裴文宣每晚的飯局他都清楚，於是他直接回覆，「何宴設宴。」

「行，」李蓉點頭，「我去等他。」說著，李蓉站起來：「宴席設在了哪裡？」

「春風樓。」

趙重九說得很淡定，李蓉猛地睜大了眼：「你再說一遍？」

趙重九這次說得很慢，好像怕李蓉聽不清，一字一句道：「華、京、最、大、的、風、月、所——春、風、樓。」

第一百二十四章　舞姬

李蓉不說話了。

何宴是吏部左侍郎，比裴文宣這個吏部右侍郎要高上一級，如今裴文宣剛剛調任吏部，他主動宴請裴文宣，裴文宣自然沒有不去的道理。

只是說……

「何宴好大的膽子。」

李蓉冷聲開口，居然敢把她駙馬請在青樓，如今裴文宣還沒得勢，這些人就有這樣的膽子，等未來……

「殿下。」趙重九冷淡提醒，「您和裴大人和離了。」

李蓉：「……」

她感覺趙重九的話像一盆冷水潑了下來，讓她清醒了很多，她不由得羞惱起來，低喝出聲：「要你多嘴！」

趙重九面無表情，李蓉在房間裡緩了緩，終於決定，她要去看看。

一方面看看裴文宣在青樓到底是怎麼「談事」，另一方面，崔玉郎的事的確刻不容緩。

她想清楚後，克制住心裡的火氣，抬手吩咐下去：「讓人去春風樓照看著，給我個身分混進去，注意盯緊，別讓人發現了。」

趙重九應了聲，便下去辦事，沒了一會兒後，趙重九就派了個女侍衛回來，領著李蓉往春風樓過去。

李蓉要暗中進入春風樓，自然不能走明道，路上侍衛就給李蓉說了今日的安排：「趙大人已經買通了春風樓裡一個赴宴的舞姬，今晚殿下可能要失些身分，頂替舞姬入內，不知殿下意下如何？」

「能辦成事就行。」李蓉點頭，同時琢磨著，舞姬也好，正好可以看清楚，裴文宣到底是在外面怎麼應酬的。

雖然她對裴文宣很有信心，但她這個人也繼承了李明的多疑，哪怕是最相信的人，她都保留了那個人變壞的可能性。

畢竟，哪個女人不覺得自己愛那個人好呢？

李蓉撫摸著手上的小扇，垂下眼眸。

女侍衛領著她從後門入了春風樓，進了一個舞娘的房中，那舞娘見了李蓉，只當李蓉是哪家夫人，囑咐了幾遍道：「夫人，今日不管瞧見了什麼，您都不能在我們店裡發作，要不然媽媽必然要宰了我。」

「妳放心，」李蓉笑了笑，安撫道，「我就是去看看，不會連累妳的。」

「不過有一點，」女侍衛突然開口，「要是裡面的恩客看上了您怎麼辦？」

「您放心，」舞娘笑起來，「今日來的何大人是店裡的常客，不會為難人。而且我已經同送妳們入房內的酒侍說好了，今日我不接客，到時候酒侍會幫您的。」

「那就行了。」李蓉點點頭，她想了想，「要的確有意外的話……我有辦法。」

反正只要亮了身分，裴文宣自然得護著她，她倒也沒什麼怕。

女侍衛得了這話，才放下心來，讓舞娘領著李蓉去換衣服。

到了屏風後面，舞娘拿了一套波斯舞娘的衣服出來，遞給李蓉道：「夫人需要我幫忙嗎？」

李蓉看著面前金色墜著亮片的舞娘衣衫，一時有些說不出話來。

她都開始懷疑，這一切是不是裴文宣的圈套了……

舞娘見李蓉久不說話，小心翼翼問了句：「夫人？」

李蓉終於回神，來都來了，就算是裴文宣的圈套，她也得去見裴文宣，於是她也管不了這麼多，直接道：「不必了，我自己換上吧。」

舞娘盈盈一拜，便退了下去。

李蓉給自己在屏風後快速換上了舞娘的衣服走了出來，而後就讓侍衛快速給她畫了濃妝，保證在戴上面紗後認不出她來。

換好裝後，舞娘便在房裡教著李蓉今晚上曲子的動作。

李蓉今晚上要站的位置偏後，也不需要跳得多好，只要跟在後面不出錯就好，於是李蓉跟著舞娘花了一個時辰，記住了大約的姿勢和節拍，又聽舞娘差不多講清了春風樓的規矩。

這時候也差不多入夜，外面掛起了燈籠，女侍衛剛點好燈，就聽外面傳來了童子的召喚聲：「清荷姐姐，客人來了，媽媽叫您過去。」

舞娘刻意壓低了嗓子，啞著聲道：「這就來。」

童子聽到舞娘的聲音，有些疑惑：「清荷姐姐聲音怎的了？」

舞娘聽著童子的話，站到門口，開了大門，輕咳了兩聲，啞著嗓子道：「今日嗓子有些不適，你稍等，我換了衣服就去。」

童子應了話，舞娘關上大門，走到李蓉身前，壓低了聲道：「這童子叫小貴，妳等會無須說太多，跟著他就是。」

李蓉點點頭，舞娘估了一下時間，便示意李蓉出去。

李蓉便走出屋，朝著那童子點了點頭。

小貴想著清荷嗓子不好，倒也沒多說話，兩人一路無話，童子送著李蓉到了前廳，李蓉便見到了一個中年女人，想必就是清荷口中的「媽媽」。

這中年婦女濃妝豔抹，插著腰訓了一干年輕姑娘幾句：「今個兒是何大人宴請貴人的場合，妳們都好好表現，別怠慢了過去。何大人說了，要是今日貴客不滿意，他日後可就不來了。妳們給我卯足了勁兒，能多騷有多騷，聽明白沒！」

所有姑娘齊齊應是，李蓉在人群裡混雜著，聽著這些話，一口悶氣壓在胸口，吐不出來、下不下去。

這是這些姑娘營生的行當，她也明白，她慣來不是為難女人的人，所以這口氣要不要出，就端看裴文宣表現了。

李蓉心裡盤算著，跟著人群一起去了後院，她在後院等了一會兒，便聽見樓下媽媽招呼著人的聲音：「大人，您這樣俊的公子，可真是稀客啊……」

李蓉聽到這話，趕緊看過去，從二樓往下看，便見裴文宣一身藍衫玉冠，雙手攏在袖中，領著童業往上走來。

他和她平日見著的模樣不太一樣，臉上不帶半點笑意，高冷疏離，看上去格外不好惹，旁人一路給他賠著笑，他面色不動，彷彿什麼都沒聽到一般，提著步子往樓上走。

這樣的裴文宣看得李蓉愣了愣，旋即笑自己大驚小怪，裴文宣這張臭臉，上一世她見過不知多少遍，如今也是看慣了裴文宣哄著她的模樣，都差點忘了他是個什麼手段的人。

發現能見到裴文宣不一樣的一面，李蓉頓時覺得這一趟值得起來。裴文宣到了門口，候在門口的姑娘趕緊彎腰行禮，李蓉也不情不願彎腰，裴文宣淡淡掃了一眼，就見滿眼白花花的纖腰，嚇得趕緊回頭，故作鎮定推門走了進去。

何宴果然是這風月所的老玩家，連舞姬都選得這樣豪放。

波斯舞原本一開始只是異域風情備受人喜愛，但後來風月場所便發現，波斯舞的衣服更容易設計出新意，舞蹈中扭腰的動作更容易引誘男人，於是在風月場所盛行。

甚至於，相比於街上那些真正從波斯過來賣藝的舞姬，這裡舞姬的上衣更短，露出纖腰的範圍更多，領口更下，若是胸大一些，整個上半身的線條便可用驚心動魄來形容。

只是說這樣一來，也顯得過於露骨，所以文人雅士不好這一套，也就是一些風月所的老饕饕愛這一口。

裴文宣心裡對這位未來的「老同事」有了大約的認知，這認知也不出他意料之外。以他手裡得到的消息來看，何宴這個人貪財好色，善於交際，今日的行徑，倒也不出他所料。

他本不想來，怕李蓉誤會，但是和何宴交好，對他下一步至關重要，何宴主動宴請他，他若不去，顯得太過清高，日後想和何宴走近，怕就難了。

於是他還是硬著頭皮過來，只想著等後面回去，再找李蓉解釋。

當然，不解釋也不是不可以，他不解釋，等李蓉來問他，他就問她崔玉郎的事，她理虧，自然不敢多說。

裴文宣在入門那一刻，就已經想好了後面如何和李蓉吵架。

確定自己能吵贏後，他笑起來，朝著已經坐在位置上的何宴行了一禮：「何大人。」他又朝著屋裡其他人行禮：「諸位大人好。」

「裴大人來了。」何宴說著站起來，他看上去四十出頭，生得精瘦，留了兩撇鬍子，讓他看上去有幾分狡黠之感。

他說著，招呼著裴文宣入座：「來來來，坐下，今個兒聽大哥安排。」

三言兩語，何宴已經和裴文宣稱兄道弟，何宴招呼著裴文宣坐下，逐一給裴文宣介紹了屋裡人。

屋子裡幾乎全部都是吏部的人，官職有高有低，都是日後要相處的同僚，大家一面互相打量，一面寒暄交好。

裴文宣是個知進退的，沒一會兒就和大家熟了起來，何宴見氣氛好起來，便揮了揮手，讓人將姑娘引進來。

李蓉跟著人群進了屋，混在最後一排，她掃了一圈，確定都是吏部的人後，便大約摸清了今日宴席的興致。

她一面跳舞，一面仔細聽著裴文宣和眾人說話。

一行人在屋子裡一番寒暄，說的都是些官話，你來我往，一直沒到正題，酒喝了不少，廢話說得挺多。

李蓉跟著人在人群裡旋身扭腰，同時藉著餘縫看裴文宣，酒過三巡，所有人便已經熟絡了，何宴端了酒杯，主動到裴文宣跟前，抬手攬了裴文宣，高興道：「裴老弟，你是個爽快人，哥哥喜歡。你放心，以後你在吏部，我罩著你。」

「那文宣多謝大哥了。」裴文宣笑起來，立刻換了稱呼。

何宴拍了拍裴文宣肩膀，坐到裴文宣旁邊，頗有些感慨道：「我知道你被平樂公主欺負慘了，如今好不容易和離，總算得了自由了吧？來，今天放縱一下，哥哥請客，」說著，何宴抬手朝著姑娘一揮，「仔細瞧瞧，喜歡哪個，就叫過來。」

所有人都聽到了這話，包括李蓉。

李蓉在人群中盯著裴文宣，她就看裴文宣怎麼說。

他要是敢應下，她回去就宰了他。

裴文宣也有些為難，好不容易和何宴打好關係，現在就這麼拒絕，怕是要得罪何宴，可是要讓他應下……

裴文宣還沒來得及拒絕，何宴就看出了他的意思，趕緊道：「你年輕，我知道你臉皮薄，來，哥哥幫你挑挑。你看啊，這女人，最好看的地方就是腰。」

何宴說著，目光盯著舞姬扭動的腰部，眼睛好似看了肥肉的狼，點評著道：「腰好，一在於細，二在於韌，三在於靈動，這波斯舞考驗姑娘的腰力……」

「何大哥……」裴文宣有些聽不下去，抬頭想要岔開話題，只是剛一抬頭，就見何宴盯著一個姑娘沒放，讚道：「老弟你看。」

裴文宣一聽這話，下意識看過去，接著才聽見何宴道：「好腰！」

裴文宣目光過去就愣了。

只見金色波斯舞娘裙的短袖上衣墜著金片，金片搖曳之下，女子纖細柔韌的腰部如靈蛇一般扭動。

那腰上沒有半點贅肉，看上去結實漂亮，上下的弧度銜接得極為流暢，波瀾起伏。最重要的是在那亮片之間，脊骨邊緣，一顆小小的紅痣在燈光下忽隱忽現，似是召喚著什麼一般，引得人挪不開目光。

李蓉剛看見裴文宣呆呆看著她，火氣便上來了。她今日化的是濃妝，裴文宣不太可能看得出是她來，這樣呆呆看著她，怕是見了漂亮姑娘挪不開眼。

只是李蓉覺得，也不能這麼下定論，於是她就等著裴文宣下一步反應。

裴文宣的愣神激起了何宴的興趣，他轉過頭來壓著笑道：「裴老弟，看上這個了？」

「倒的確不錯。」裴文宣緩過神來，便反應過來，這大約是李蓉了。

至於李蓉為什麼出現在這裡，倒也不難猜，怕是急著和他說崔玉郎的事，追著過來。

裴文宣想到這點，心中便又有些氣惱，但他心裡越惱，面上笑容越盛。

他瞧著何宴，打趣著道：「何大人也看上了？」

「你既然看上了，我哪兒能同你搶？」何宴笑起來，轉頭指了李蓉道：「最後一排那個，」他揮了揮手，「過來吧。今個兒的貴客可看上妳了，這麼俊的大人，妳偷著樂吧！」

一聽這話，所有舞姬便笑了起來，倒是看場的酒侍急了，忙上前一步道：「大人，這是我們家的清倌兒……」

「這裡是一百兩。」裴文宣不等對方說完，直接掏了銀票，放在了桌上。對方愣了愣，隨後就聽裴文宣笑著道，「你說這銀子，我是給你，還是你們老闆呢？」

這麼多錢，給一個舞姬贖身都夠了，這錢要是到老闆那裡，什麼清倌都能濁了。

酒侍是得了清荷叮囑的，自然知道李蓉不是他們的人，他迅速找著語言，想替李蓉脫困，只是他還沒想好，就看李蓉行了個禮，啞著聲道：「不讓哥哥為難了。」說著，李蓉便提步走了出來，到了裴文宣面前，朝著裴文宣行禮，用沙啞的聲音恭敬道：「服侍大人本是應當，公子不必破費。」

開玩笑，那可是一百兩。

裴文宣從沒見過李蓉對他這麼恭敬的模樣，他有一種從未有過的爽快感升騰起來，他笑著瞧著李蓉，拍了拍自己身側：「姑娘坐吧。」

李蓉聽到這話，恨得牙癢。

瞧他那溫柔體貼的樣子，怕是色令智昏了。

但她還想看看裴文宣還能做到哪一步，於是她行了個禮，刻意嬌怯道：「謝大人。」

何宴見李蓉的模樣，大笑起來：「是個懂事的。」說著，他從裴文宣身側起身，回了自己的位置上，叫了三個姑娘過來，左擁右抱，還有一個跪在後面讓他靠著，看上去好不快活。

而其他官員也叫了姑娘，各自抱了至少一個，姑娘勸酒的勸酒，說話的說話，沒被選上的開始繼續跳舞，場面一時熱鬧非凡。

李蓉繞過小桌，坐到裴文宣身邊，裴文宣轉過頭來，溫柔將她上下一打量，李蓉低著頭，裝成羞怯模樣，心裡擔憂著不知道裴文宣這雙眼能不能看出她來。

而裴文宣看著李蓉這少有嬌滴滴的模樣，便覺得心化了半截，他伸過手去，握住她的手，柔和出聲：「穿得這樣少，妳冷不冷？」

「還好。」李蓉小聲開口，低聲回應，「外面還有些寒，進屋就不冷了。」

裴文宣聽得這話，倒也沒多說，徑直解了外衣，抬手披在她身上。

何宴在旁邊瞧著，不免笑起來：「姑娘故意穿得少勾引你，你卻給她用衣服蓋上了，裴大人，你憐香惜玉得很啊。」

「這位小妹妹手都冰了，」裴文宣轉頭回應，靠在椅背上，順手就將李蓉攬進了懷裡，舉了杯道，「不憐惜著些，凍壞了怎麼辦？」

他動作倒是極其溫柔的，可一想到裴文宣現在或許根本沒認出她來，李蓉心裡便覺得有些酸悶。

她靠在裴文宣胸口，聽著裴文宣詢她：「妳叫什麼名字？」

「清荷。」

李蓉報了舞娘的名字，裴文宣點點頭，只道：「是個好名字。」

「附庸風雅，登不上檯面。」李蓉沒給裴文宣半點面子，就說起自己名字不好來。

裴文宣倒也不惱，只笑問：「妳多大了？滿二十了嗎？」

「沒。」李蓉裝得很是認真，「奴家今年快十九了。」

「年紀也不算小了。」裴文宣說著，看著李蓉應付他，覺得有意思極了，「可有喜歡的人了？」

「有的。」

「哦？他叫什麼名字？是個怎樣的人呢？」裴文宣見李蓉實在可愛，忍不住逗弄她。

而李蓉見裴文宣同小姑娘說話這般有興致，氣不打一處來，只道：「他叫裴鐵牛，是個傻子。」

裴文宣：「……」

他聽出了李蓉話語裡的怨氣，仔細瞧著，便見李蓉雖然竭力克制著，但眼裡還是有些藏不住的憤怒。

他瞧了片刻，便明白過來。

這是醋了。

想到李蓉為他吃醋，裴文宣一時高興得想將人整個抱在懷裡親一親，但又想起何宴還在，他也不好在何宴面前顯出太多不該有的情緒，於是他只是笑著點了點頭：「剛好，我也姓裴，」說著，裴文宣湊到她耳邊，壓著笑意道，「妳可以叫我裴哥哥。」

她不想叫他裴哥哥，她只想打爆他的頭。

但她不能表現出來，只能是紅著臉，低低應了一聲「嗯」。

「裴大人倒是喜歡這個姑娘得很。」何宴看裴文宣對李蓉十分溫柔，不免打趣起來：「瞧他這個體貼模樣，對公主都不一定有這麼好。」

李蓉聽到這話，迅速看了何宴一眼。

會說話得很，她記下了。

而裴文宣也不否認，只道：「公主自然尊貴，但這個小乖兒，我也喜歡。」

「那你還不趕緊讓你的小乖兒把面紗揭下來讓大家看看。」有人哄笑起來，李蓉身子僵了僵，隨後就聽裴文宣道：「摘了讓你看到了，萬一長得好看，你可得同我搶了。」

「裴大人，我保證不搶你這小乖乖。」那起鬨的人一臉認真，「大家的舞姬都把面紗摘了，你的不摘不好吧？」

「算了吧。」裴文宣攬著李蓉，漫不經心道，「我挑剔得很，好不容易看上這姑娘的腰，萬一臉給我倒了胃口，今晚我可就孤枕難眠了。」

說著，裴文宣便轉了話題，看向何宴道：「何大哥，這次科舉當真是王大人管啊？」

「尚書大人事物繁重，」何宴聽到裴文宣說到正事，但也不是什麼大事，便回得漫不經心，「就算說是他管，也不可能真來管的。科舉又不是什麼大事，一群窮學生想要鯉魚躍龍門，」何宴喝了口舞姬遞過來的酒，隨意道，「尚書大人哪兒管得了這麼多？」

他說著，就朝著舞姬親了過去。

舞姬笑嘻嘻的躲，他便追著過去，所有人有樣學樣，場面一時混亂非常。

裴文宣靜靜坐在一群人當中，倒顯得有些過於鎮靜，何宴笑他第一次來，他只道：「不習慣在人前罷了。」

裴文宣說著，又和吏部的人大致聊了一下吏部的情況，都聽上去不是什麼太重要的事，李蓉趴在裴文宣胸口，他有一下沒一下順著她的背，再聽他們這些沒什麼價值的對話，李蓉不由得有些犯睏。

旁邊人都遙遙互相敬酒，但自己是不喝的，都給舞姬喝，到裴文宣這邊，裴文宣便都自己喝了，一點都沒給李蓉。

酒宴到下半場，便就不成了樣子，這些人精力旺盛，還藉著酒勁在鬧。

裴文宣一面向何宴等人打聽著科舉在吏部的情況，一面應付著眾人得敬酒，這酒雖然不烈，甚至還有些軟綿，但是喝得多了，還是有些感覺，讓人所有理智反應都遲鈍下來。

這一頓，就讓他不由自主就關注起了周邊，周邊人早各自玩開，他們玩的尺度極大，裴文宣挪過眼神去不看，卻也很難忽視靠在自己懷裡的李蓉。

李蓉在他懷裡趴著許久，似乎是睏了，迷迷糊糊睡著，看上去像是貓兒一般。

裴文宣側頭瞧了片刻，只見昏暗的燈火下，姑娘睫毛濃密纖長，唇色如櫻，小唇輕張，隱約露出些許舌尖。

裴文宣垂了眼眸，端起酒杯，喝了口酒，扭頭又同何宴說起正事。

何宴已經同他說完了整個科舉流程，裴文宣緩慢道：「那按照何大哥所說，其實我們所需做的，也不多。」

裴文宣說著，放在李蓉身上的手便忍不住往下了。

他先前在李蓉身上蓋了衣服，那衣服像被子一樣蓋在李蓉身上，原本是為了避寒，現下就成了最好的遮掩。

衣衫之下，誰也瞧不見他做了什麼，只有李蓉在他動作的片刻，便僵住了身子。

裴文宣知道她醒了，但他裝作不知，面上一派雲淡風輕，好似什麼都沒發生。

「的確不多，」何宴嘆了口氣，意味深長道，「但最重要的一環在我們手裡，自然也少不了……」何宴笑了笑，沒說下去。

李蓉聽他們說這些，頓時清醒了很多。

她靠在裴文宣身上，偽裝成睡著，偷聽著他們的對話。

而裴文宣似乎是知道她不會睜眼，便更肆無忌憚。

「那……我們如何做呢？」裴文宣端了酒杯，「下面人的方法，不止一種吧？」

裴文宣說著，又抿了一口酒。

李蓉咬緊了牙關，克制所有的聲音。

她力圖不要產生任何感覺，任何情緒。

雖然她直覺覺得裴文宣大機率是認出她了，但一想到若是裴文宣沒有認出她做這些，她心裡就覺得抗拒。這種抗拒的感覺和裴文宣給予的感覺混雜，卻彷彿是調了醋的甜，讓所有滋味更明顯了些。

其實裴文宣並沒有做得很過分，他只是像是在撫摸一塊寶玉、一把古琴，珍貴又緩慢的遊走，但是就是這種對抗之後的屈服，屈服之後的不能表現、不能言說，就一層一層成倍加大所有的感知。

李蓉聽著裴文宣和何宴的對話，卻也不可抑制的沉浸於某種難以啟齒的歡愉。

「方法有幾千種，但是最終都要通過我們。譬如說最常見的，便是換個名字。」何宴湊過去，小聲道：「這時候，就會有人來請你幫忙了。」

聽到這話，裴文宣笑起來：「原來這樣多的門道。」

「好好幹吧。」何宴抬手，拍了拍裴文宣，「吏部可不比御史臺。」

「是，」裴文宣點了點頭，「日後還望大哥照顧。」

「話說你這姑娘是不是睡著了？」何宴見時候也差不多，看了一眼李蓉，裴文宣回過頭去，笑著看向裝睡的李蓉，抬手拂開她落在臉上的碎髮。

他在人前那隻手的動作是極為溫柔的，但看不見的地方卻截然相反。

「太睏了吧。」裴文宣笑了笑，「這姑娘今日大約是累了。」

「再累也得照顧客人啊。」何宴眨眨眼，笑道：「老弟你要不先回房？」

「那何大哥你……」

「我也要走了。」何宴笑起來：「招呼完其他兄弟，我也就回客房了。」

「那小弟先走一步？」

「去吧。」何宴揮了揮手：「春宵一刻值千金，你想必也憋了一晚上。」

裴文宣似是不好意思，沒有多說，旁人正想去叫李蓉，就看裴文宣搖了搖頭。

裴文宣伸出手去，將披在李蓉身上的衣服拉好，然後將她打橫抱起，跟著侍從一起回了客房。

侍從領著兩人回去，開門進去之後，尚未點燈，裴文宣就將人直接放在地上，不由分說就吻了過去。

李蓉起身一把推過去，也不再裝下去，徑直道：「滾……」

還沒說完，裴文宣就將她壓在門上，用唇止住她的聲音：「推了我去見崔玉郎，還敢叫我滾？」他含糊著啃咬過她的唇：「妳脾氣倒不小。」

李蓉一聽這話，便知了他今日為什麼裝著沒認出她來。

她皺起眉頭，被裴文宣十指交扣著將手按到門上，她趁著他吻向其他位置的間隙，低低喘息著道：「你早認出來了？」

「除了妳，妳以為我還會對其他姑娘好？」

「怎麼不會呢？」李蓉整個人掛在他身上，笑咪咪道，「萬一有個妹妹啊，朋友啊，什麼的，你對人家好一好，不也正常？」

聽到這話，裴文宣突然就僵住了動作。

李蓉見裴文宣動作停住，頗有些奇怪，她抬眼看他。

夜色裡，裴文宣低著頭，光透過紗窗，婆娑斑駁落在他身上，李蓉瞧著他的模樣，一時有些茫然：「裴文宣？」

「不會了。」裴文宣突然開口，聲音有些沙啞。李蓉愣愣看著他，就看他抬起頭來，朝她笑了笑。他笑容有些苦，但似乎還是不想讓她察覺，盡量溫柔著，「我不會對第二個姑娘好的。」

李蓉沒有言語，她靜靜看著他。

這不是他第一次同她說這樣的話，做這樣的保證，從重生以來，他反反覆覆的確認著這段關係，告知著她讓她放心。

其實她心裡清楚，不放心的不是她，而是裴文宣。

失去後的痛苦刻在了骨子裡，等再得到時，所有可能摧毀美好的可能都會成為他內心上巨大的惶恐。

這會成為他致命的弱點，也是他永不褪色的噩夢。

「裴文宣，」李蓉伸出手來，覆在他面頰上，湊近了他，「我跳舞好看嗎？」

裴文宣笑起來：「好看。」

「你方才都沒看完。」

「不捨得讓別人看。」

「那我再給你跳一遍。」

裴文宣聽她的話，低低應聲：「好。」

李蓉讓他坐到了床上，她抬起手來，這次不需要配合誰，她的動作隨意了許多。房間裡沒有點燈，只有月色透過紗窗斑駁落在地面，成了李蓉的舞臺，他就看著姑娘在月色下，抬手，旋身，扭動過水蛇一般的細腰，身輕如燕，足點蓮花，似如神女入夢，美好得不似在凡間。

他忍不住伸手去抓住她，兩人一起滾入雲雨，她在上方，喘息著道：「裴文宣，我只對你一個人這麼好過。」

裴文宣沒說話，他克制著自己，靜靜凝視著她，而後他見青絲如瀑而下，揮灑在他身側，遮住了所有的光，她籠罩在他全世界。

「我不會再離開你了。」

她俯身低頭，吻上他的唇。

「你別怕。」

第一百二十五章　上奏

她這話出來時，裴文宣就有些克制不住了，他慌忙將她抱起來，同她一起滾在床邊。

李蓉忍不住笑起來，只道：「你怕什麼？」

裴文宣沒有說話，他靠在她肩頭緩了一會兒，才沙啞著出聲：「等我回頭娶回妳。」

「怕我有孕？」李蓉用手撐著臉，笑著瞧他。

裴文宣無奈看她一眼，不想同她說這些，閉了眼道：「妳也就是仗著我小心。」

「我知道，」李蓉抬起手來，用指尖劃過他胸口，「你有數。」

「別逗我了。」裴文宣感覺她的指尖觸碰在皮膚上，忍不住又有了反應，他抬手握住她的手，啞聲道，「沒這麼多時間。」

「行吧，說正事。」李蓉知道他說的也對，立刻開口，「你既然吃這麼久的醋，應當知道我見過崔玉郎了。」

「知道。」裴文宣果斷道，「妳和他協商了什麼我都清楚。」

「這件事你如何打算？」李蓉不想浪費時間追問裴文宣怎麼知道的，她只想知道，「王厚文這次橫插進來要當科舉主考官必然是受了蘇容卿的慫恿，今年龍虎榜，對於你未來至關重要，蘇容卿也就是盯著這一點，咱們要早些動作，在王厚文真的接手科舉之前把事情盡快定下來。」

「嗯。」

「王厚文是一個貪財的老烏龜，」李蓉撐著自己坐起來，慢悠悠分析著，「蘇容卿應當是告訴他，科舉有油水可撈，他才過來的，崔玉郎朋友名額被搶，現下讓他把狀一告，我再說要嚴查科舉的事，王厚文見撈不著錢，大概也就不過這趟渾水。沒有錢撈，科舉就是個苦差事，到時候怕就會推到你這個吏部新人身上。」李蓉笑起來，轉頭看他：「你覺得如何？」

「那殿下打算真查此事嗎？」裴文宣翻身躺平，將手枕在腦後，看著床頂。

李蓉想了想，緩聲道：「我也在想。」

「嗯？」

「世家對我的忍耐，怕是已在極限。如果我再查科舉案……」李蓉皺起眉頭：「倒也不是不可以……」

「退一步吧。」

裴文宣果斷出聲，李蓉抬眼看他，裴文宣察覺李蓉的目光，轉頭看了過來，神色平淡：「殿下，督查司妳已經握穩了，放一放，也無妨。」

「那科舉這件事……」李蓉猶豫著：「總還是得有人查的。」

「殿下想把崔玉郎送到柔妃身邊。」

裴文宣說了個肯定句，李蓉點頭，裴文宣只道：「何不用不要的東西作為禮物，向柔妃舉薦這個人呢？」

李蓉沒說話，裴文宣直起身來，親了親李蓉，溫和道：「妳不必考慮我，我有我的法子。妳回去好好想想，有蘇容卿在，不能太過激進。」

李蓉沉默著，許久後，她應了一聲：「嗯。」

「好了，不說這些，」裴文宣笑起來，「睡一會兒，我得走了。」

裴文宣既然開了口，李蓉也不會這麼煞風景再談下去，便靠在裴文宣胸口。

「今個兒不方便，」裴文宣聲音裡帶了幾分歉意，「就不幫妳淨身了，妳忍一忍，回去自己洗吧，嗯？」

「我又不是身有殘缺，事事要你伺候。」李蓉閉著眼睛，聽著他的心跳，懶洋洋道，「你少操閒心。」

裴文宣得了話，輕笑了一聲，只道：「關心人也說得嘴硬。」

李蓉懶得理他，她就聽著裴文宣的心跳，又穩又沉。

每次聽著他的心跳，感受他的溫度，她都會有種難言的平穩，這種平穩令她覺得格外的平和，於是很快就睡了過去。

裴文宣察覺她睡過去，垂眸看她，他不捨得睡覺，兩個人這次分開，再見面又難了。

本來想著，和離不過就是權宜之計，也沒有什麼捨得、捨不得，兩個人心意在就好。

如今這個人真真切切睡在懷裡，才知道，兩情相悅時，分開即是煎熬。

裴文宣陪了她許久，等時間差不多了，他終於才起身。

他見李蓉睡得熟，也就沒吵她，只如以往在公主府時一樣低頭吻了吻她的額頭，便悄悄離開。等出門之後，吩咐了人守在門口，在天亮前叫醒她。

裴文宣走後不久，李蓉的人便從窗戶跳了進來。

李蓉剛聽到聲音，就睜了眼睛，隨後看見帶著她來的女侍衛站在邊上，低聲道：「殿下，得回了。」

李蓉趴在床上，她鼻尖還遺留著裴文宣的味道，若不是身上留下來的不適，她幾乎都要以為一切只是一場黃粱大夢。

她在床上緩了一會兒，終於起身來，忍著身上的黏膩，從女侍衛手裡拿了衣服換上，這才趕了回去。

到了公主府後，李蓉去浴池快速清洗了一遍，才自己躺下。

等一個人躺在床上，她便開始思量裴文宣的話。

其實裴文宣也說得沒錯，督查司已經在她手裡穩穩握著，這個上一世對於柔妃來說最鋒利的一把刀已經易主，她繼續走下去，便有些危險了。

李明的打算，就是要讓她澈底和世家決裂，兩敗俱傷。等他們誰都討不了好的時候，再將督查司收歸手中。

可李蓉不能給他這個機會，她要把握這個度，督查司如果往前再走，就真的澈底和世家決裂，如今大夏始終是世家的大夏，真的反目成仇時，哪怕李川也保不了她。

上官家可以容忍她的咄咄相逼，因為他們不能換了李川，可其他人就未必。

軍餉案流放了謝蘭清，已經讓朝廷眾臣警惕，若她還要辦科舉案，難免不牽扯一些高官，到時候所有人聯合起來。而李明如今怕也對她存了懷疑的心思，兩相結合，一點點蠶食她手裡的督查司，也完全可能。

她如今最好，的確是退一步。

她不僅要退一步，她還要讓朝廷的人看到，她退一步的後果。

只要整個朝堂意識到督查司不可缺，而且只有李蓉擔任督查司司主是最好結果，他們的目的就達到了。

只是她這一步不能白退，既然她要送崔玉郎去柔妃身邊，督查司對於柔妃來說，大概就是最好的禮物。

李蓉思前想後，終於將方案定了下來。

她閉上眼睛，也沒有多說，一覺睡到天亮，她按著平日一樣去上了早朝。

還走在路上，就聽見外面依稀有了人聲，此刻天還黑著，聽到這麼多聲音，李蓉好奇掀開簾子，打著好奇道：「今日怎麼這麼多人？」

「不是今日這麼多人，」車夫笑起來，「最近科舉在即，京中來的人就多了。客棧住不滿，這些士子打地鋪的都有。」

「這樣嗎？」李蓉皺了皺眉頭，有幾分不可置信。

如今能來參加科舉考試的，家裡多少有小錢，來了也不至於睡地鋪。

只是她所知道的也不是真理，有什麼意外也未可知。

李蓉一面想著，一面入了宮，等上完早朝，李蓉便讓人去查這些學子打從哪裡來，同時讓人去吩咐崔玉郎，讓他寫張摺子，罵李川。

崔玉郎收了信，有些迷惑李蓉為何讓他這樣做。罵太子，是不要命了嗎？

但李蓉既然下了令，就算是拚了小命，他也得去做，於是熬了一晚上拚命抓李川的小辮子。

但李川太乾淨，乾淨到連他周邊人都找不出什麼大錯。

崔玉郎憋了又憋，才從陳年往事中找出幾條可以說道的。

例如祭祀的時候不夠規範，現在這個年紀還不娶妻等等。

最後迫不得已，他連天災都和李川太子失德聯繫上，一封摺子寫得猶如話本子一般，大半靠編。

等到了第二日，李明聽了早朝諸事，見時間差不多，便準備宣布退朝。

便就時這時，崔玉郎突然出列，大聲道：「陛下，臣有本要奏！」

一聽這話，所有人都看了過去。李明皺了皺眉頭：「你要奏什麼？」

迎著這樣多的目光，崔玉郎面上沒有半點懼色，不卑不亢跪下來，恭敬道：「微臣欲奏之人，為太子殿下！」

第一百二十六章 布粥

一聽這話，所有人都看了過來。

李川作為一個太子，行事素來謹慎，這麼多年，李明廢太子的念頭起過無數次，卻都沒有找到實際錯處，崔玉郎一個禮部小官，竟然敢參太子？

李明聽得這話，頗有興致，立刻道：「我記得，崔大人本是禮部官員吧？怎麼也幹起了御史臺的事？」

「微臣雖為禮部，位卑言輕，但涉及社稷大事，微臣不敢不說。」

崔玉郎說得一臉正氣浩然，李蓉都忍不住回過頭去，不由得想崔玉郎是不是真的抓到了李川什麼證據。

她心稍稍有那麼幾分慌了，她是讓崔玉郎參奏李川，可不是讓他亂來啊。

李川在高處挑挑眉，他自己是清楚自己做過什麼的，實在想不出自己犯過什麼危急社稷的大事，於是他也是好奇，直接道：「崔大人說得這樣嚴重，那倒不妨說說。」

「陛下，」崔玉郎聽到李川玩味的話，硬著頭皮道，「近年來，天災人禍，民不聊生，且不說去年，就說今年冰災，民怨載道，如此天降異象，就是因太子無德……」

「你胡說八道些什麼東西！」不等崔玉郎說完，李明就怒了。

這種沒有實質指向的天災，首先無德的一般不是太子，是君王，李明哪裡容得他說下去，抓了手邊的摺子就往崔玉郎身上砸，怒道：「把這混帳東西給朕拖下去打！朝堂之上容得你說這些怪力亂神之語？」

「陛下，」崔玉郎慌忙跪下，急道，「去年禮部籌辦秋祭，太子殿下在祭祀過程中打了個噴嚏，此舉怕是觸怒了上天，犯了大不敬啊！」

聽到明確指向李川有錯，李明臉上表情緩了些許，禮部尚書顧子道冷冷看了跪在地上的崔玉郎一眼，提步走出來：「陛下，去年太子殿下身染風寒，仍以病體完成祭祀，其心之誠，上蒼可見。上天有好生之德，太子賢明，斷不會因為一個噴嚏就有所不滿。近年來雖然部分區域有些許災患，但並無特別，大夏地域廣闊，每年部分有災，實屬正常，強行牽扯至天罰，那實是太過勉強。」

顧子道轉過頭去，看向崔玉郎，輕喝：「如此妖言惑眾之賊子，當罰！」

顧子道開了口，群臣附和，李川面色不動，根本懶得理會崔玉郎這種跳樑小丑。李蓉也懶得再看，只想把這蠢貨打死在朝堂。

扯什麼不好？扯這麼不著調的，活該被罰。

崔玉郎見得李蓉的眼神和扭過頭去不想再看的姿態，他又委屈又窘迫，和李蓉合作頭一次辦事辦成這樣，他也覺得有些尷尬。可這又能怎麼辦？

他的確找不到什麼可以參的了。

朝堂上對他要打打殺殺喊了一陣子，李明終於開了口，只道：「崔大人雖然說的有些荒唐，但也不是沒有道理，這樣吧，崔大人罰俸祿兩個月，太子……太子今日去宗廟，再跪一夜，以算是對去年秋祭的事，有個交代。」

李明這話說出來，李川面色不變，但是眼裡卻帶了幾分冷。

在場所有大臣都皺起了眉，卻也沒有多說。

畢竟去宗廟跪一晚以示誠孝，倒怎麼都挑不出什麼錯處，也的確不是什麼大事。只是說本來就是崔玉郎找事，最後卻是罰兩個人，這一點上來看，無論如何都失了公允。

李蓉看得清楚，李明的意思很明白，就是找李川麻煩，是不會有事的。

他希望的，就是下面的人，能多多找點李川的麻煩。

李蓉忍不住帶了笑，心裡卻有些涼。她尚且如此，更何況李川？

李川畢竟還年少，他雖然努力忍著，面上卻還是看得出幾分生氣來。

等下了朝，李川帶著自己的人一起走出大殿，路過崔玉郎時，他還是忍不住停下腳步，叫了一聲：「崔大人。」

崔玉郎一聽，心裡有些發涼，可他此刻不能退縮，他還在等後面的人，於是他撐著氣勢回應：「殿下。」

「日後朝堂之事，還需慎重掂量，崔大人當官不久，官場上的事，不妨多請教一下前輩。」

「謝太子指點。」

崔玉郎背後冒著冷汗，李川也沒再回他，領著人下了臺階，便走了出去。

李蓉隨後跨出大殿，路過崔玉郎時，低聲道：「無妨。」

李川再生氣，都不會對崔玉郎做什麼的。

如果是上一世後期的李川，倒還真可能做什麼，可十七歲的李川，她再瞭解不過了。

他不可能為了自己的私事，對崔玉郎如何。

可她母后聽聞了此事，卻未必不會，她還得去宮裡和她母后說一說此事。

而且，打從她和裴文宣和離以來，她還沒入過宮，她母后想必也掛念著。

李蓉想著，便先讓人去宮裡通知了上官玥一聲，隨後就直接往後宮過去。

李蓉往後宮過去時，崔玉郎才到宮門口，就聽見一個宮女叫住他：「崔大人。」

崔玉郎頓住步子，宮女走上前來，小聲道：「今日肅王殿下授畫老師染疾不能前來，柔妃娘娘讓奴婢代問，崔大人今日可還方便？」

崔玉郎聽到這話，便笑起來，恭敬道：「能為殿下效勞，是微臣之幸事。」

李蓉到達未央宮時，裡面又在吵嚷著。

這也是常事，每次前朝發生點什麼事，上官玥總要罵一罵李川。

「你就是心軟，這麼點事都辦不好，你讓我和你姐姐日後如何依仗你？那崔玉郎開了這個頭，你日後怎麼辦？看著那些大臣得勢找你麻煩嗎？」

李蓉聽著上官玥的吼聲，轉頭看向引著她進來的嬤嬤，這嬤嬤是上官玥的陪嫁，也算是上官玥的心腹。一見李蓉看過來，嬤嬤低聲道：「人都清理乾淨的，殿下放心，老奴也只送殿下到這裡。」

李蓉點點頭，也知道她母親畢竟在宮裡待了這麼多年，不可能在這種事上出差池。她提步走了進去，笑著道：「這又是唱的哪出？怎麼我回回來，就見母后在罵弟弟。」

「妳還敢說？」

李蓉一出聲，上官玥立刻回了頭來，罵著道：「和離這麼大的事，也不同我提前商議一聲，出了事都不進宮來同我商量商量，多久了，現下才來，妳心裡還有我這個做母親的嗎？」

「母后，姐姐也是難過。」李川趕緊道，「妳別罵她……」

「你閉嘴！」上官玥罵了女兒罵兒子，回頭盯著李川，「你自己好好反省。」

李蓉習慣了上官玥的性子，她對她還好，從小打罵很少，但對李川卻是極為苛刻。如今她出嫁之後，同李川的太子前程牽扯到了一起，上官玥也慢慢一視同仁起來，事事都想管著。

李蓉笑著扶了上官玥坐下，溫和道：「母后妳也別太生氣，容易上火傷肝，凡事好好說就是。」說著，李蓉端了茶給上官玥，坐到了上官玥邊上：「今天怎麼吵起來了？」

「我聽說了，那個崔玉郎參了他。」上官玥將茶杯磕在桌上，抬手指了李川，惱怒道，「我讓他教訓一下這個不知天高地厚的小兒，他都不肯。妳父皇什麼意思，妳看不明白？今個兒開了崔玉郎的頭，若川兒不震住他們，日後找川兒麻煩的不知道要有多少！」

李川抿緊了唇，上官玥見他的模樣，氣不打一處來，轉頭看了女兒，見著李蓉笑意盈盈的模樣，又不知怎麼的生出了幾分懼意。

想起去年來李蓉的手段，她又覺得不好說得太過強硬，於是軟了聲音，似是有些委屈：「妳我都雖為高位，但終究是女兒身，榮辱都繫在川兒身上，他若有個閃失，我們怎麼辦？我都是為著他打算，可他又不聽。他這性子，哪裡有點太子樣子？我若多一個兒子……」

「母后，」李蓉打斷了上官玥的話，平和道，「先喝口茶吧。」

上官玥也知道自己失口，她沉默下去，李蓉起身扶起李川，讓李川坐起來，李川低著頭不說話，只是李蓉想讓他坐在上官玥邊上時，他就坐到了李蓉邊上。

李蓉夾在母子中間，覺得有幾分尷尬，她喝了口茶，緩了緩情緒，輕咳了一聲道：「我今天來，就是來說崔玉郎的事。」

「阿姐，」李川垂著眼眸，低聲道，「崔玉郎雖然參我，但並未犯什麼錯，不必……」

「崔玉郎是我的人。」

李蓉開口打斷李川，李川猛地抬頭，上官玥也震驚看過來，李蓉喝了一口茶，緩慢道：「參你也是我讓他做的，你們不要動他。」

說的是「你們」，李蓉主要看的卻是上官玥。

上官玥愣愣看著李蓉，不解道：「蓉兒，妳這是……」

「母后。」李蓉笑起來，她看著上官玥，溫和道，「川兒年紀不小了，咱們不能一直等著柔妃坐大，不是嗎？」

「妳是想動柔妃？」上官玥皺起眉頭，「可崔玉郎和這事什麼關係？而且妳父皇一直護著她，妳想要動她……」

「母后放心，」李蓉安撫著她，「我自有分寸。」

上官玥遲疑了片刻，終究還是點了點頭。

正事談完，氣氛一時有些尷尬起來，上官玥喝了口茶，遲疑了片刻，才問起李蓉和裴文宣的事：「妳和裴文宣和離這件事，我也知道個大概。」她緩聲道：「也是沒辦法的事，若妳還喜歡他，等日後時機合適了，再在一起就是。」

只是說，一個會為了權勢選擇和離的男人，她這女兒，也未必會選擇就是了。

李蓉是什麼性情，她這個做娘的再清楚不過。

只是她瞭解的，是十九歲的李蓉。

李蓉笑了笑，也沒多說這些，就和上官玥隨意閒聊了一會兒，上官玥勸了她幾句，母子三人吃了頓午飯，上官玥便覺得累了，她先去午睡，便留李蓉和李川坐著。

李川一直不說話，李蓉看了他一眼：「怎麼，同母后吵架，連我都不理了？」

「怎麼會？」李川苦笑起來：「就是覺得有點累，想休息一下。」

李蓉知道他說謊，無論是誰，早上被父親如此對待，接著就被母親說著若再有一個兒子就好，心裡都不大好受。

李蓉緩了一會兒，慢慢道：「母后的話，你別放在心上。她也是氣急了。」

憊。

李川聽著，低聲道：「無妨的。」他抬手給李蓉倒了茶：「母后說的，也對。」茶水聲涓涓落入杯中，李川似乎真的是累了，明明還是少年，卻呈現出幾分厭世的疲憊。

「若是母后多有一個兒子，或許大家都過的好許多。我不必一定要當太子，母后不必一定指望我。」

李蓉抬眼看他，李川放下茶壺，靠在椅背上：「若阿姐是個皇子，我也就不必受累。」

「川兒……」

「我就說說。」李川笑起來，「我知道阿姐不會怪我，我就說說而已。我知道，」李川不知道是說給李蓉聽，還是自己聽，「阿姐和母后，都為我付出許多，既然享受了這份榮耀，斷沒有退縮的道理。阿姐放心，我就緩緩。」

李蓉說不出話，姐弟倆坐了一會兒，李川躺在椅子上，他閉眼休息了一會兒，李蓉就守在他身邊。姐弟倆坐在庭院裡，李蓉看著庭院裡盛開得正好的春花，守著身邊的李川，她突然覺得有種難言的悲涼湧上來。

她這一世，有了裴文宣，等李川成為皇帝，等世家朝爭解決，那權力、愛情、自由，她就都有了。

可李川的人生，卻沒有盡頭。他一輩子都得困在皇宮裡，為了母后、為了她，為了上官家、為了百姓、為了大夏，獨獨不是為了自己。

「秦臨在西北怎麼樣了？」

李川彷彿是緩了過來，他開口問起正事，李蓉回過頭來，點頭道：「還好。他自己和叔父單獨在前線城池，前線有戰事，蕭肅不想派自己的人去，就把他們放在最前線，秦臨要兵，他就把他管不住的人送過去，這些人到了前線，都成秦臨的人。」

李蓉慢慢道：「現下除了缺錢，其他都好。」

李川點點頭，他想了想道：「錢這邊，我私下送……」

「我會想辦法。」李蓉打斷他，「走你這邊，被查出來，你就說不清了。」

李川猶豫了片刻，應了一聲。

兩人具體商議了一會兒後，時辰也差不多。

李川也要離開，他走之前，突然想起來：「話說……」他遲疑了片刻，終於才問，「荀川如何了？」

李蓉沒想到李川會問起荀川，她抬起頭來，不由得笑起來：「你怎麼會想到問起他？」

「他是因我……」李川苦笑，說得有幾分艱難，「才被逼遠走。所以我心中，總有幾分愧疚和掛念。我希望他能過得好，又覺得好像是自己在逃避自己的罪責，他過得好了，我就沒那麼愧疚了。」

「沒有其他了嗎？」

李蓉笑著追問，李川想了想，轉頭看向庭院裡盛開得好的春花，笑了笑：「偶爾會做夢，夢見第一次見的時候。也不知道為什麼，除此之外，畢竟也不熟，又能有什麼其他。」

李蓉聽著，倒也相信。畢竟這一輩子，他們兩個人，話都沒說過幾次。

「他過得很好。」李蓉緩慢道，「前些時日來信，秦臨帶著他打了幾場仗，還給了他一些人。本來讓他在西北好好探聽消息，找蕭肅的麻煩，結果他跟著上去了幾次戰場，就覺得喜歡，還特意問我可不可以。我哪兒攔他？」李蓉喝了口茶，笑著道，「他近來給我的書信，言語間都輕快了許多。」

「這就好。」聽到這話，李川想了想，笑了起來，「過得好，就好。」

說著，李川朝著李蓉行禮，便同李蓉分開。

李蓉在宮裡獨自待了一會兒，才站起身來，獨身出宮。

她坐在馬車裡行了一會兒，便覺得有些吵鬧。她不由得掀了馬車車簾，就看見街上有一處人很多，似乎是有人在布粥。

李蓉讓馬車停下，朝著那個方向看了一會兒，讓人去打聽是什麼情況。

侍衛趕了過去，李蓉等著時，就看見一個白衣青年在人群中比劃著什麼，隨著人影晃動忽隱忽現。

李蓉認出那人，便大概猜出這裡在做什麼。

蘇家在災荒之年，每月都會在街上賑災三日。

李蓉知道了情況，便失了興趣，正打算放下車簾離開，就看見一個布衣青年走到蘇容卿面前，他朝他遞過一張紙，蘇容卿同他說了幾句話，對方連連點頭，隨後便讓人領著那個青年離開。

李蓉見得這樣的景象，不由得皺起眉頭。

她盯著蘇容卿沒放，對方似乎也是察覺到了李蓉的目光，他抬起頭來，隔著穿梭的人群看過來。

兩人目光交會片刻，蘇容卿點了點頭，便轉過頭去，自己去忙自己的。

侍衛也折了回來，低聲道：「殿下，今日是蘇氏布粥。」

李蓉點點頭，隨後道：「我方才看到有個人拿了一張紙去問蘇公子，隨後就被引走，這是在做什麼？」

「方才問了，」侍衛回道，「蘇氏今年對考生有特別照顧，只要是讀書人，拿了自己的詩作，可以直接找到蘇氏任何一個人，都能得到安置，一直到科舉放榜為止。」

李蓉緊皺眉頭。

蘇容卿這一招，可比當一個科舉主考官更收攏人心。

李蓉沉默片刻，低聲道：「去找裴大人，就說今晚……」李蓉遲疑了片刻，想了一下最適合的地方，終於道：「月老廟前，我會戴一張畫桃花的面具，在街上等他。」

第一百二十七章　月老

李蓉吩咐完，又看向不遠處，蘇容卿似乎已經清點吩咐完，同從另外一個粥點過來的蘇容華打了聲招呼，蘇容華先行回去。

李蓉看了看天色，見天色還早，要等月老廟晚上熱鬧起來，還有一些時辰，於是她吩咐了人將馬車往前走了幾步，她在馬車裡換了一身布衣，便走了下來。

蘇容卿已經不知道去了哪裡，或許是辦完事情回家，她便在粥位攤旁邊走走看看。

蘇氏的粥鋪與他們家底比起來，顯得寒酸許多。其他世家賑災布粥，都是用精米，顆粒飽滿，飽受好評。他們蘇氏的粥卻是用最次的糙米，還有一些砂礫在中間，看的人毫無胃口。

她記得上一世不是這樣，上一世蘇氏的米都很好，但也是因為如此，甚至有許多人不是災民，也過來騙吃騙喝。

這一番變化，讓她更多了幾分感慨，雖然心裡大致已經肯定了蘇容卿的來歷，可每每真的意識到，便總覺得有些唏噓。

回來做什麼呢？

李蓉苦笑，她和裴文宣回來，還能再續前緣，他回來……又是圖個什麼呢？

李蓉看著粥棚時，崔玉郎按著柔妃的要求，到宮中給肅王授課。

他由宮人引領著，到了肅王上課的地方，他一入內，就看見肅王李誠規規矩矩地坐在上方，他身後設了一個屏風，屏風後面依稀可以看見一個女人的輪廓，崔玉郎心裡便大概有底，知曉這就是柔妃了。

他假作什麼都不知道，恭敬跪下：「微臣見過殿下。」

「起吧。」李誠盤腿坐著，雙手撐在雙膝上，看上去極有氣勢。

崔玉郎站起身來，侍女便上前來，給他設了蒲團，跪坐到李誠對面，而後侍女便快速退開，房間裡就只剩下他和李誠。

「我母妃說她要見你。」李誠張口就直接說了來意，說著，李誠撐著自己從地上起身坐到了一邊，而柔妃也從屏風之後走出來，婷婷嫋嫋坐到了李誠原來的位置上。

「見過柔妃娘娘。」

崔玉郎趕緊朝著柔妃行禮，柔妃笑起來：「崔大人不必多禮。」

柔妃給李誠使了個眼色，李誠撇撇嘴，不情不願站起身來，給崔玉郎和柔妃倒茶。

崔玉郎看了一眼李誠的神色，他心知李誠並不是自願給他倒茶，他忙道：「不必殿下來，微臣自己來吧。」

「誠兒。」李誠正高興要撒手，柔妃就瞪了過去，李誠頓時又垮下臉來，只道，「崔大人不必拘謹，本王為你斟茶。」

崔玉郎乾笑無言，只能點頭道謝。

李誠給崔玉郎倒完茶，柔妃將崔玉郎上下打量了一番，便道：「本宮聽聞，今日崔大人參奏了太子殿下，還被罰了月俸。」

崔玉郎一聽這話，便面露憤惱之色，柔妃觀察著他，緩慢道：「崔大人做得也並沒有什麼錯，太子殿下去年祭祀有誤，哪怕是無心之失，卻也是造成今年災禍的原由，陛下罰你，著實也是無奈之舉。」

「還是娘娘看得清楚，」崔玉郎嘆了一口氣，「如今朝堂都是世家勾結，微臣這樣的寒門，隨便說點什麼都是錯。」

「那大人有沒有想過……」柔妃暗示著道，「尋一個盟友，為寒門尋一個出路呢？」

崔玉郎沒有回話，他緩緩抬頭，看向柔妃，柔妃笑著應向他的目光。

許久之後，崔玉郎微微垂頭，緩聲道：「娘娘欲走之路，太過凶險，若娘娘要用我，我便有一個要求。」

「哦？」柔妃端了茶，慢悠悠道，「崔大人有什麼要求？」

「微臣要娘娘，絕對信任微臣。」

聽到這話，柔妃手頓了頓。

她抬起頭來，盯向崔玉郎，片刻後，她輕笑出聲來：「崔大人，你我還不熟悉，所謂絕對信任，還需要時間。但我可以保證，」柔妃抬起手來，放在自己胸口，「我既然用了崔大人，便不會多加疑心。只要崔大人不辜負我的期望，我也會絕對信任崔大人。」

「只是，」柔妃側了側頭，「崔大人打算如何讓本宮信任呢？」

崔玉郎直起身，面上露出幾分自信。

「敢問柔妃娘娘，督查司，」崔玉郎壓低了聲，「娘娘想不想要？」

柔妃眼神頓時冷了幾分，崔玉郎搖著扇子，笑著注視著柔妃：「柔妃娘娘手下謀士無數，微臣自然知道，要得到柔妃娘娘的信任極難，所以微臣此次也並非空手而來。」

「參奏太子，是微臣的敲門磚。」

柔妃抬眼，眼中帶了認真。

如果參奏太子就是為了引她招攬，那此人心智，的確不僅僅只是一個可招攬的寒門，而是一個必須招攬的人才。

「而督查司，」崔玉郎微微傾身，「便是我給娘娘的上門禮。」

「不知這份大禮，娘娘要，或者不要？」

崔玉郎出宮時，李蓉看了好幾個粥棚，終於再遇到一個書生。

那書生似乎也是走了許久的路過來，看上去風塵僕僕，他拿了一封書信，找到了蘇家的一個僕人，一番攀談之後，僕人便領著那書生離開。

李蓉趕忙跟上，跟著僕人和書生，他們步入小巷之後，沒走多久，就到了一個宅院，李蓉躲在轉角，聽著那僕人敲響了大門，大門開後，那引路的僕人道：「這位公子也是來華京參加科舉的，你領過去好生照看吧。」

「公子請。」

裡面人讓人引了書生進去，等了一會兒後，就聽裡面人道：「今日都是來趕考的？」

「是。」引路的人似乎有些苦悶。

「那可惜了。」裡面人嘆了口氣，「來告狀的今日一個都沒有……」

「殿下。」

李蓉正想再聽近些，就聽一個平穩的聲音從身後響起，李蓉嚇得整個人差點蹦起來，但她本能性的克制住所有身體動作，僵了片刻後，緩過神來，笑著回了頭，就看見蘇容卿站在她身後不遠處。

他雙手攏在袖中，神色無悲無喜，平靜得好似沒有半點感情的神佛。

「蘇大人，」李蓉假作什麼都沒發生過一般，笑起來道，「你在這裡做什麼？」

「這是蘇府名下產業，用以安置最近無錢居住客棧的考生，」蘇容卿沒有問李蓉在這裡做什麼，只道，「殿下可是迷路在此？可需要微臣引路？」

「是啊，」蘇容卿給臺階，李蓉當然順著就下，只道，「那勞煩蘇大人了。」

蘇容卿點點頭，側身請李蓉先過。

李蓉順著他指引的方向走上前去，蘇容卿便跟在了後面。

不遠不近半步的距離，就像上一世，他還是她的奴僕一般。

李蓉走了幾步，便覺得有些難受，她頓住步子，轉頭看向蘇容卿，用小扇指向前方，只道：「蘇大人不是要引路嗎？上前吧。」

蘇容卿聽到這話，他定定看著李蓉。

他的眼睛彷彿是藏著無數情緒，可他都將它們鎖死在這琉璃之下，他面上始終保持著冬日湖面凝結成冰後的冷漠和寂靜，李蓉看著，便想起來。

很多年前的蘇容卿，並不是這樣。

至少當年那個為她撐傘的白衣公子，她在雨中抬頭時，看到的眼眸，看到的神色，都是清朗又和煦的。

他們靜靜對視了片刻，李蓉輕笑起來，只問：「蘇大人？」

「微臣……」這前後的位置，彷彿是蘇容卿不可觸碰的一個禁區，他好似用著什麼方式在固執守著他在維繫的東西。

蘇容卿微微低頭，沙啞的聲音裡帶著謙卑和恭敬：「不敢逾矩。」

「大人只是引路，何來逾矩？」李蓉笑得溫和，「如今大人為蘇氏嫡子，刑部右侍郎，又不是什麼奴僕，大人不必太過拘謹。」

蘇容卿聽著李蓉的話，他神色不動，但卻有一種無聲的痛苦，從他身上盈溢而出。

李蓉注視著他的表情變化，她不動聲色等著他。

許久後，蘇容卿似乎想明白什麼，他低笑了一聲，上前道：「殿下請。」

說著，蘇容卿走在了前方不遠處，李蓉在他身後半步，由他引著往前。

她本來想問點什麼，打探什麼消息，可是見著蘇容卿，她又突然失了興致。

她莫名有種感覺，如果她問，蘇容卿就會答。

可若他真的答了，她反而不知道要如何處置。

她做不到上官雅那樣，明知對方赴宴，也能反手設局。她可以用陰謀陽謀贏這個人，卻獨獨不能這樣贏。

他們兩人沉默了半路，反而是蘇容卿先問：「殿下不問點什麼嗎？」

「有什麼好問呢？」李蓉同他一起走出巷子，只道：「我想知道，自會去查。你要做什麼，也不難猜。」

「殿下一貫坦蕩。」

蘇容卿答得平穩，李蓉笑了笑：「若我會問你什麼，那大約只剩一個時候。」

蘇容卿回眸看她，李蓉雙手負在身後，同他一起步出窄巷：「不是我死，就是你輸。」

兩人走出巷子，街上喧鬧之聲彷彿一下湧進李蓉的世界，打破了窄巷之中的冷寂。

李蓉深深吸了口氣，終於覺得心口那團堵著的氣順了許多。她沒有回頭，擺了擺手往前：「不勞大人相送，我自己走了。」說著，李蓉便提步離開。

蘇容卿站在她身後，突然叫了她一聲：「殿下。」

李蓉停步回頭，就只看蘇容卿站在人群中靜靜看著她。

此處離月老廟不遠，華燈初上，人來人往，燈火在蘇容卿身上映照出一片暖意，蘇容卿伸出手，行了一個上一世身為她客卿時行的禮，只道：「走好。」
李蓉看著他的動作沒有說話，便就是這時，一個搖著撥浪鼓的青年突然撞了一下她。
李蓉一抬頭，就迎上對方的眼。
對方戴著一張狐狸臉的面具，水藍色銀紋長衫，露出的眸裡帶了幾分警告，擦身而過的瞬間低聲開口：「還看。」
李蓉一瞬就想笑起來，可她知道蘇容卿還看著，她憋著笑，朝著蘇容卿點點頭，便轉過身跟著裴文宣的步子走進人群。
裴文宣與她似乎是陌生人，他一手負在身後，一手拿個撥浪鼓走在前方，撥浪鼓墜在兩邊的小珠輕輕砸在鼓面，發出噠噠聲響，顯得他整個人彷彿是個無聊透頂的公子哥。
他生得很高，在人群中多出半個頭來，李蓉不需要刻意尋找，一眼就能看到他。她跟著他走了片刻，便看見暗衛站在一家酒樓門口，李蓉轉身進了酒樓，趕緊在酒樓換了衣服和髮飾，等出來時，臉上便多了一張桃花面具。
月老廟附近大街上，男男女女，人來人往，許多人都戴著面具，李蓉戴著面具出來，倒也不顯眼。她在人群裡看了一圈，就看見裴文宣正在小攤邊上和人討價還價。
李蓉走到他身後，輕咳了一聲，裴文宣紋絲不動，只同那攤主道：「再少一點。」
李蓉沒有看他，手背在身後走在街上，走了沒一會兒，就感覺身邊多了一個人。
她沒回頭，便知道來的是誰，壓著笑道：「省了幾文啊？」
「妳在意這一文、兩文嗎？」裴文宣手上一甩，李蓉就聽扇子「唰」的一聲，她轉頭看了一眼，才發現裴文宣今日還帶了一把扇子，故作風雅的模樣，倒有幾分崔玉郎的樣子。

李蓉忍不住笑起來：「找崔玉郎取經了？」

「這點小事，還需要找他取經？」

裴文宣語帶不屑，李蓉將他上下一打量，只道：「你今天這面具挺配你的呀？老奸巨猾。」

「妳這面具也不賴啊。」裴文宣語氣有些涼，「人不似桃花，命裡桃花倒是不少。」

「你是說我長得不好看？」

李蓉先發制人，裴文宣不敢正面迎敵，便轉移戰場：「我是說妳爛桃花多。」

「那你應當高興才是。」李蓉笑著打趣，「你可是眾多爛桃花之中最好的一朵，該自豪一下。」

裴文宣嗤笑了一聲，沒有說話，倒是李蓉同他閒聊起來：「方才你手裡拿個撥浪鼓，這麼大的人玩這個，返老還童嗎？」

「我玩是不太合適了，」裴文宣懶洋洋道，「我不給我女兒準備著嗎？」

「你要有女兒了？」

李蓉被他逗笑，裴文宣冷笑一聲：「本來該有了，現下沒有了。」

「哦？為何呢？」李蓉明知故問。

裴文宣慢慢悠悠：「我媳婦兒見了夢中情人，眼珠子都不帶轉，怕是要跟人跑了。」

「那是你沒本事啊。」李蓉假裝成局外人點評，「媳婦兒都管不好，看來你得再努力一下，爭取贏得她的芳心。」

裴文宣得了這話，覺得李蓉臉皮厚到家了，乾脆不再搭理她。

兩個人都沒有提正事，就這麼漫無目的走在街上，像一對再普通不過的小情侶，嘴裡瞎胡說著，也覺得倍兒有意思。

他們挨得很近，肩並著肩，衣衫摩娑交纏，在人流中默不作聲往前。

裴文宣似乎是真的有些生氣，堵著氣不再同她說話，李蓉偷偷看了他幾眼，雖然臉被面具遮著，眼神卻還是看得出來喜怒，她見他似乎是真惱了，她想了想，輕輕伸出手去，在旁人看不到的衣袖下，用小指勾住裴文宣的小指頭。

裴文宣轉過頭，便看見李蓉眨了眨眼，狡黠的眼裡帶了幾分笑意，好似在請他原諒。

裴文宣知她刻意討好，他克制住笑意，抽手轉頭，甩她面子甩得一氣呵成。

李蓉頓時變了臉色，正想罵他，就感覺裴文宣又重新拉住她，這次他不僅是拉住了她，還往她手裡塞了什麼東西。

那東西很光滑，月牙一般的形狀，就比指甲蓋大些，被他攏在她手心裡，就聽他輕聲道：「送妳。」

他聲音很輕，好似有些不好意思，李蓉不知道為什麼，也被他感染了幾分，垂了眼眸，同他手拉著手走在街上，低聲道：「是什麼？」

「一對月牙。」裴文宣解釋著：「我戴了一個，另一個給妳。」

「方才地攤上買的？」

李蓉笑起來，裴文宣一時有些尷尬了。

李蓉損道：「又被人忽悠了。」

裴文宣：「……」

他拽了月牙就想往回收，聲音略低：「不要就算。」

但不等他拽出月牙墜子，李蓉便將墜子一握，抓到手中來，平抬起手。

月牙墜子的紅線還在李蓉手指上，她張開手掌，墜子便懸在了半空，李蓉倒著走著，讓裴文宣看著這月牙，笑著道：「送到我手裡的東西，還想拿回去？」

說著，李蓉便抬起手來，自己套在了脖子上，有些得意抬頭：「沒……」

「門」字還沒說完，裴文宣就上前一步，將她往懷裡一拉，便環著她的腰抱在了懷裡。

隨後李蓉就聽有人慌忙道歉：「不好意思、不好意思，方才沒注意。」

「無妨。」李蓉知道是自己倒著走惹了禍，便從裴文宣懷裡回過頭，安撫了帶著孩子的中年男人：「也是我不謹慎。」

那男人讓孩子給她道了歉，李蓉見孩子可愛，便將裴文宣先前玩著的撥浪鼓送了她。

等孩子走後，李蓉回頭，便看見裴文宣站在她身後，狐狸面具下的眼神格外溫柔。

她被看得有幾分不好意思，不由得道：「你看我做什麼？」

「妳以往沒這麼有耐心。」裴文宣直言，「方才見妳哄小孩子，覺得妳好看得很。」

李蓉低低一笑，沒有多話，她也知道裴文宣的意思。

上一世她戾氣滿滿，見到小孩子多不耐煩，遇事便容易煩躁，哪裡能有這份耐心？

她沒有多說這些，終於說起正事來：「我今日看見蘇容卿收容來華京參加科舉的讀書人，我跟著過去了，聽他們下人的意思，他不僅是在找來參加科舉的人，還在找來告狀的人。」李蓉皺起眉頭，頗有些不安：「我揣摩不準他這個意思。若他是收容參加科舉的讀書人，我姑且還能猜測他是在收攏人心，可他還在找告狀的人……」

「崔玉郎怎麼樣了？」裴文宣突然詢問了這麼一句，李蓉愣了愣，她聽出裴文宣這是強硬轉了一個話題，她不由得定定看著他，竟一時不知道該不該接。

裴文宣見李蓉發愣，好似什麼事都沒發生一般，笑道：「妳和他如何商量的，今日竟還參奏了太子？」

「他參奏了太子，柔妃就會找上他。」李蓉終於反應過來，既然裴文宣不願意提，她就順著裴文宣的話往下說下去，笑著道：「我再陪他演幾場戲，得了柔妃的信任。他寒族出身，和蘇容卿本身就是對立的，有他在，柔妃和蘇容卿的結盟便成不了了。」

「殿下做得很聰明。」裴文宣輕聲誇讚，「沒有蘇容卿，柔妃便不足為懼，柔妃和肅王垮了，單憑一個蘇容卿，除非他打算謀反，否則無論如何，他也贏不了太子殿下。」

「我是這樣打算。」

兩人說著，便走到月老廟的石橋盡頭，李蓉看到路走到頭了，笑著道：「事情也說完了，我就先回去了。」

裴文宣應了一聲，李蓉擺手道：「走了。」

說著，李蓉便提步上了石橋。

周邊人很少，石橋下水映明月，流水潺潺。

李蓉剛踏上石橋的位置，就聽裴文宣叫住她：「蓉蓉。」

李蓉回過頭來，看向裴文宣，裴文宣靜靜看著她，許久後，他抬起手來，指了指自己，又在自己胸口畫了個圈，然後抬手指了指李蓉。

李蓉看得明白，這是他用手語表達的「我喜歡妳」。

李蓉靜默了一會兒，輕輕一笑：「知道啦。」

裴文宣緩慢笑起來，便看李蓉如鳥雀一般輕盈跨過石橋，而後小跑著消失在他的視線裡。

李蓉剛剛離開裴文宣，暗衛便從周邊牆上跳了下來，跟在李蓉身後。

李蓉臉上失了笑意，只道：「讓人分別盯著裴文宣和蘇容卿兩個人的人，有任何異動立刻告訴我。」

暗衛應聲，李蓉回了酒樓，換上自己的衣服，好似就是在酒樓吃了頓飯一般，下樓上了馬車，往著公主府回去。

李蓉一個人靠在馬車上，好久後，她重重舒了口氣。

李蓉派出去盯梢的人，沒了幾天就有了結果。

趙重九將消息遞了回來，首先告知了李蓉：「裴大人也在查蘇容卿。」

李蓉並不意外，她低頭用茶碗蓋子撥弄著茶杯：「蘇容卿的人怎麼回事？」

「據探查，蘇大人打從今年年初，就為來京趕考的書生做這些提供衣食住行的照料。普通的書生住在殿下見過那些大院，但如果是有冤情，就會單獨住在另一套別院。」

這些都是明面上的消息，蘇容卿並未遮掩太多。

李蓉靜靜聽著，不由得皺起眉頭：「他找這些人做什麼？」

「暫且不知，但有一點很有意思。」

「嗯？」

「裴大人的人，混進了這群人裡。」

李蓉沒有言語，撚著茶碗的手頓了頓。

蘇容卿在收集告狀的，裴文宣不僅沒有理會，還讓她不用理會，甚至還派了人手在這裡面和稀泥。那麼這批人被聚集起來，大機率不會是個小事。

李蓉靜靜想了一會兒，心裡大概有了盤算。

趙重九等著她，許久後，她心裡大約有了一個思路。

「去傳話，」李蓉垂下眼眸，「將崔玉郎給我找過來。」

第一百二十八章　人間

崔玉郎是在晚上來的。

他來得頗為曲折，幾次繞道換裝，確認沒有人跟蹤之後，被趙重九帶著翻了公主府後院的牆，幾乎是沒有一點聲響的進了李蓉的屋。

李蓉早和趙重九通過氣，知道崔玉郎要來，便沒睡下，只卸了髮髻，點燈等在屋裡。

等到夜裡，外面就傳來了腳步聲，李蓉斜臥在小榻上，抬眼看去，就見崔玉郎推門進來。

他知道夜裡私見李蓉不妥，便沒有了平時吊兒郎當的模樣，跪到地上恭敬行禮，眼都不抬，低聲道：「微臣見過殿下。」

「叫你過來，是有些急事。」李蓉聲音很淡，崔玉郎沒有出聲。

李蓉緩慢道：「我把督查司交到柔妃手中之事，需得加快些。」

「殿下這樣說，可是有什麼變故？」

「你先去做，最好在三日內。」

崔玉郎想了想，低聲道：「微臣明白。」

這事崔玉郎和李蓉早有準備，第二天清晨，李蓉到了督查司，才到門口，就看上官雅急急迎了上來，低聲道：「今日督查司來了個書生，說是進京趕考的名額被人換了，我把人留下了。」

李蓉點點頭，同上官雅一起走進督查司，上官雅壓著聲：「不知道這書生是怎麼想的，順天府不跪，刑部不跪，就跪到了督查司門口來，他這事不好查，怕是要出華京……」

「無妨。」李蓉抬手，止住上官雅的話，同她一起進了屋中。

書生正誠惶誠恐接著茶，見李蓉來了，他趕忙起身，跪在地上道：「見過殿下。」

「你是陳厚照？」李蓉徑直開口，這就是崔玉郎好友的名字。

對方趕緊道：「是，正是草民。」

「狀紙拿來了？」

「已經寫好了。」

「行吧。」李蓉點點頭，讓上官雅去收了他的狀紙，直接道：「給他五兩銀子，先出華京，華京護城河上，有一個名叫三爺的老叟，你上他的船，讓他載你離開。半路靠近漳縣時船會沉下去，你跟著三爺游到岸邊，會有人接應你們，你先躲一陣，再聽安排。」

陳厚照早已經得了崔玉郎的安排，行禮之後，便由人帶著退了下去。

陳厚照一走，上官雅立刻湊了上來：「妳這是賣什麼關子？」

李蓉拿著陳厚照的狀紙認真看著，慢悠悠地回她：「妳很快要換東家了，好好準備著吧。」

聽得這話，上官雅想了想，便明白過來：「督查司妳要放一放？」

「蘇容卿最近辦了個客棧，讓進京參加科舉的考生都住在裡面，還特意尋找了來告狀的考生，妳說他是圖什麼？」

上官雅皺起眉頭，她有些想不明白。

科舉也不是什麼大事，就是走個過場，那些普通人家的子弟考入朝中，也不過只是為了尋一些人來幫著做事。朝上總有一些髒活、累活兒沒人幹，科舉的作用也不過在這裡。對於上官雅這樣天生頂尖貴族而言，實在琢磨不透蘇容卿在這事上大費周章的意義。

李蓉看她一眼，知道她不懂。

如果她不曾見過後來寒族崛起後科舉制的影響，也不知道今年所謂龍虎榜在後來朝堂中湧捲起來的風雲，她大約也不能明白。

只是她知道，自然也就明白裴文宣和蘇容卿爭的關鍵在於何處。

「蘇容卿要做的事情，第一是收攏人心。」

「倒也是他蘇氏會做的事。」

畢竟布粥這種事，就是蘇氏開的頭，其他大家族見風評好，才跟上的。

「其次麼……」李蓉看著狀紙上的事，聲音放低了些，「上次的事，蘇容卿不會完。」

上官雅動作頓了頓，她抬起頭來，看向李蓉。

李蓉平淡道：「陛下奪了他刑部尚書的位置，又賜我和裴文宣和離，便是誰都不打算信，那陛下一定會有下一步動作。蘇容卿的目的，是要奪了川兒的根基，此次他把這麼多告狀的書生都找出來，妳覺得他要做什麼？」

上官雅沒說話，李蓉笑起來，給了她答案：「這個案子，他要告。」
「目的呢？」上官雅皺眉。
李蓉將手點在桌上，「妳覺得，如果這個案子出來，陛下希望誰來辦案？」
上官雅瞬間明白了，她抬眼看向李蓉：「太子？」
一旦李川辦這個案子，科舉的案子雖然不大，但所對峙的，卻是世家利益。
李川因為李蓉的督查司已經和世家有了間隙，如果再親自為寒族出這個頭，那和世家的關係，便進一步割裂開來。
寒族如今還未形成氣候，如果李川當真和世家割裂，李明又沒有給予李川足夠的信任，那李川的政治資本，就只剩下一個上官家。
可如果李川不接這個案子，甚至於因為李川不接案子，導致這個案子得不到一個公正的審判，那李川作為太子的賢明，也會在民間大大降低。
「那如今就剩下兩個辦法。」上官雅快速道：「要麼，就讓這個案子乾脆告不上去。」
「要麼，」李蓉接了話，「就要讓這個案子，落到其他人手裡。」
如今能辦這個案子的官署，無非御史臺、刑部、大理寺、督查司。
御史臺主管是上官敏之，御史臺接案，在世家眼中就是李川接案。
刑部和大理寺都是世家的控制範圍，他們也不會主動查這個燙手山芋。
最後剩下的，就是她的督查司。
上官雅明白了李蓉的意思，她猶豫了片刻後，緩慢道：「可是，為了一個科舉的案子，就將督查司交出去，是不是有些代價太大？」

李蓉沒有說話，她有些想告訴上官雅，卻沒有多說，想了想後，她只道：「我在這個位置上，本身就有些危險了。父皇是希望我和世家魚死網破，可我不能走到這一步。我雖然暫時離開，但我們的人還在，什麼該做、什麼不該做，大家心裡清楚。」

上官雅應了一聲，李蓉見她面帶愁容，笑了笑，拍了她的肩道：「趕緊做事，做完了妳好去喝酒賭錢。」

上官雅聽到這話便笑起來，應了一聲：「行咧。」

說完之後，上官雅湊到她面前，小聲道：「妳最近和離後，感覺怎麼樣啊？」

李蓉挑眉，上官雅看了看周遭，往前探了探身子：「有沒有夜會情郎，來點刺激的？」

李蓉笑咪咪從旁邊抽了張摺子，往上官雅身上一拍，只道：「滾。」

上官雅笑嘻嘻起身，揮手道：「走了。」說完便自己回了自己的屋子。

等上官雅走後，李蓉端了茶杯，抿了口茶。

其實上官雅的顧慮，也沒有錯，為了一個科舉案，將督查司交出去，的確有些冒險。

一開始交督查司，是裴文宣的建議。而如今確定交督查司……

李蓉看著茶碗裡漂浮的茶葉，目光有些冷。

——則是因為，裴文宣的人，混在那些告狀的書生裡。

蘇容卿要做的，是抽了李川釜下之薪，而裴文宣想做的事情，怕是想拆了這個灶台。

如果裴文宣意圖在此，那無論如何，她都不能捲進這漩渦裡去。

李蓉在督查司待了一日，等到了晚上，她才起身回公主府。

走出門時，她便看上官雅換了身男裝，正甩著錢包，高高興興要出門。

她走路極為輕快，看上去幾乎是要跳起來，李蓉在內院門口等著她，看她哼著小曲過來，喚了她一聲：「這是打算去哪兒，這麼高興？」

李蓉開口，上官雅才意識到她在，嚇了一跳，趕忙道：「殿下妳還沒走啊？」

「妳不也沒走嗎？」

兩個人一起走出院子，上官雅輕咳了一聲：「我這不是走了嗎？白天太明顯。」

「打算玩到什麼時辰？太晚了，妳父親怕是要罵人。」

「父親知道我的性子。」上官雅和她說著，頗為自信，「早說過了。」

李蓉笑著沒說話，同上官雅走在一起時，她一瞬會覺得自己是十幾歲，一瞬又會明顯察覺兩人的區別，覺得看著上官雅，彷彿是看一個孩子。

「蘇容華在等妳吧？」

李蓉徑直開口，上官雅臉上僵了僵，李蓉低頭輕笑：「妳平日單純去喝酒耍玩，可沒這麼高興。」

「我也不是……」

「你們什麼時候走這麼近的？」李蓉知道她是羞了，根本不給她解釋的機會，像個長輩一樣關懷起來。

上官雅也沒遮掩，直接道：「以前在督查司，做完事就經常約著去賭館。你們和蘇容卿在宮裡鬧事那晚，我聽說他去宮裡，就知道不好，特意去宮門口接他，帶他去爬了個山，安慰了一下他。後來就關係就不錯了，現下他沒什麼事幹，閒散人一個，就天天找我囉。」

「玩歸玩，」李蓉叮囑，「別耽誤正事。」

「放心吧，我心裡有數。」

上官雅說著，兩人一起提步走出督查司大門。

剛出門，就看見蘇容華坐在門口，正轉動著手裡的扇子，聽見身後聲音，蘇容華回過頭來，瞬間揚起笑容：「喲，出來啦？」說著，蘇容華站起身來，朝著李蓉行禮。

李蓉抬手止住他的動作：「不虛這些，來接阿雅的？」

「是。」蘇容華承認得坦坦蕩蕩。

上官雅覺得兩人說話有些尷尬，轉頭同李蓉擺了擺手，徑直道，「殿下，走了。」

說著，上官雅便走上前去，拽了蘇容華的袖子，就拉著他往街上行去。

兩人一路說說笑笑，李蓉站在門口，看著他們遠走，見街上人來人往，她莫名心裡就有幾分空空的。

好似上一世老去之後的最後幾年，她常常看著喧嘩繁鬧發呆。

她正發著愣，就看見一個小乞丐跑到她邊上來，他捧了個帶缺口的碗，嫩聲嫩氣道：

「夫人，給個銅板吧？」

李蓉垂眸，就看見乞丐的碗裡有一張紙條，她心裡不知道怎麼的，就好似知道是誰給她的紙條。

她從錢袋子裡取了兩個銅板，放進碗中，同時悄無聲息將紙握在了手裡。

小乞丐跑了開去，李蓉用手指將紙在暗處一開，便看見裴文宣的字跡。

我在。

李蓉下意識抬頭，四處張望之後，就看見一個貼了兩片鬍子的青年站在不遠處。

他笑著接下李蓉的目光，李蓉忍不住抿了抿唇，她將紙條藏在手心，負手下了臺階，只道：「走回去吧。」

車夫、侍從都有些詫異，但也沒有多說，就看李蓉提步往前，走進了人群裡。

有一個藍衣青年在她轉身後，也跟著她進了人群。

他們始終沒有交談，一前一後，各自在道路一邊，好像完全不相交的兩個人。

只是李蓉走過的每一個攤位，那個青年都會走過，然後買下李蓉看過的東西。

李蓉也察覺裴文宣的動作，她便走到一個猜燈謎的燈籠攤上，抬手摸過燈籠攤上最好看那個嫦娥奔月的燈籠。

她在燈籠攤面前站了一會兒，青年便在她背後駐足，隨意翻看著對面攤位上的梳子。

等李蓉走後，青年又跟了上去。

李蓉走出最熱鬧的長街，便覺得累了，她召了馬車過來，打著哈欠、上了馬車，她上馬車前，就看見青年站在不遠處，笑著看著她，李蓉抿唇輕笑，突然生了玩鬧的興致，將袖中手絹一扔。

風吹著蠶絲手絹在街上輕揚而過，燈光透過軟紗，公子急忙提步往前，軟紗拂面而過，留了滿鼻餘香。

公子抬手抓住飄揚而來的手絹。

等回頭時，馬車已經如夢中伊人，噠噠而去。

裴文宣呆呆看著遠走的馬車，好久之後，低頭輕笑，將手帕認真折好，放在心口，才回了之前猜燈謎的攤子。

等李蓉回到公主府時，才剛剛歇下，正泡著腳看書，就聽靜蘭道：「殿下，趙大人求見。」

李蓉抬眼：「叫他進來吧。」

趙重九得了允，便走了進來。

他一進來，李蓉便看見他手裡提了十幾個燈籠。

李蓉看見燈籠，差點笑出聲來。

趙重九黑著臉，將燈籠放在地面上，隨後提了嫦娥奔月那一盞，抵到李蓉面前：「方才裴大人加急找我，給了我這麼多燈籠，特意告訴我說，這一盞要親手交給殿下。」

「他說了，那個攤子，他都贏下來了。」

李蓉聽到這話，終於忍不住笑了。

她接過裴文宣贏下來的燈，看著燈上的嫦娥，她笑了許久。

她突然覺得，有些事情，就算兩人不和，也並非不可原諒。

人一輩子，不過就是圖個過得好。有這盞燈在這裡，縱使有些磨合，她也想走下去。

她恍惚發現，自己和年少時最大的不同，或許就在於……年少她遇見什麼不好的，總想著扔，而如今遇到什麼不好，她卻會想到修了。

她也不知道這算是一種退步妥協還是一種成熟圓滿，彷彿是人生一個必然會走的路。

若是不好就想著扔，裴文宣與她，早就該結束了。

她不是完美無缺，而裴文宣，也不是白玉無瑕。

可是裴文宣從未想過放棄，她在兜兜轉轉的被迫堅持裡，也終於發現——這一份感情，終究值得。

裴文宣送完花燈，他負手走在長街上，想像著李蓉收了燈的模樣，便忍不住笑。

童業在背後打著哈欠念叨：「公子你太閒了，是吏部的事不夠多，還是您精力太旺盛。變了裝等這麼久，好不容易送殿下回去了，還去猜什麼燈謎。您一個狀元去猜燈謎贏燈，這不是欺負人嗎？傳去要讓人笑話的。」

裴文宣知道童業是估著他心情好，才敢這麼放肆。

他也沒應童業，只是仰頭笑著看了一眼天上明月。

想著李蓉也與他同在一片月光下，他目光忍不住溫柔了幾寸。

「笑就笑吧。」裴文宣的聲音裡滿是笑意，「夫人高興就好。學了滿身才華，夫人都哄不好，又有什麼用？」

反正，登高問鼎的風景他已見過，最貪慕的，也只是這煙火人間。

第一百二十九章　夜會

李蓉接了陳厚照的狀紙，將人送走之後，崔玉郎立刻聯繫了柔妃，柔妃藉著肅王的名義見了崔玉郎，崔玉郎便將陳厚照的事十五一十告知了柔妃。

「這個陳厚照是微臣同鄉，他被當地鄉紳搶了進華京參加春闈的名額，就到華京來找微臣，微臣便讓他去找平樂殿下告狀，不出微臣所料，平樂殿下清晨接了狀紙，便將人送出了華京，如今送他出華京的船已經找不到了。」

聽到崔玉郎的話，柔妃頓時坐直起來，只道：「你說的可是當真？」

「當真。」崔玉郎說著，拿出了一份狀紙：「這份狀紙是陳厚照留給微臣的，娘娘明日就可尋個機會，將平樂殿下召入宮中，先給她看了這狀紙，之後我們再尋人參奏此事。」

「我為何要先告知她這事？」柔妃皺起眉頭，「她既然敢幹出直接殺害告狀之人的事，我直接同陛下說了，不是更好？」

「娘娘直接同陛下說此事，陛下頂多訓斥平樂殿下，還會猜測娘娘別有用心。娘娘已經經過弘德的案子，此事最好不要再參與。」崔玉郎跪坐在地上，平穩分析，「可娘娘若是先讓平樂殿下知道您已經知道她殺人之事，她心中就會害怕。明日朝堂參奏她，她怕查出陳厚照之死，便會在一切發生之前，先辭了督查司司主的位置，以免追責。」

「她膽子這麼小嗎？」柔妃皺起眉頭：「平樂可是隻小狐狸，我怕你這招，不成。」

崔玉郎端起茶杯，輕輕笑了笑：「娘娘可知，平樂殿下為何要殺陳厚照？」

「願聞其詳。」

「平樂殿下始終是太子殿下的姐姐，面上和世家再過不去，那也是世家的人。所以她可以查一個秦氏案，查一個軍餉案，卻不能動世家根基。而科舉的案子，上下牽扯太多，她如今本就在風尖浪口，自然不敢再接，不僅不敢接案，還需得維護著，世家不穩，太子就不穩，所以她一定要殺陳厚照。」崔玉郎說著，喝了一口茶。

柔妃思索著：「你早在送陳厚照過去之前，就料到她會殺陳厚照？」

「我說要送督查司給娘娘，」崔玉郎挑起眉頭，「娘娘以為，微臣在說笑嗎？」

柔妃愣了愣，崔玉郎將茶杯放下，重新握起扇子，慢慢道：「我們誘她殺了陳厚照，便已是抓了她的把柄。再逼她去接科舉的案子，她不想接科舉案，又有把柄在我們手裡，那離開督查司，就是她最穩妥的法子。她走了，督查司得有人掌握著，誰願意查科舉案，」崔玉郎看向柔妃，「誰就是督查司的新主子。」

「可是……」柔妃猶豫著，「平樂都不敢查的案子，我去查……」

「平樂殿下不是不敢，而是不想。世家是太子的仰仗，」崔玉郎微微傾身，「可世家是您的仰仗嗎？」

柔妃僵住身子。

崔玉郎的話彷彿是毒蛇一般鑽入她的心中，盤踞在她心裡：「娘娘，出身在此，哪怕有世家敬您、輔佐您，那也完全只是把您當成一顆棋子在做博弈。世家永遠不會成為您的依靠，您和平樂殿下，不一樣。」

「您走到今日，靠的不是世家維繫，恰恰相反，靠的是您對世家的削弱。陛下看重的，是您寒門的身分，這才是肅王殿下的根基。您對世家越狠，陛下對您的寵愛才會越深。平樂殿下是因為查世家的案子，才得建督查司，您要想得到陛下的愛護，只有做得比平樂殿下更狠才行。」

柔妃不說話，她消化著崔玉郎的話語。

崔玉郎靠在扶手上，打量著柔妃的神色，緩慢道：「我知娘娘與一些世家子弟有聯繫，娘娘若不信我的話，且不如想想，合作至今，那些世家的人，給娘娘帶來什麼好處了嗎？」

柔妃聽到這話，渾身一震。

她驟然反應過來，是了，雖然蘇家強盛，可是同蘇容卿合作以來，她從未得過什麼好處。不僅沒有得到好處，還得了皇帝諸多厭惡，甚至於出了事情，他們蘇家兄弟為了保護自己，蘇容華轉頭就把她供出來，拿她做擋箭牌，以贏得李明的寬恕。

她本是六宮中的暗主子，如今一路降到了嬪位，還被李明這樣懷疑，同世家合作，對李誠當真是更好的嗎？

崔玉郎見著柔妃神色動搖，趁熱打鐵，繼續分析著：「其實肅王殿下的路，陛下早就給殿下鋪好了。所有帝王的位置，最重要不過就是兵錢二字，陛下將西北軍權交給您哥哥，就是為肅王殿下構建兵權，而錢，則是歸根於朝堂之事。如今有陛下給娘娘撐腰，娘娘該做的，不是去依賴於世家，而是該趁著陛下還護著娘娘的時候，構建真正握在手中的權力。」

「寒門，」崔玉郎一字一句咬得認真，「才是娘娘最終的歸屬。而世家，娘娘只需保持好聯繫，虛與委蛇即可。」

「先生的意思，我明白。」柔妃聽得崔玉郎分析，心中已有了決斷，「我明日便去安排。」

崔玉郎得了柔妃的應答，便又和柔妃籌劃了一會兒。

等崔玉郎走後，柔妃坐在屋中，侍女春喜上前來，給柔妃端了茶，有些擔憂道：「娘娘，這事要不要同蘇大人說一聲？」

「他不會同意。」柔妃慢悠悠道：「崔玉郎有句話說得對，對於蘇容卿這樣的人而言，」柔妃嘲諷笑開，「我遠比不得世家利益重要。他們不想讓李蓉查，就願意讓我查？」

「去準備帖子，」柔妃吩咐，「請平樂進宮聊聊。」

柔妃的帖子在第二日到了李蓉手裡，李蓉下了朝，看見帖子便笑了，知道崔玉郎是把柔妃說動。

她也沒有推拒，直接就應下帖子，然後去了柔妃宮中。

李蓉到的時候，只有柔妃一個人在宮裡，她見了李蓉進來，抬起頭來，笑著道：「平樂來了？」

她是個會做人的，哪怕是面對厭惡至極的李蓉，面上卻也帶著極為真誠的笑。

李蓉點了點頭，便算作行禮，柔妃招呼著著她坐下，李蓉看著桌子上準備的茶葉糕點，發現都是她愛吃的，不由得有些感慨柔妃這份胸襟。

饒是她五十歲的年紀，也做不到柔妃面對敵人這份包容。

「妳打從出嫁，就不怎麼入宮，許久不見妳，也怪想念的。」柔妃給李蓉倒著茶，好似一個長輩一般關心著她，溫和道，「和離之後，過得可還好？」

「勞娘娘掛心，」宮裡人虛偽慣了，李蓉也習慣，笑著應道，「督查司事務繁忙，也沒什麼其他感覺。」

「公事雖然繁忙，還是要注意身體。」柔妃說著，將茶杯推給李蓉，李蓉端起杯子來吹著茶杯裡的茶，柔妃觀察著她，緩慢道，「這次叫妳過來，其實還有個事想請妳幫忙。我有一個遠方親戚，十年寒窗苦讀，好不容易考過了去年秋闈成了鄉貢，預備今年參加春闈，誰曾想就被人頂了名額。他千里迢迢來華京告狀，我左右想著，也沒個合適的人來幫忙，就想到了妳。」說著，柔妃從旁取了陳厚照狀紙的謄抄版，遞給李蓉道：「我之前讓他去找妳，妳見著了？他叫陳厚照。」

聽到這個名字，李蓉動作僵住了。

柔妃看著李蓉，側了側頭，彷彿全然不知李蓉做過什麼一般，笑起來道：「看妳這樣子，想必是見過了。」

「未曾。」李蓉好似是才回了神，故作鎮定道，「娘娘說的事，該由刑部處理才是，娘娘應當叫他去刑部。天色也不早了，」李蓉站起身來，「平樂先行告退。」

「也是。」柔妃笑起來，「妳也忙，先走吧。」

說著，柔妃喚了人來送她。

人一來，李蓉便迫不及待要走，柔妃慢悠悠叫住她：「平樂。」

李蓉頓住步子，柔妃轉著手中茶杯：「若要人不知，除非己莫為，該是妳的就是妳的，不是妳的，也握不住。」

李蓉回過頭，就看柔妃笑意盈盈看著她：「好自為之。」

「多謝娘娘掛念。」李蓉冷著臉，道謝完後，便走了出去。

等她出門，柔妃撫摸著茶杯，忍不住笑出聲來。

這麼多年，她可是頭一次見李蓉慌了。

而李蓉走出皇宮，上了馬車，便立刻恢復了平日悠閒模樣，坐在馬車上喝著茶，讓靜蘭給她捏著肩，之前慌張的模樣一掃全無，看上去頗為閒適。

「殿下怎的這麼高興？」靜蘭不由得詢問出聲。

李蓉笑了笑，只道：「釣到魚了。」

李蓉騙得了柔妃，等到晚上，她又將崔玉郎召了過來。

為了方便崔玉郎進出，她特意讓侍衛換了值班時間，讓有一條路不會被侍衛巡邏到，特意給崔玉郎留了出來。

崔玉郎夜裡熟練翻過牆，進了公主府裡，同李蓉商量好第二日朝堂該如何配合之後，半夜又翻走出去。

他前腳剛走，裴文宣的人便將李蓉調配侍衛巡邏時間的事報給了裴文宣。

裴文宣人雖然離開了公主府，但他安排在公主府的人卻不少，可以說，整個華京裡，他情報最多的就是公主府。這是李蓉近來第三次調配侍衛巡邏時間，還都在晚上，裴文宣不由得有些想法。

他立刻讓人將三次侍衛巡邏時間調配的具體情況查清楚，而後才睡，但等睡下後，他死活還是睡不著。

他信還是相信李蓉的，他們倆的感情，李蓉應當也不會做什麼背叛她的事。

可是他又擔心著，李蓉本就是個愛靚的，他不在身邊，萬一，萬一她有點什麼想法，遇上些壞人，被哄了過去，這又怎麼辦？

裴文宣一想到這種可能性，就擔心得有些睡不著，恨不得現下就起來去找李蓉，又覺得自己想得多餘。

李蓉又不是傻姑娘，哪裡這麼容易被哄？

這麼輾轉了一夜，終於到了第二日，他早早到了宮門口，等在那裡，終於看見了李蓉的馬車，他趕緊讓人將自己的馬車趕上李蓉，和李蓉同時到宮門口，然後一起掀起車簾。

李蓉看見裴文宣，不由得就笑了：「裴大人，這麼巧？」

裴文宣在人前還得故作冷漠，點點頭，便不說話。

只是得了這麼一聲問候，他就覺得有些高興了。

兩人上了朝，裴文宣用餘光偷偷看站在最前方的李蓉。

如今他升了官，離李蓉更近了些。

李蓉渾然不覺裴文宣的情緒，她用小扇輕敲著手心，等著今日的表演。

朝堂上的事情過半，李明照例詢問著可有他事，一個御史臺小官突然站了出來。

「陛下，」那小官冷靜道，「微臣有本要奏。」

「說吧。」

李明百無聊賴喝著茶，小官掀了衣擺跪下去，朗聲道，「微臣欲奏督查司平樂殿下，知案不報，反威脅送走告狀之人！」

聽到這話，李明頓住了端著杯子的動作。

李蓉聽到這話，立刻出列，跪在地上道：「父皇，兒臣冤枉！」

李蓉這樣激烈的反應，讓李明皺起眉頭。李明看了那小官一眼，放下茶杯，只道：「她如何知案不報，你倒說說？」

所有人都看向那小官，那小官不由得有些抖，但在御史臺幹事，最不缺的就是勇氣，於是他硬著頭皮，繼續道：「青城考生陳厚照，原為去年青城秋闈魁首，今年春闈中青城鄉貢的考生，卻受鄉紳迫害，被挪用名額，無法參與春闈，特上京來告御狀，求一份公道。然而狀紙到了督查司中，平樂殿下不僅沒有嚴查上報此案，還將陳厚照送離華京，如今不知所蹤。此等惡劣行徑，還望陛下嚴查！」

「平樂，」李明看向李蓉，「妳可有話說？」

「兒臣……兒臣……」李蓉明顯是有些慌了，她快速組織著語言，終於道：「兒臣冤枉，他這樣說，他有什麼證據？」

「微臣有人證。」那小官說得不卑不亢，「許多人都看見陳厚照去督查司告狀。」

「他是來告狀沒錯。」李蓉立刻道，「我也收了他的狀紙，只是還未開始查辦，他便自行離京，你怎能說是我脅迫送離了他呢？」

「行了。」李明打斷兩人的話：「此事王御史也沒什麼證據，平樂，妳等會同朕說清楚。」

「是。」李蓉緩了口氣，跪在地上謝了李明。

裴文宣看著跪在地上的李蓉，不由得皺起眉頭來。

見李蓉低頭，他總有那麼幾分不舒服。

等下了朝，李蓉便去了御書房，李明見李蓉進來，也沒說話，就讓她跪著。

李蓉在御書房跪了一會兒，李明才開口：「陳厚照死了是嗎？」

「兒臣不知。」李蓉跪在地上不說話。

李明抬眼看了她一眼，只道，「你們那些彎彎道道，朕都清楚，死一、兩個人，朕也不在意。朕只問妳一件事，」李明冷聲道，「科舉案，妳查不查？」

李蓉僵住動作，李明見她遲疑，抬起頭來，盯緊了她：「朕給妳督查司，不是為了讓妳要玩。陳厚照這個案子，涉及大夏選拔人才之根本，朕一定要查個趕緊。可妳卻殺了他，妳告訴朕，妳是不是不想查？」

「兒臣……」李蓉艱難出聲，「並未殺陳厚照。」

「我問妳科舉案的事，陳厚照死不死根本不重要，妳查，還是不查？」

「父皇，」李蓉遲疑著，「兒臣……不敢查。」

「不敢。」李明冷笑出聲，「妳既然不敢，朕還要妳有什麼用！督查司司主也別當了吧？」

李蓉不說話，李明便知道，她是鐵了心不會查這個案子。

李明思索了片刻，就知道了李蓉的盤算。

她怕是已經看出他的意圖，所以走到這一步，不打算再同世家惡化關係。

他講究制衡，而李蓉在官場談的，就是平衡。

可李明哪裡容得下她的平衡，他冷笑了一聲，只道：「自己寫辭呈，推薦肅王做督查司司主。」

「父皇，可是……」

「若妳不寫，」李明徑直道，「陳厚照這個案子，就不會停於這裡。」

李蓉僵住動作，她彷彿是被抓住了軟肋，呆呆跪在原地。

好久後，她頹然出聲：「是。」

「下去吧。」李明冷淡道，「妳近來剛和離，也該好生休息了。」

「是。」李蓉應了聲，失魂落魄起身來。

李明沒有理她，李蓉恍恍惚惚走出去，剛出門，就看見提著湯走進來的柔妃。

柔妃看了李蓉的模樣，只笑著同李蓉點了點頭，便走進御書房中。

李蓉看著柔妃驕傲又自信的笑容，憋住了笑，故作苦大仇深般捏起拳頭，好似在極力克制自己的情緒。

那一刻，她覺得自己的演技簡直是出神入化，彷彿到了巔峰。

這樣賣力的演出也取悅了柔妃，等到了晚上，李蓉的辭呈和肅王的推薦信到柔妃的手裡時，柔妃笑得停不下來，連連誇讚：「還是崔玉郎有辦法，妳瞧他，一出手，就是一個督查司。」

「崔玉郎這樣的人才，」柔妃感慨著，「怎麼沒早點注意，真是可惜。」

柔妃在宮裡和華樂高興不已，崔玉郎則趕往了公主府，和李蓉商量著下一步。

裴文宣得了李蓉丟了督查司的消息時，他正同幾個心腹在商議著下一步，聽得這個消息，他一時便有些坐立難安。

他知道這是李蓉的計謀，可是還是會忍不住想，李蓉終究是會難過的。會丟督查司，是因為李明純粹把她當成棋子，但凡李明顧忌她半分，也不會這麼快丟督查司，還要她親手寫信推肅王上去。

他心裡掛念著李蓉，等晚上得知李蓉又調動侍衛之後，他終於有些忍不住了。

這三天侍衛調動的時間，他都已經拿到了，他稍作對比就發現，這些侍衛巡邏的時間和地點岔開後，其實就空出了一條路來，這條路等於沒有侍衛看守。

他心裡琢磨了片刻，終於是換了一套衣服，又披上了黑色斗篷，趁著夜色，從後門駕著馬車出去。

他讓人清理了路，確認一路沒有盯梢的，才偷偷到了公主府。

他外面是黑色斗篷，裡面卻是一件月色銀紋華服，頭髮用玉冠半挽，梳得規規整整。去之前他甚至還特意沐浴熏香，看得童業忍不住問他：「公子，您這是去商量正事的，還是去幽會的？」

裴文宣懶得理他，好不容易見一次李蓉，他怎麼能失了臉面？

反正李蓉侍衛調動時間一共也就兩個空檔，第一次空檔已經過了，就等第二次。

而且，他也順便看看，李蓉調配這個時間，到底是為了何方神聖。

想到這一點，裴文宣眼裡就帶了幾分冷意。

他匆匆趕往公主府時，崔玉郎與李蓉也商議得差不多，見到了侍衛第二次換班的時間，崔玉郎恭敬道：「殿下，既然已經商議好，微臣先告退了。」

李蓉也覺得乏了，他點點頭，便讓崔玉郎退下。

崔玉郎恭敬離開，李蓉便起了身，讓人在御泉湯準備了花瓣澡豆，拆了頭髮，往湯池走去，打算泡個澡解乏。

她打著哈欠來到湯池，由人伺候著入了熱湯。

她今日同人說話說得多了，便不太想見著人，就讓侍女退了下去，到一旁門外伺候。

李蓉在湯池閉眼泡澡時，裴文宣也到了公主府的後院牆邊。他算過那個時間表，這個點就剛好在後院西南角的牆邊空出了一個不巡邏的區域。

裴文宣到了牆邊，讓童業彎了腰，他踩著童業往上爬上去。

而這時候，崔玉郎同趙重九道過謝後，也踩著趙重九的肩，艱難爬上了牆。

於是裴文宣和崔玉郎兩人同時攀爬上高牆，在月色中，兩人同時發現，有一個人彷彿黑夜中破土而出的一顆蘑菇，從牆的另一邊升了起來。

而後兩人短暫對視了片刻，裴文宣先發制人，低罵了一聲：「原來是你！」

與此同時，毫不猶豫就是一記鐵拳，狠狠砸了過去！

第一百三十章　浴池

崔玉郎被這一拳砸得猝不及防，當場倒了下去，還好趙重九一把拽住崔玉郎的腰帶，才讓崔玉郎勉強算個軟著陸。

崔玉郎還沒站起來，裴文宣便已經領著暗衛從牆頭跳了下來，他一個箭步衝上來抓著崔玉郎又要打，趙重九趕忙拉住他壓低了聲道：「大人，崔大人是來商議正事的，別在這裡發生了衝突，驚動了侍衛！」

裴文宣動作頓住，隨後露出「恍然大悟」的神色來，轉頭同崔玉郎道：「崔大人，你是來商量事的？抱歉、抱歉，」裴文宣趕緊道歉，「我以為……」

「無妨，都是誤會。」崔玉郎捣著臉，只道，「改日再敘，我先走了。」

他們都知道這侍衛被調開的時間不久，於是趕緊分開。

分開之前，裴文宣抓了趙重九道：「知道殿下在哪兒嗎？」

「走的時候在臥室，」趙重九壓低了聲，說得極快，「但殿下說等一會兒要沐浴，可能在御泉湯。」

裴文宣點點頭，兩撥人迅速分開。

童業跟上裴文宣，小聲道：「公子，崔大人說的話你信啊？」

裴文宣看了他一眼，沒有應聲，只道：「先找殿下。」

崔玉郎的話，他豈止是信，他在動手之前便猜到了。

近來李蓉動作頻頻，私下不和崔玉郎聯繫才怪。只是他猜到崔玉郎幫著李蓉做正事，和他想打他，一點衝突都沒有。

他同李蓉說句話如今都算得上奢侈，李蓉卻給崔玉郎半夜開出一條路來，加上崔玉郎這人從第一次見李蓉就沒個正經，他想打他也是情理之中。

反正這樣的場合，他打了崔玉郎也覺得理虧，隨便裝作什麼都不知道道個歉，明日崔玉郎怕還得來給他解釋。

裴文宣順著計畫好的路線一路到了內院，御泉湯距離臥室不遠，是一個溫泉浴池，裴文宣和暗衛到了院子裡，就看見幾個丫鬟守在門口和窗邊。

守在窗邊的是靜梅，裴文宣想了想，便順著草堆靠近了窗邊，然後學了兩聲貓叫。

靜梅被貓叫聲吸引，朝著草叢看了過來，隨後就看見了草堆裡的裴文宣。

她下意識要叫，就看見裴文宣將手放在唇上，她立刻反應過來，裴文宣來了這事是不能讓旁人知曉的。

她四處張望了片刻，確認旁邊沒人，就朝著裴文宣點了點頭，裴文宣趕緊上前去，到了窗戶邊上，靜梅立刻熟練道：「殿下一個人在裡面。」

裴文宣應了一聲，不用靜梅說，就從窗戶裡翻了進去。

他進了屋裡，便關上了窗戶，急急進了浴室之中，不想剛一進去，就見李蓉正靠在浴池之中睡覺。

池水恰好淹過她胸口，卻又沒有遮擋完全，隨著水波上下起伏，忽隱忽現露出隱約的峰巒。她的頭髮散在水裡，和玫瑰花瓣一起飄在水中，因是靠著池邊早設好的玉枕，她的面容輕仰，不施粉黛的五官配合著她放鬆平和的表情，好似是在召喚引誘著他一般。

裴文宣一時看愣了去，隨後又慌忙扭頭，下意識想要避開。但等真的這麼做之後，他又覺得自己沒出息，本就是他的妻子，他又慌些什麼？

他深吸一口氣，穩了穩心神，提步到了李蓉身後。

李蓉睡得有些熟，他到她身前都沒察覺，裴文宣到了她面前，便將這人看得更清晰了些。

李蓉今年十九歲了，相比起後來清瘦妖豔的面容，如今的五官還有些孩子氣，她瑩白的肌膚圓潤的包裹著她的骨骼，比起後來便多了幾分可愛。

裴文宣不由得笑起來，放輕了動作，跪在李蓉頭上方的位置。

李蓉在他跪下那一瞬間便察覺有人到來，她毫不猶豫抬手探入水中，在旁邊牆壁上抽出一把匕首，朝著裴文宣直刺而去！

而裴文宣早知她的習慣，在她抽刀而出那一瞬間，便壓住了她的手，手上又穩又溫柔地將她的手按在地上，同時俯身低頭，將她所有驚呼吞入口中，趁機攻城掠地。

「別出聲。」他吻著她的唇，提醒道，「我偷偷來的。」

李蓉聽出是誰，瞬間軟了身子，接受過裴文宣的動作。

她低低喘息著，許久後，便察覺裴文宣直起身來。她睜開睫毛上沾了水氣的眼，倒看著岸邊的裴文宣，就看他披著黑色袍子，穿了件月華色長衫，跪在池邊，笑著看著她。

雖然疑惑他為什麼今日會來，但李蓉卻也沒覺得不喜，甚至於有種說不出的小愉悅在心裡誕生，她面上不顯，只直起身來，在水中朝他招了招手。

裴文宣挑眉，用手指向湯池，李蓉點頭，往前靠近岸上，彷彿是女妖一般從水中探出上半身，雙手撐在玉石地板上，覆在裴文宣耳邊，啞聲道：「你離我太遠，不好說話。」

裴文宣輕笑，沒有多說，只是站起身來，在李蓉面前，一件一件慢條斯理的解下衣服。

他動作不徐不疾，雍容優雅中帶了幾分風流，李蓉看著衣服一件一件落下，心跳就快了幾分。她突然想起來，當初裴文宣在裴家受了傷，在馬車上時，他也曾經這麼一點一點脫衣服，當時她沒明白過來他在做什麼，現下卻是反應過來了。

她沒說話，等著裴文宣下了水，裴文宣進了水裡，就直接將她抱入懷中，低笑道：「這樣好說話了？」

他說話時，便有了動作，李蓉面上不動，抬手勾了他的脖子，以免滑倒。

「今晚來做什麼？」

「想妳了。」裴文宣啞著聲音，整個人十分有耐心。

李蓉輕笑了一聲：「怕不是來捉人的？」

能在這個點算著過來，裴文宣大概是知道她給崔玉郎單獨開了條道。上一世她與他敵對，他都能在公主府安排人，這一世他安排更多，她也不意外。

裴文宣被她戳穿，倒也沒否認，只是同她知會道：「方才在門口遇到崔玉郎，我給了他一拳。」

李蓉勾著裴文宣脖子的手緊了緊，她克制著聲音，指甲抓在裴文宣皮膚上。

裴文宣感覺她的變化，輕笑著道：「這麼久不見我沒關係，見不到崔玉郎就不行，還特意給他清出一條道來。殿下，」裴文宣故意使壞，「您是不是喜新厭舊了？」

李蓉抬眼看他，見到裴文宣面上的笑，便知他其實已經自己把氣撒了，她討好他親了親，只道：「放心，你總是正室。」

裴文宣哭笑不得，看李蓉靠在自己肩頭輕輕喘息，他也有些不忍。崔玉郎的氣也出了，他也不是為這事過來，他嘆了口氣，攬了李蓉，緩慢道：「妳讓陳厚照到督查司告狀，又把陳厚照送出華京，然後再找人參奏妳，逼著妳辭了督查司……近來這麼多動作，是為了讓柔妃接手督查司吧？」

李蓉沒說話，她掛在裴文宣身上，緊咬著牙關。

裴文宣低頭親了親面前的人，頗有些心疼詢問：「有沒有累著？」

「還好。」李蓉沙啞出聲。

裴文宣抱著她，水因為動作緩慢拍打在兩人的皮膚上，裴文宣猶豫著，終於還是問了他最擔心的事：「陛下讓妳舉薦肅王了？」

「嗯。」李蓉沒有多說，裴文宣聽到這話，他垂了眼眸。

他其實想安慰兩句，卻又覺得，李蓉什麼都沒提，他說這些話顯得突兀，於是他只收攏了手，抱緊了她，低聲道：「要再快些嗎？」

情欲這件事，若是兩個人無愛，那不過就是動物之間的繁衍。可是對於大多數情侶而言，這其實是一種無聲的溝通方式。

求饒、和解、分擔悲痛和喜悅，身體結合的過程，本質是內心上的傳遞。

裴文宣雖然什麼都不說，可李蓉卻無端知道了他的來意。

朝堂上的事他們倆心知肚明，各自有各自的盤算。

崔玉郎也不過就是玩鬧，他們的關係，裴文宣心裡應當清楚。

讓裴文宣真正冒險過來的，是李明讓她把督查司交給肅王。哪怕只是一點點可能，他都不想在李蓉難過的時候，他不在身側。

他讓她背對著他，用最激烈和她最喜歡的方式。

他們聽著水聲輕晃，裴文宣捣著她的嘴，怕她叫出聲來。

外面侍女隱約聽到房間裡的聲響，不由得問了句：「殿下？」

裴文宣放開手掌，李蓉克制著聲音，平靜道：「無事。」

話音剛落，便到了最激烈的時候，裴文宣抬手捣死她的唇，而後急急退了出來。

他整個人靠在她背上，低低喘息著，緩了片刻後，他將臉貼在她的臉上，用臉輕輕摩挲她的臉，啞著聲在她耳邊問她：「蓉蓉，舒服嗎？」

李蓉說不出話，身體輕顫，只有眼淚流過他捣著她嘴的手掌。

裴文宣從她無聲中得到答案，他輕輕笑開，抱緊了她。

裴文宣這一趟，來得太過於純粹，幾乎沒提什麼政事。

他幫李蓉清理完畢後，幫她穿上衣服，而後就將她抱到躺椅上躺臥著。

李蓉躺在躺椅上看著他，裴文宣半蹲在她面前，同她輕聲聊著天。

說了一會兒話後，裴文宣看了看天色，低聲道：「我得先走了。」

「你來這麼一趟，就為了這事？」李蓉見他什麼正事都沒說，不由得笑起來，抬手戳了他腦袋一下，「下流胚子。」

裴文宣笑著沒應，沉默片刻之後，他抬手握住李蓉的手，溫和道：「蓉蓉，不論什麼時候，我都會在妳身邊的。」

李蓉沒說話，她看著半蹲在自己面前的裴文宣。

她其實明白他的意思，他這麼大半夜過來，最重要的，其實還是擔心她丟了督查司，還被李明要求親自寫信舉薦肅王，心裡難過。

「其實都是小事，」她低頭笑了笑，「日後不必為著這種小事過來。」

裴文宣笑笑沒說話，李蓉便知也勸不動他。

她嘆了口氣，只道：「等一會兒我把侍衛調過來問問情況，你原路返回吧。」

裴文宣應了一聲，也沒動，兩人都有些不捨得，但也都沒好意思說。

李蓉端詳了他許久，只道：「今日打扮得挺好看。」

「畢竟要見妳。」

李蓉抿唇笑起來，她直起身來，俯身親了親他的額頭：「走吧。」

裴文宣不能再耽擱了，天也快亮了，他起身去，從窗戶外翻了出去，等他在外面藏好，李蓉便將執勤的侍衛叫了過來。

裴文宣趁著李蓉叫了人，便偷偷跑了出去。

兩人夜裡見了面，等第二日清晨，李蓉才出門，就看趙重九等在門口。

趙重九上前來，低聲道：「殿下，近日蘇家收容的那些告狀書生起得很早，現下他們的住所已是燈火通明，怕是要發生什麼。」

李蓉早讓人一直盯著蘇容卿收容的那批人，如今有了這麼明顯的異樣，便立刻過來報告。

李蓉眼神一冷，她低聲道：「通知崔玉郎，今日他不必上朝了，準備好入宮的路子，今日他怕是得見一面柔妃。」

趙重九點了點頭，便下去辦，李蓉回了馬車，閉上眼睛。

靜蘭給李蓉倒了茶，遲疑著道：「殿下可知今日是什麼情況？」

「等著吧。」李蓉閉著眼睛，「他們要做什麼，很快就知道了。」

李蓉坐在馬車上，緩緩到了宮中。

裴文宣提前準備好馬車停在宮門口，見李蓉來了，趕緊跟上去，製造出同她差不多同時到的偶遇來。

李蓉知道他的伎倆，似笑非笑看了他一眼，便上前去。

等到上了朝，李蓉便主動遞交了辭呈，將督查司轉交給肅王。

「誠弟雖然年幼，但畢竟也已是親王，應當參與朝政，督查司交到誠弟手中，也是一種歷練。」李蓉恭敬說著：「兒臣體感不適，不能為父皇繼續效力，還望父皇見諒。」

李明應了一聲，緩聲道：「妳畢竟是個女兒家，回去好好修身養性，也好。」

「陛下。」李明應下了，上官旭卻有些坐不住，他從群臣中出列，皺眉道，「肅王殿下尚且年幼，將這樣重大的事交給肅王殿下，怕是不妥。」

「你說得是。」李明點點頭，上官旭舒了口氣，隨後就聽李明道，「那就讓柔妃輔佐肅王，在後面幫著肅王吧。」

「陛下。」上官旭震驚抬頭，急道，「柔妃娘娘乃後宮貴妃，怎可插手朝政之事？」

「平樂不也只是個公主嗎？」李明看了一眼李蓉，「過去幾乎都沒涉及過朝政，如今不也幹得挺好嗎？」

眾人一時堵住了話頭，有些說不出話來。

便就是在此刻一個宮人急急趕了進來，跪到大殿上道：「陛下，不好了。」

李明皺起眉頭，隨後就聽宮人急道：「一群書生領了一大批人把宮門堵了，說是自己參加春闈的名額被人搶走，求陛下還他們一個公道！」

第一百三十一章 告狀

聽到這話，眾人面面相覷。

這事不該出的。

不過幾個書生的事，竟然能直接鬧到大殿上來，怎麼看都不體面。如果是尋常時候，且不說這幾個書生能不能聚在一起，就算千里迢迢來了華京，聚在一起，到了宮門口，不等他們跪下就遣散了，更別提一路被人通報到宮裡來。

此事是有人刻意為之，眾人心裡都明白，能把這種消息傳到這裡來的必然不是尋常之輩，朝臣不由得都揣摩起來，這是哪位布局，做這樣的事。

朝臣對下面的彎彎道道知道得清楚，李明卻不一定不知道。一個人被人從上到下哄了幾十年，越是這樣的小細節，越是很難明白。

大家見李明皺起眉頭，他似乎只當是發生了大案，立刻道：「怎麼回事，且去問清楚！」

「問清楚了。」傳話的人喘著粗氣，「那些書生說，他們本是各地考過了州試的鄉貢，按理要來華京參加春闈，最後卻被人搶走了名額，故而來華京，想將此事呈於天子。他們現在都跪在外面，想求陛下讓人去見他們，給一個說法。陛下，現在宮門口都被老百姓圍了個嚴實，都等著陛下的決定呢。」

聽得這話，李明沉默下來。

這些書生也聰明，進了大殿，那就是朝堂中的事，如何處理就看朝堂的意思。他們跪在門外要一個說法，那就是所有百姓看著給的結果。

最重要的是，進了大殿，最後未必有人接他們的案子，可能就是隨便指派一個人來草草了事。而他們如今要求一個人出來，那日後有任何問題，就可以盯緊這個負責人。也不知是誰給他們出的法子，倒也是個辦法。

「他們有多少人？」

李明緩了片刻，敲著桌子，似乎是在思索，傳話的人氣息均勻下來，恭敬道：「稟陛下，近上百人。」

上百人，來自全國各地，這案子牽扯的，就不是幾個小家族的事了。

政令最難，不在於華京，而在於這些地方的小宗族。李蓉可以在華京順利處理下來高官大族的案子，卻也沒把握能處理好這麼多人的地方小案。

李明沉默著不說話，許久之後，他抬起頭來，將目光看向了李川。

李川等了許久，他察覺到李明抬頭看他時，緩慢抬起頭來。

從名義上說，這樣的案子，沒有比太子李川更適合的人選。可是李川若是接了這個案子，他要麼失去民心，要麼失去世家之心。

這麼多人能夠頂替名額，必然是有著完整的關聯性，從地方到華京朝堂，得罪的人不在少數，而且得罪了，還不一定能把案子做好。
案子做不好，李明便有了懲治他的理由。
這個案子可謂一把再好不過的利刃，捅到李川身上。
李蓉不由得看向一旁一直低頭站著，似乎一切事不關己的蘇容卿。
直到此刻她終於確定，蘇容卿所有的目標，當真是李川。
這樣一來，那蘇容卿最初要投靠李川的理由，也就顯得十分有意思起來。
如果蘇容卿從他們見面之初，就已經是重生的，那他必然知道，未來李川會被李明一步一步逼到絕境，直到最後被廢。
其實他什麼都不需要做，只要在最後關頭阻止裴文宣遊說世家，那李川也就死定了。
他在明知這樣的情況下，以扳倒李川為目的投靠李川，那只有一種可能性，就是他要潛伏在李川身邊，在最後時刻給李川最後一擊。
如果她和裴文宣沒有重生回來，蘇容卿的打算，也的確不錯。
只是她和裴文宣回來了，所以她建立督查司時，蘇容卿的反應才會這麼大。
因為她打亂了蘇容卿的計畫，她有了實際權力，而蘇容卿又知道她絕對不會背叛李川，那麼他靜待李川滅亡的計畫也就必須改變。所以他拚命阻止督查司的建立、裴文宣的崛起，因為他清楚知道，裴文宣和李蓉的權力，最終都會轉化到李川身上。
李蓉目光停在蘇容卿身上，靜靜思索著蘇容卿所作所為。
而李明在和李川視線上短暫僵持之後，李明緩慢出聲：「川兒，這件事涉及到各地州縣，又為大夏選拔人才國本之事，你是太子，不如由你來負責吧？」

李川聽到這話，沒有出聲，他遲疑這片刻，上官旭出列來，恭敬道：「陛下，此事涉及科舉，當由管理科舉的長官來處置，又或是刑部、大理寺等掌管律法之官署來依律行事。太子為國儲，本事務繁忙，此等案件複雜之民案，怕是有心無力，還望陛下三思。」

上官旭說著，轉頭看向吏部尚書王厚文：「王尚書，聽聞此次你欲自請為科舉主考官，不如由刑部協你辦案吧？」

王厚文聽到這話，趕緊上前來，急道：「陛下，老臣年邁體弱，前些時日的確自請為科舉主試考官，但近來便覺身體不支，如今主考官尚未定下，還望陛下另擇優選。」

王厚文一句話喘了三次，陪著他胖乎乎的身子和白色飛舞著的鬍鬚，聽得李蓉都感覺胸悶氣短。

李蓉猜想著，李明大概也不希望王厚文承接這個案子。

查幾個頂替名額的人，在李明心中，算不上頂重要的事，這國家大事太多，今日天災，明日戰亂，相比之下，數百個人的前程，也就算不上什麼。

可若能讓李川太子之位不穩，就太重要了。

他需要讓李氏擺脫上官氏的桎梏，李川從出生那一刻開始，無論再優秀，都不再適合這個位置。

於是就看李明點了點頭，緩慢道：「王大人年紀也大，科舉主考官的位置，朕心中的確另有想法。」

李明說著，抬眼看向群臣：「不知各位大人，誰願意出去，接下這些學子的訴狀呢？」

李明問著這話，大家心裡已經有了答案。

如今這種場面，誰都不會去接這個燙手山芋。

沒有回答，案子最後還是要被李明強行塞到太子手裡。

李蓉用小扇輕輕敲打著扇子，看了一眼不遠處的蘇容卿，就見蘇容卿回過頭來，靜如死水的眼在她臉上微微一頓，又看向了裴文宣。

他已經出招了，就看裴文宣如何應對。

如果李川接下這個案子，無論李川怎麼辦，都是輸。

要麼失了世家之心，要麼失了百姓之心。

李蓉也不由自主看向裴文宣，她不免也想，裴文宣會如何應對？

他早知了蘇容卿的舉動，不該沒有半點設防。

裴文宣察覺了兩人的目光，他悠悠抬眼，含著笑的眼對上蘇容卿審視的眸，片刻後，他忽地出列，跪伏在地上，揚聲道：「陛下，臣願接下此案！」

李蓉瞬間捏緊了扇子，心跳都快了起來。

高座上的李明皺起眉頭，盯緊了地上跪著的裴文宣。

李明本就想收拾李川，裴文宣竟然出來替李川擋事？

裴文宣這狗東西，怕不是瘋了！

不止李蓉這麼想，朝上所有人也是這麼想。

李明按捺住性子，勸著裴文宣：「裴侍郎，你不過剛剛擔任吏部侍郎，這樣的案子，你怕是資歷不夠。」

「陛下。」裴文宣跪在地上，「臣雖資歷不夠，但勝在有心。如今朝堂之上，既無大臣願意承辦此案，不如交由微臣。微臣非世家出身，乃科舉入仕，科舉之於微臣，意義非凡。如今學生名額被頂之怨痛，微臣感同身受，故而請求陛下，將科舉一事全權交由微臣，微臣必定還眾多學子一個公道。還望陛下應允。」

「你還太年輕，」李明聽他說這些，有些不耐煩，「資歷也淺，就算是有心，怕也做不好事。」

「陛下說得是。」蘇容卿終於開口，他恭敬建議：「不如讓裴大人輔佐太子查案，替太子分擔一些，」蘇容卿回頭看向裴文宣，似在商議，「裴大人以為如何？」

「陛下，」裴文宣聽了李明的話，沒有半點退讓，「太子事務繁忙，最終做事怕也是落到下面人身上，陛下若將事交給微臣，微臣必將盡心盡力。」

「裴大人說得有理。」李川這邊的人見有人主動把鍋背下來，趕忙道：「陛下，其實這件事也不是大事，科舉畢竟只是一場考試，比起各地災禍、邊疆戰亂，也算不得什麼。裴大人乃四品侍郎，處理這個案子已算綽綽有餘，陛下不如就將此事交給裴大人，由他全權處理。」

「此言差矣。」蘇容卿的人立刻站了出來，「科舉乃官員篩選之制，為國本，如今有人舞弊作亂，涉及全國各地，若太子不出面，何以平民心？」

「此話不妥……」

李明的人、蘇容卿的人、太子的人，幾方會戰，朝堂一時吵吵嚷嚷起來。

李蓉轉眼看了跪在地上的裴文宣一眼，裴文宣抬頭朝她笑了笑，李蓉見到這個神情，便知他是心裡有數。

蘇容卿皺起眉頭，站在遠處低頭思索。

雙方爭執不下，正在推攘之間，一個女子清亮的聲音響了起來。

「陛下，」柔妃拉著肅王，從門口跨門而入，柔妃面上帶笑，「這個案子，不如就交給誠兒吧。」

聽得這話，全場驟靜，所有人都詫異看向柔妃，只有李蓉始終保持著微笑。

柔妃拉著肅王進來，朝著李蓉笑著點了點頭。

李蓉行了一禮，柔妃便帶著肅王跪了下來。

「陛下，臣妾聽聞平樂殿下舉薦誠兒為督查司司主，誠兒雖然年幼，亦願為陛下分憂。如今科舉一事，既然朝臣沒個定數，不如就交給誠兒，由臣妾領著誠兒去見那些書生，看看他們所求為何。」

李明聽著柔妃的話，一時頓住。

上官旭見柔妃願意背起這口鐵鍋，趕緊給下面人使了一個眼色，一個臣子立刻出列，高呼出聲：「柔妃娘娘高義！肅王殿下貴為親王，若接手督查司，此案由肅王殿下接手，再合適不過。」

這人一呼，其他臣子立刻隨著都出來，事情雖然還沒定下，卻紛紛誇讚起柔妃和肅王來。

柔妃笑著看了李蓉一眼，李蓉見得她得意得目光，冷哼一聲，扭過頭去。

李明遲疑了片刻，終於是點了點頭：「既然誠兒想要接這個案子，那就由誠兒去吧。不過，裴侍郎，」李明抬眼看向裴文宣，「你既然想辦這個案子，那就命你為科舉主考官，與刑部蘇侍郎一起，協助肅王和柔妃娘娘承辦此案。」

「微臣領旨。」

裴文宣恭敬叩首，柔妃拉著肅王起身：「那臣妾這就帶著誠兒去宮門口，看看是什麼情況吧。」

「陛下，」李蓉笑起來，「兒臣也想去湊個熱鬧。」

「去吧。」李明揮手，「想去就去，也給肅王殿下做個見證。」

柔妃領著李誠行禮，隨後便轉身出去，李蓉跟著上前，陸陸續續便有大臣跟著他們一起走了出去。

李蓉和柔妃並肩走在宮城之中，李蓉緩慢道：「柔妃娘娘近來運氣不錯，不知是得了哪位高人指點？」

柔妃聽到李蓉的話，便知她是猜出了崔玉郎的存在，但李蓉這麼問，便不知道她身後人是誰。

柔妃笑了笑，只道：「殿下在說些什麼，我有些聽不懂呢。」

李蓉聽到這話，冷笑了一聲，沒再多話，柔妃矜雅點了點頭：「我還要領著誠兒去辦事，殿下慢慢過去吧，也與您沒有多大關係。」

「妳……」李蓉似乎是想罵人，柔妃笑出聲來，領著李誠快步往前。

等柔妃走遠了些，裴文宣緩慢步到李蓉身邊，與她似乎是偶然並行。

「好好的，招惹她做什麼？」

裴文宣嘴唇噏動，低聲詢問，李蓉笑了笑：「她還不夠狂，我給她多點心理安慰。我倒要問問，你這是做什麼？」李蓉冷下臉：「要是柔妃不來，你是什麼意思？要在陛下面前，坐實了你是太子黨？」

「柔妃是妳搬過來的？」裴文宣雙手攏在袖中，挑眉看她。

「知道蘇容卿要算計，」李蓉聲音平淡，「我怎麼可能一點準備都沒有？早讓崔玉郎入宮，讓他說服柔妃這是個絕好的立功機會，一堆地方小宗族，案子好辦的很，又收攏人心，又得陛下喜歡，還能在督查司立威，一箭三雕啊。」李蓉似笑非笑：「我都動心了。」

「殿下高明。」裴文宣側頭笑了笑，李蓉卻不想聽他這誇讚。

她和裴文宣即將到達宮門，看著宮門一點點打開。

「裴文宣，我看明白了蘇容卿要做什麼，可我還是不明白，你要做什麼。」

宮門之外，書生跪在地上的場景如畫卷一般展開，柔妃拉著李誠站在門口，柔妃擺出一副正義凜然的姿態，說了些一定會為他們做主的話後，跪在地上的人頓時感動起來。

「你們有什麼冤情，都告知肅王殿下，肅王必會為你們做主。」

柔妃說得十分動情，跪在前方的人激動出聲：「娘娘，今日我們在此，所求有三。」

「其一，希望朝廷能徹查我等名額被頂一案，還我們一個公道！」

「這是必然的。」柔妃應下聲來，「我與肅王在此，就是為了此事。」

「其二，」那人沒有被柔妃打斷，繼續道，「我等懇求朝廷，今年科舉，能加殿試，由陛下親自監考，以防有人濫用私權，行舞弊之事。」

聽到這話，柔妃皺起眉頭，她沒想到，這些書生竟然有這麼多要求。

跟隨而來的群臣也有些擔憂起來，李蓉靜靜看著那些書生，聽最前方那個人舉起手中卷軸，最後擲地有聲：「其三，我等懇求朝廷，將科舉作為唯一官員選拔之制，廢世家推舉入官之管道，以求公正！」

這話一出，全場一片譁然，柔妃臉色瞬間變得煞白。

蘇容卿冷眼看向裴文宣，李蓉小扇敲在手心。

許久後，她緩慢笑起來，看向靜默著看著全場的裴文宣。

「好。」她讚嘆出聲，「好得很。」

「裴文宣，」風從宮城內湧慣而出，吹得李蓉和裴文宣衣擺獵獵作響，她微笑著看著面前神色平靜的青年，由衷誇讚，「你可真是厲害。」

第一百三十二章　夜歸

這些書生的要求，不僅嚇白了柔妃的臉，也驚呆了她身後眾多朝臣。以科舉作為唯一篩選官員的辦法……虧這些人也想得出來！簡直是異想天開。

朝臣看著那些跪在地上的書生，目光一瞬變得凌厲起來。而跪在地上的書生神色不變，只道：「娘娘既然出來，想必便是做好了為我等寒門弟子請願之準備。我等寒門弟子，苦讀數十載，承舉家之希冀，只求得個功名。我老父為供養草民讀書，病不敢醫，食無米糧，好不容易得了我成為鄉貢消息，大喜，故而徹夜不眠。卻不曾想，我數十年之希望，卻盡毀於一夕之間。」

「此事本宮為你查清楚，」柔妃反應過來，她皺起眉頭，「只是如何甄選官員，與此事無關。」

「如何無關呢！」書生擲地有聲，「朝廷開科舉，便是想要廣納人才，可敢問娘娘，科舉至如今已近十年，可有一位寒門子弟，透過科舉成為五品以上官員？」書生說著，從袖中取出卷軸，鋪在地面：「這些，便是這近十年科舉之中非貴族出身的官員，娘娘且看看他們至如今在做些什麼。如今朝廷為世家把持，上下積弊，危如累卵……」

「放肆！」一個官員猛地大喝出聲來：「宮門之外豈容你這豎子胡說八道，來人，將他拖下去！」

士兵聞言上前，幾個身材高大的學生立刻站起來，大聲道：「做什麼？你們這是打算殺人滅口，封了我們的嘴嗎？敢做還不敢說？柔妃娘娘，這就是您要為我們討的公道？」

學生這麼一問，士兵便不敢再動，他們打量著柔妃，柔妃輕咳了一聲：「此事茲事體大，各位還是起身來，我們一件一件事處理。」

「那娘娘打算何時處理？」為首的書生緊追不放，柔妃遲疑了片刻，就聽那學生道：「娘娘不是打算先將我們哄入宮中，安撫之後，再做打算吧？」

柔妃的確是這個意思，但被書生這麼直接揭穿，她一時竟也不知道說什麼好。

她沉吟了片刻，終於道：「本宮知道，你不放心我，可是這樣大的事，本宮也做不了主。但本宮本就是寒門出身，年幼時，我父親為了二兩銀子，就將我賣入宮中，你吃過的苦，我都吃過，甚至於，因我為女子，比你苦得更多。」

柔妃一番話說下來，人群稍有動容，書生沉默下去，柔妃深吸了一口氣，親自去扶他：「你且放心，能給你的公道，本宮粉身碎骨也會給。你們都先站起來，等一會兒，我便同肅王殿下去督查司，你們一起過去，你們的冤屈，我們一個一個處理，絕不會敷衍大家。」

柔妃的身分，就是柔妃最大的利器，她一番話說出來，加上她紅了的眼，好似不相信她便是你的罪過。

那書生還想再說些什麼，旁邊書生就一口應了下來，領頭鬧事的書生見得這樣的場景，猶豫了片刻，終於還是由柔妃扶起來，然後柔妃安撫了他們一番，便讓人帶著這些學生浩浩蕩蕩往督查司過去。

安撫好了學生，柔妃帶著肅王和群臣回了朝堂，柔妃讓李誠將方才的事重複了一遍，李誠在柔妃引導下，磕磕巴巴把事情說完之後，李明沉默著沒說話。

所有人都在等著李明的回應。

這件事最關鍵的，早已不在那些個學生被頂替的事上，而是那些學生說要改選拔官員的事上。

這些學生突兀出現在這裡，明顯是有人授意，如果說之前大家還在揣測這是一場朝廷官員內部之間的黨爭，此刻就不得不懷疑，這些人是李明安排的了。

李明意圖打壓世家已經十幾年，從他重用裴禮之開始，開科舉，努力提拔寒門，甚至於後來寵愛柔妃，加封肅王，無一不是在打壓他們。

今日這些書生提出來的建議，看似是給他們討一個公道，可最終這朝堂之上最大的受益者，正是金座上的李明。

大家在心裡揣測著李明的意思，而李明只是喝了口茶，什麼都沒說，便退朝下去。

等退朝之後，裴文宣便迅速看向李蓉，李蓉根本不看他，直接走出大殿去。

裴文宣心裡一時急了，轉身疾步行去，想跟上李蓉，但還沒走出大殿，就被太監攔住，對方低聲道：「大人，陛下讓您過去。」

裴文宣頓住腳步，他深吸了一口氣，讓自己冷靜下來，點了點頭道：「我這就過去。」

就這麼一來一往間，李蓉已經走遠了。

裴文宣看著李蓉背影，片刻之後，他提步出門，就看見蘇容卿站在門口。

裴文宣沒有理會他的心情，擦身而過的瞬間，蘇容卿突然開口：「那溫行之是你的人。」

溫行之便是今日告狀的人。

裴文宣聽到蘇容卿問話，只笑了笑：「蘇大人在說什麼，我聽不懂。」

說著，他便提步出去。

裴文宣去見了李明，李蓉剛出宮門，便被李明的人攔了下來。

李明的人同她要督查司的官印，她也沒有含糊，徑直將準備好的官印扔了出來，縮回馬車上，冷聲道：「走。」

馬車出了皇宮，李蓉感覺周邊安靜下來，她呆呆坐著，緩了好一陣，她才慢慢回過神來。

她靠在位置上，一時有些疲憊。

她之前問裴文宣關於這些書生的事，他就刻意岔開話題，當時她便知道，裴文宣是不想讓她參與此事，他應當是在謀劃一些她不喜歡的事。

如今雖然有些不明了他具體想法，但他大致的想法，她算是明瞭了。

他要在這時候，改選官制。

改革選官這件事，是他們上一世爭了很多年的。

她喜歡世家推舉，因為當官這件事，最重要的不是學問多高，而是能做事。科舉制每年都出一大批書生，可那些搖頭晃腦的書生除了讀書，什麼都不會，偶爾有一些聰明的，大多也心術不正。

學成文武藝，貨與帝王家。這些寒門出身的子弟，從讀書那一刻開始，為的就是做官，這也就註定了，做官於他們而言是一筆生意，所以在上任之後，貪汙受賄，屢禁不止。

可裴文宣就愛科舉，哪怕科舉選出來的人常常不適合官場，裴文宣也無所謂。

因為他更在乎公正。

哪怕這種方式不合適，但這是能保證公正最好的方法。

如今裴文宣要在這時候改選官制，當然不是為了什麼公正。

他有他的理由，可他卻不告訴她，甚至於，他還刻意瞞著她。

無論她說過多少次讓他多信任她一些，他骨子裡始終不信她。

李蓉嘲諷笑開，她閉上眼，想著裴文宣下一步動作。他具體是如何打算……

李蓉思索了片刻，終於還是決定，她要去親口問問他。

李蓉想到這點，掀起車簾，轉頭同車簾外的人道：「去新宅，讓崔玉郎來新宅找我。」

她在裴文宣府邸邊上買的宅子終於定了，她掛在其他人名下，現下也差不多可以入住。她轉去新宅後，在屋中隨便找了個搖椅，便躺了下去。

她稍稍睡了一覺，就聽外面通報崔玉郎趕了過來。

李蓉見他來得風風火火，抬起頭來看他：「如何？」

「殿下，」崔玉郎有些著急，「那些書生竟然想要改選官制度，妳可知此事？」

李蓉聽到這話，點了點頭：「知道。」

「那妳怎的不早同微臣知會一聲？」崔玉郎調整一下語氣，讓自己想的盡量耐心一些：「今日柔妃接了案子，回來便訓了我，若是弄不好，我在她這裡便功虧一簣了。」

「你是同她如何說的？」李蓉見崔玉郎著急，面色不動，端了茶杯，問得漫不經心。

「就是按照之前說的，」崔玉郎見李蓉平和，神色也緩了下來，「我將這些書生告狀的事告訴她，讓她用這件事給督查司立威，又同她分析了陛下的意思，讓她相信陛下希望她接這個案子，才將她哄了過去。」

「後來呢？」

李蓉喝著茶，崔玉郎皺起眉頭：「她去朝廷接了案子，便帶著肅王去了督查司，臨去前，她低聲同我說，說我可害死她了。殿下，」崔玉郎頗為不安，「當如何是好？」

柔妃可以去查科舉替考的案子，但是卻不敢動官制。這些書生這樣得寸進尺，柔妃惱怒崔玉郎這個給她出主意的人也是正常。

李蓉抱著茶杯，她思索著，許久後，她慢慢道：「她嘗到甜頭就好。」

崔玉郎愣了愣，李蓉只道：「這齣戲是陛下安排的，柔妃願意接下來，陛下會安撫她。柔妃這個人，將陛下看得太重。」李蓉笑起來，「陛下願意安撫，無妨的。」

崔玉郎聽著李蓉的話，稍稍想了想，終於是點了頭。

李蓉同他將後續的事又說了一會兒，便讓人送著崔玉郎下去。

而後她在宅子裡吃了飯，等到了夜裡，她便讓趙重九去找了裴府的管家。

裴府的管家是裴文宣的心腹，李蓉說了要過來，對方便立刻去牆邊搭了梯子，清了人，然後將李蓉迎了進來。

他知道李蓉對於裴文宣而言意味著什麼，於是他根本不多問，徑直引著李蓉到了臥室。

李蓉有些疲憊，乾脆躺在臥室搖椅上閉眼小憩，吩咐管家道：「等人回來了，就直接引到臥室來吧。」

管家恭敬回聲，李蓉擺了擺手：「先退下吧，我乏了。」

管家領著人出去，便只立下李蓉一個人沒點燈在屋中。

她等著裴文宣，等到了夜裡，裴文宣終於從宮裡出來。

李明拉著他商談了很久，今日的事進展得有些超出他和李明預料之外，不得不做出另外調整來。

事情多，裴文宣抽不開身，可他心裡還是掛著李蓉。他急急回府，根本沒讓門房通知管家，便朝著自己臥室直接走去。

門房看他回來得急，趕緊讓人去通知管家，只是管家還沒來得及見到裴文宣，他已經進了臥室。

他到了門口，還在吩咐童業備好馬車，低聲道：「我換套衣服，這就去公主府。」

童業點了點頭，裴文宣推門進了房間。

臥室裡沒有點燈，裴文宣也懶得再點，接著月光摸索到屏風之後，抓了一套自己常穿的衣服，就開始脫了衣服準備換上離開。

只是他才解開腰帶，就聽一個清冷的女聲在屋裡響了起來：「你還打算去哪裡？」

裴文宣動作一僵，他迅速尋聲抬眼，就看見搖椅上，一個女子仿若書中描繪的美豔妖精，閉眼靜躺著，緩聲道：「我等你一天了。」

說著話時，童業站在門口，輕聲道：「公子，馬車備好了，隨時可以出發。」

裴文宣聽到這話，立刻回頭：「不去了。」

童業茫然：「啊？」

正說話，管家就到了門口，看見站在門口的童業，管家小聲道：「公子進去了？」

童業點點頭，還不等管家解釋，就聽裡面裴文宣平靜道：「都下去吧，我要睡了。」

童業和管家面面相覷，最終還是童業反應過來，回聲：「是。」

外面傳來下人離開的腳步聲，裴文宣手裡握著外套，緩了片刻後，他終於有了動作。

他緩慢放下外衣，找著話題：「妳……妳怎麼來了？」

「我有許多疑惑，想請裴大人解答。」

李蓉聲音很輕，落在裴文宣心裡，像是刀刃一般劃過去。

「還望裴大人，不吝賜教。」

李蓉說著，抬了眼眸，明亮的眼在月色中帶了幾分銳利。

她看著站在眼前的裴文宣，她和他記憶裡那個政客一樣，冷漠、沉穩，明明看上去像是兔子一般人畜無害，卻總是在不經意間露出獠牙。

她做了十萬分的準備，等著裴文宣的應答，而裴文宣在短暫沉默之後，突然有了動作。

他走到了床邊去蹲在地上，在床地上掏些什麼。

李蓉皺起眉頭：「你做什麼？」

裴文宣沒理會她，就聽屋裡劈裡啪啦一陣亂響，裴文宣從床底下抽出了一個看上去有些古舊的搓衣板。

而後他提著搓衣板回來，拍了拍上面的灰塵，就放在李蓉面前，神色坦然又平靜，接著一撩衣擺，就當著李蓉的面跪了下去。

李蓉有些震驚，隨後就看裴文宣一臉平靜道：「妳罰我吧，別這麼同我說話。」

「我做的事我認，沒錯，我想改選官制。」

「我知道蘇容卿要拿這個案子為難太子殿下，以太子殿下的脾氣，他最終也會接下這個案子。一旦太子接了這個案子，那無論進退，都是輸家。所以我就提前找了陛下，將這個案子告知了他，然後同他商議，乾脆藉著這個案子，改選官制。」

李蓉皺起眉頭，裴文宣面上一副視死如歸的模樣，將來龍去脈說得清清楚楚：「今日說話那個書生是我的人，這是我安排好的。我和陛下也商量好了，我會設計好，讓我的人混在書生當中，等今日這些書生告狀後，讓陛下逼太子接案，等太子拒接此案，朝臣推攘之時，我就會站出來接下案子，屆時太子的人為了保太子不捲入此案，便會全力支持我接案，我趁機讓朝臣承諾此案由我全權負責。等拿到朝臣承諾之後，我再出宮接案，書生提出改制要求之後，我便有了名頭，可以順理成章主持改制之事。」

「你胡鬧！」李蓉一巴掌拍到扶手上，徑直喝罵出聲：「你今日讓他們提這些個要求，再給你幾百年你都做不到！」

「我知道。」裴文宣立刻回聲，「所以我的要求，也不是真的要廢了推舉制，我只是想讓這次科舉出來的士子，能有個好去處罷了。如今我先讓人提出一個匪夷所思的要求來，再同他們磨合，等我真正的要求出來，他們也就容易接受許多。」

「你圖什麼？」李蓉緊皺著眉頭，「改制你放在什麼時候不改，偏要選在如今？」

「好處有三。」裴文宣答得很鎮定。

「一來陛下得了這個改制的機會，他就不會盯著太子，逼太子接案，太子也就不會陷入要不要接案的兩難境地，先破了蘇容卿今日之局。」

「二來，陛下推行科舉制，那必然會和世家形成矛盾。敵人的敵人就是自己的朋友，陛下成了世家的敵人，有陛下對比，世家對於太子的容忍度就會高上許多。陛下身體最多不過兩年，寒門崛起得沒有這樣快，蘇容卿如今的打算，其本質是要一步一步逼著太子失去世家的支持，而我們要做的，就是讓太子在不被世家控制的情況下，繼續維繫著世家的支持。這其中最簡單的辦法，就是給太子和世家營造一個共同敵人。」裴文宣抬起頭，看著李蓉，

「而陛下若強行推科舉制，他就會成為這個敵人。」

「其三呢？」李蓉聽著他分析，心中將這些話飛快濾了一遍。

「三來，我希望盡量能在陛下在世時，能把寒族提上來。等太子登基之後，寒族與世家能夠分庭抗拒，那太子不會被世家所壓制，上一世才不會重演。我知道妳想要太子殿下能夠當一個賢明君主，在史書上留下美名。可刀總要有人來揮，」裴文宣聲音放低，「不是太子，就是陛下。」

李蓉聽著裴文宣說著這些，她沒有出聲。

裴文宣見她不語，心裡有些發悶，可他面色平靜，只道：「我知道妳不會同意。妳從來不覺得科舉能選拔出什麼可用之人，所以我也沒告訴妳，就是怕妳攔著。」

「我知道妳介意我瞞著妳這些，可再來一次我還是會瞞。妳要罰就罰吧，」裴文宣聲音頓了頓，遲疑片刻後，他軟了語調，「罰完了，今晚留下來，好不好？」

李蓉沒說話，她靜靜注視著他。

她的沉默是他的凌遲，裴文宣不由得有些後悔，同她爭什麼呢？

可事情做了就做了，他也沒什麼辦法，只能是跪在地上，挺直了背，同她僵持。

許久之後，李蓉笑起來，笑容裡帶了幾分苦：「裴文宣。」

裴文宣身子一僵，就聽李蓉緩慢道：「我不是不高興你力推科舉制，」她抬眼看他，低低出聲，「我是擔心你。」

第一百三十三章　為夫

李蓉的話讓裴文宣愣了愣。

李蓉看著跪在面前的青年，緩聲道：「起來吧，你我若為君臣，你可以跪我。你若將我當做妻子，大可不必如此。我知道你是不想與我起爭執，但我也無須你如此忍讓。」

「我不是十幾歲不懂事的小姑娘，」李蓉給自己倒了茶，「我不會因為你跪我改變什麼想法，這只會讓我覺得你在逼我。」

裴文宣聽到這話，他一時有些無措。

許久後，李蓉抬眼看他：「怎麼，還要我扶你嗎？」

裴文宣得了這話，終於站了起來，李蓉拍了拍她身側，輕聲道：「坐吧。」

裴文宣應了她的話，坐到李蓉身邊。李蓉躺在搖椅上，慢慢悠悠搖著搖椅：「你覺得我不會同意你做這件事，你可知我不同意在何處？」

「此次，陛下最終之意，在於定額。」

「定額？」

李蓉抬眼，裴文宣倒也沒有瞞她，實話實說道：「從今年起，世家推舉人數須得定額，又或是科舉制出身的舉子統一要有個去處，在這裡磨練至少一年後，才由吏部分到各部。」

科舉如今最大的問題，便是一旦李明不盯著，寒門官員便到不了實權位置。大夏如今寒門囊括了兩種人，如裴家、秦家這種低等世家，以及連氏族譜都沒入的普通家族。

大夏中所謂的世族，是以是否名列「氏族譜」為標準。氏族譜幾百年修訂一次，記錄各地最受認可的世家大族。氏族譜又將這些世家大族劃分為一、二、三等，不同等級之間的貴族互相通婚，若有越級，便是巨大的榮耀。

所有家族都以與一等世家通婚為耀，而一等世家的子女，哪怕終生不婚，也不會與低等貴族通婚，這種幾百年民間的姻親方式，構建了世家在朝堂上的絕對話語權。當年李氏為了平衡原來的貴族，於是與幽州范陽上官氏姻親，將這個八大姓末尾的地方大姓帶入華京，作為制衡南方大姓的方式。

可三代之後，上官氏盤踞朝廷，與其他世家千絲萬縷，反制皇權，李明便意識到，這種以世家平衡世家的弊端，於是便從前朝的經驗中，重開了科舉制，想透過這種不拘於家族選拔人才的方式平衡朝堂。

李明強行開科舉，但世家也有自己的法子，且不說這些普通的寒門子弟能不能考過科舉，就算考過了科舉，每年幾百位舉子的官位安排也是吏部一手操辦，全放到又苦又累又沒前途的位置上去就是了。

參與考試難，考過難，考過之後做官難，分配之後升遷難。

裴文宣當年如果不是背靠裴禮之，他哪裡能當狀元？

崔玉郎如果不是當年以詩文得了貴人賞識，他的試卷，怕都到不了李明手中。

今年科舉交給裴文宣，又要將殿試作為常規，這就是為了解決考試難的問題；而限制世家推舉名額，又或者是要統一規定科舉舉子入仕第一年的去處，就是為了解決做官難的問題。

李蓉聽著裴文宣的話，想了片刻，便明白了這些舉子考試之後要去的地方：「所以，這些科舉出身的舉子第一年要去的地方，是不是內閣？」

奏事廳被燒了，李明便立刻臨時組建一個名為內閣的奏事廳。

當時他們只是想，李明是為了讓摺子不受世家所控制到達他手中，可如今李明提出這個要求來，李蓉才明白過來：「父皇是不是早已籌謀？」

「殿下，陛下讓您建督查司之前，督查司的地、兵、錢，他都準備了多年，您不建督查司，他早晚會讓柔妃建，是您給了他建立督查司的契機。以陛下之性子，如今他要做改制，也不可能是一時興起。」

「奏事廳走水，是他建內閣的契機；而內閣建立，就是為了給今日科舉改制鋪路。」

李蓉聽著，沒有說話。

她突然意識到，其實她不瞭解李明，就像當年，她也不瞭解李川。

只是皇家之中，誰都戴著面具，李明和李川，也不曾真正瞭解過她。

「你是覺得，我不會同意改制。」

李蓉想了一會兒，緩緩出聲，裴文宣沒有應答。

李蓉笑了笑：「我的確也不同意。」

「但這件事發生，不會以殿下的意志為轉移。不是這一次，就是下一次。」裴文宣抬眼看她，「這是皇帝的意志，哪怕今日陛下死了，換任何一個稍有野心的君主上去，都會將陛下今日之局撿起來。」

就像上一世的李川。

當他坐上李明的皇位俯瞰這個江山時，便會發現，他不過是下一個李明。

李蓉坐著沒有說話，她感覺自己像是坐在了一架一路奔跑往前的馬車上，她停不下來，只能看著這架馬車墜到懸崖去，撞得鮮血淋漓。

裴文宣看著李蓉發著呆，他一時有些難受。

放在上一世，他大約早已同她吵起來了。

他恨她心裡那份固執，恨她對寒門的偏見，最可恨的就是，他偏偏喜歡她，而他喜歡這個人，骨子裡卻看不起他。只是如今他不願意吵，他們走到如今不容易，他不想為這點事再同她爭執。

於是他只能是在短暫沉默後，有些艱澀解釋道：「蓉蓉，我知道妳心裡覺得，科舉制選不出什麼好的人才。但是妳要想，其實上一世，我身邊許多人都是寒族出身，他們也很好的，對不對？世家大族的確有他們的風骨，他們所受的教導，也的確不是靠看幾本書能學到的，所以推舉制也還在。」

「血統雖然重要，但是……大家都是人。」裴文宣勉強笑起來，「妳看我，寒門出身，不也……挺好的嗎？」

李蓉聽著裴文宣說這些，她緩緩轉過頭來。

她的眼睛很明亮，月光落在她琥珀色的眼裡，像溪水一般靜謐流淌。

她半倚著身子，緩緩起身，便將唇落在了他的唇上。

裴文宣愣了愣，就聽李蓉輕聲安慰他：「別難過。」

淺嘗即止的一個吻，似乎就僅僅只是為了安慰，她又抽回身，斜倚在躺椅上，溫和道：「文宣，我沒有這麼看重這些，若真看得這麼重，當年也不會喜歡你。」

裴文宣看著李蓉平躺在搖椅上，搖椅一下一下來回搖動，她看著虛空裡散落的月光，緩慢著道：「所有人都告訴我血統和姓氏之重要，可是也不知道為什麼，當年見你的時候，最初竟也沒想過你是寒門還是世家，就是想著，這個人可真好看。」

「殿下……」裴文宣沙啞出聲，一時竟不知說什麼。

「以前我總同你吵，你每次都覺得我是因為在意門第，有偏見，其實真正在意門第的，是你啊。」

李蓉聲音有些疲憊。

「我以前不同意你改制，的確是我覺得科舉制過於刻板，而你也看到，前世哪怕是科舉制，也是世家子弟中舉更多。只是後來我年紀大了，慢慢就改了想法。世家看似更為優秀，是因為他們得到的資源更多，並非生來誰就更好更壞。所以後面你在各地推學堂時，我也鼎力支持，而我如今不同意你改制，是因為太急。」

「文宣，」李蓉抬眼，「父皇沒有幾年了，可你還年輕。今日要是柔妃不來，你怎麼辦？」

裴文宣一時說不出話，李蓉肯定回答：「你本就是打算自己接案對不對？」

「你同我和離了，出了什麼事，也牽連不到我。所以你就算了兩個方案，如果柔妃把案子接了最好，如果柔妃沒有，那你就把這個案子接了，到時父皇會鼎力支持你，如果成了，自然皆大歡喜，沒成呢？」

「上一世你和川兒改制有多難，你不知道嗎？你以為我為什麼不願意你動世家？因為每一場變革之後，都是動盪。你我的動盪是執棋人的生死，你們想過這些動盪落在百姓身上是什麼嗎？」

「川兒改制那些年，各地暴亂四起，朝堂的仗打了又打，你我花了二十多年去修生養息，可動盪之時，那些百姓怎麼活的，你不清楚嗎？」

「殿下，如今不會如此。」裴文宣皺起眉頭，「當年太子殿下太急，所以我把事情放到今日來做，便是緩慢推進。」

「你若把世家逼急了，他們反了呢？」

李蓉盯著裴文宣，裴文宣沉默著，許久之後，他緩慢出聲：「殿下，這世上，沒有任何一次改變，是沒有代價的。可如果不變，百姓的日子，難道就更好了嗎？」

「他們反了，百姓苦不堪言。可北方軍餉不夠，北方的百姓和戰死的士兵不苦嗎？南方賑災、修河道年年無錢，那些災民又不苦嗎？底層的百姓，生來為奴為民，不能經商，又不能做官，只能世世代代種田為世家所奴役，又不苦嗎？」

「這些話，當年裴相也說過。」李蓉聲音緩慢，「後來，他死於盛年。」

「裴文宣，」李蓉聲音有些啞，「你和你爹真像。」

「可惜了，你父親走得早，不然見了你，他一定十分欣慰。」

裴文宣說不出話，她隱約覺得，這個人目光裡有幾分水氣，可是又消散下去。

兩個人靜靜對視，李蓉看著面前人，她心裡微微發顫：「我不想當你母親。」

「殿下不會是我母親。」裴文宣笑起來：「無論成敗，此事都是在為太子鋪路，陛下與世家都會被削弱，太子有秦臨軍權在手，登基之時，殿下……」

話沒說完，李蓉一耳光便搧在了裴文宣臉上。

耳光響在屋中，李蓉盯著他：「你是我的誰？」

「是我的謀臣還是死士？」

裴文宣臉被她扇得側過去，他沒敢看她，也就沒有動作。

「你的命就這麼賤？你這麼不惜命，你來當我丈夫做什麼！」

「蓉蓉，」裴文宣沙啞出聲，「不會有事的。」

「不管有沒有事，你冒險之前，有沒有問過我一聲？」李蓉看著他，站起身來，她低頭俯視著面前這個青年，「你心裡，是覺得我不在意你的命，還是覺得你的生死，與我無關？」

裴文宣不說話，李蓉語調緩了下來，「你可聽過一個故事。」

裴文宣動了動，仰頭看她。

李蓉笑了起來：「城東有一戶人家，夫妻兩人青梅竹馬，相愛非常，幾經磨難，歷經生死，才終於在一起。但後來她丈夫喜歡鬥雞，拿了家裡大半銀錢，偷偷買了一隻鬥雞，你猜怎麼了？」

裴文宣沒說話，他聽出李蓉的隱喻，他不敢答話，李蓉輕笑：「那女子就和丈夫和離了。」

恩愛十幾年的人，生死沒有分開，最終卻因為一隻鬥雞分開了。

最消磨感情的，從不是大風大浪，而是生命裡那些匯聚成河的點點滴滴。

「裴文宣，」李蓉看著他，「你的命，不是你一個人的，你是我丈夫，是我未來孩子的父親，你就算是為了我，你也當同我說一聲。如果你做不到……」

李蓉話說不出下去，裴文宣看著她，明明是他仰視著這個人，可那瞬間，他卻覺得是她低了頭。

他從沒想過這個人會為他低頭，哪怕到此刻，她的話語裡，也小心翼翼克制著，並沒有像以前一樣去傷害他。

他驟然發現她的轉變、她的成長，他們明知對方軟肋，也曾經毫不留情的戳向對方，可如今她卻也學會了克制自己，連那句「分開」都不會說出口來。

裴文宣站起身來，伸手將人抱在了懷裡。

李蓉本想抗拒著，可是在他的溫度侵襲過來那一刻，她卻覺得眼眶有些酸，她努力讓自己別為這點事委屈到哭出來，咬著牙關被他攬入懷中。

「是我不好。」裴文宣低低出聲，「以後我不再擅作主張，所有事都同妳商議，我們一起商量。」

李蓉不說話，裴文宣低頭親了親她額頭，聲音溫和：「是我沒想到，我的殿下這麼好，我小人之心，殿下見諒。」

「巧言令色。」李蓉低罵他。

裴文宣笑了笑，他替她理了衣衫，溫和出聲：「殿下，我送您回去吧？」

李蓉愣了愣，她抬眼看他，她以為，依照裴文宣的性子，應當是會要她留宿的。

她已經想好怎麼拒絕了，但裴文宣卻主動要送她回去。

李蓉還沒反應過來，就看裴文宣從旁取了一件外衫，輕輕披在她身上，替她整理好衣服之後，他取了一盞燈，拉住她的手推門而出，彷彿什麼事都沒發生過一般，輕聲問她：「殿下今夜從哪裡過來的？」

「你隔壁，」李蓉被他拉著走出去，她小聲道，「我買下來了。」

裴文宣聽到這話，忍不住笑起來，但他怕她生氣，便沒出聲，只將笑意停在臉上。

快到四月，夜風還有些涼，她披著裴文宣的外衫，同他走在長廊上。

裴文宣替她擋著風，照著庭院的路，這個府邸還沒徹底修整好，許多地方尚未點燈。

李蓉怕裴文宣不知道路，便道：「後院還有梯子，我從那邊爬過去。」

「殿下辛苦了。」裴文宣心裡像是被浸潤在最舒適的溫水裡，連帶他整個人都忍不住隨之溫和了起來。

兩人並肩走著，裴文宣好似在護一個孩子，李蓉沉默了許久之後，緩聲道：「你不留我嗎？」

「我倒是想留。」裴文宣笑了笑，「但今夜我犯了錯，留了殿下，怕殿下覺得我是想將那些事情遮掩過去。床笫之趣乃風雅之事，不當混雜在這些事間。」

李蓉聽到這話，側頭看他，白色的單衫在夜色中勾勒他高挑的身形，君子如松如竹，全是疏朗清雅之氣。

李蓉不由得看得愣神片刻，裴文宣的姿容，再看多少年，似乎都不會覺得失色。

裴文宣沒有察覺李蓉失神，他自己繼續說著：「日後凡事我都會提前告知殿下，與殿下商議。若殿下願意，殿下的打算，也可都告知我。殿下說得是，我與殿下已是夫妻，與前世不同，凡事該商量著來。我不是殿下的盟友，我是殿下的丈夫，是殿下孩子的父親。」

裴文宣說著，轉過頭來，迎向李蓉的目光，笑了笑道：「我還未好好學會這些，還望殿下多多教導。」

李蓉看得他的笑容，聽著他說著自己的身分，也不知道為什麼，就覺得臉上有些熱了，她轉過頭去，低應了一聲，以遮掩那份窘迫。

裴文宣察覺她似乎是有些羞澀，雖然不知道為什麼，他卻也覺得可愛得很，他沒有揭穿她，體貼轉過眼去，笑著看向前路。

等到了後院時，他便看見牆邊搭了個梯子，裴文宣同李蓉一起過去，他放下燈，扶著梯子，護著李蓉爬上去。

李蓉爬了兩個臺階，又轉過頭來。

此時她高了裴文宣些許，她叫了一聲：「裴文宣。」

裴文宣抬起頭來，疑惑看她，輕輕發出一聲：「嗯？」

也就是那一刻，李蓉突然低頭，就親了他一下，不等裴文宣反應過來，她便利索爬了上去，揮手道：「走了。」

裴文宣仰頭看著消失在牆頭的姑娘，忍不住抬手觸了觸自己的唇。

片刻後，他緩緩笑起來。

他有些等不及了。

當早點謀劃，再把這個人娶回家才是。

第一百三十四章 依靠

科舉改制，這是一件大事。

縱使只是幾個書生提出來，但朝廷上下卻也惶惶不安。

各家各族幾乎都是一夜未眠，而柔妃更是在督查司一待就到了半夜。

上百位書生告狀，柔妃光是聽案情就聽得心力交瘁，更不要說年僅十一歲的李誠。

柔妃心疼李誠，便讓李誠早早去睡了，自己聽著這些書生的案子，一直熬到了深夜。

她其實早沒了耐心，但這畢竟是她接手的第一個案子，是她在督查司立威的第一步，無論如何，她都要把這件事給李誠辦好，才好給李誠鋪路。

於是柔妃咬了牙關，聽完了最後一個書生的話，才看上官雅端著口供上來，笑著道：「娘娘，所有涉案人員口供都已錄完，還請娘娘吩咐。」

柔妃看著上官雅，她是想要換了上官雅的，這畢竟是上官家的姑娘。可是現下她沒有半點力氣去和上官雅爭執，也暫且找不出一個能替換上官雅的人。於是她笑了笑，只道：「天色已晚，將口供放好之後，先回去睡吧。」

得了柔妃的話，上官雅行了禮，便同人退了下去，而柔妃起身回了馬車，一個人坐在馬車上時，方才有了時間和力氣回想今日的事。

早上崔玉郎便來找了她，說了宮門口書生告狀的事，她是想藉著這個機會，把督查司包攬下來，給李誠掙點功績，讓李明高興一些。

李誠如今還太小，李明近來身子也不好，她心裡始終有些不安穩。要盡快給李誠一些東西，要是李明真的出了點什麼事，她也好早做準備。

只是沒想到是這麼大的麻煩，改制這麼大的事，她哪裡承擔得起？

崔玉郎這個混帳東西……

柔妃心裡暗罵，她正想讓人通知崔玉郎明早入宮，結果還沒說話，馬車就驟然停住。

「娘娘，」外面傳來了車夫的聲音，「那個，二公子求見。」

柔妃聽到這話，動作頓了頓，猶豫了片刻後，她終於還是點了頭：「讓他上馬車來說話吧。」

車夫在外和外面人說了會兒話，就看一個披著黑色袍子的青年跳了上來。

他進了馬車，先和柔妃行禮，姿態端正優雅，而後從容落座。

「你來做什麼？」柔妃坐在自己位置上，心裡有些忐忑。

對方坐在馬車裡離她最遠的地方，緩聲道：「今日娘娘接下書生的案子，不知是何人建議？」

對方對她太瞭解，根本不考慮是她自己想出來的。

可柔妃哪裡會這麼容易就把崔玉郎招出來？哪怕如今她對崔玉郎心有芥蒂，但也不代表對此人沒有防備。於是她端了茶，輕笑起來：「這是本宮自己的意思，哪裡需要人建議？」

「哦？」對方語氣有些冷，「是娘娘自己想出與世家門起來？娘娘，您和肅王殿下在朝堂並無根基，連平樂殿下都對此案避之不及，您迎頭趕上，怕是被人設計。話到這裡，還望娘娘自己保重。」

對方說完，便讓人停了馬車，隨後跳下馬車，在夜色中離開。

柔妃心中又怒又涼，她知道這人說的話也沒錯，卻又無可奈何。案子是她當著眾人接下的，如今這些書生肯定是盯著她鬧。她雖然不在朝堂，肅王年紀也小，但因為她的出身，寒族中暗暗支持肅王的也不少。

她是來爭取寒族的支持的，不是來砸攤子。她接了案，若後續這些書生不滿意再鬧，多少會毀了李誠的名聲。可讓她結案……她又哪裡來的本事，去改制？

柔妃重重舒了口氣，想讓自己不要想太多，先進了宮，見了李明再說。

柔妃回宮時，李明早已在她的宮中等她。

她第一次這樣晚回來，李明等他也是別有趣味，他讓人端了茶上來，自己在大殿裡侯了一會兒，腦子裡回想著他和裴文宣白日裡商議的話。

這些書生來鬧事，是裴文宣一手策劃。

他雖年輕，但卻很有手段，能讓這些書生的話一路直達大殿，這雖然是小事，但所需要打通的關節卻甚多。

從宮門外的守兵到宮內侍衛、太監，中間任何一環出了問題，都傳不到大殿來，但幾日前裴文宣就已經同他商量好了。

裴文宣會讓這些書生告狀，然後在朝上假裝和他起衝突，他就順勢將科舉交到裴文宣手中，讓裴文宣全權管理此事，之後裴文宣再出宮去，接了這些書生改制的要求。

科舉改制，是他朝思暮想多年的事。

其實他也不想做得這樣急，但打從今年年初，他身體就不大好，總覺得有許多事做起來力不從心。

他怕肅王等不到他。

而裴文宣恰巧在這時將改制的理由遞到他手裡，有機會，有執行人，哪怕有些風險，他也得冒了。

誰曾想最後竟然還是柔妃出來接了這個案子。

於是他趕緊將裴文宣找來，和裴文宣商量了一下午。

他私心裡是不希望柔妃接這個案子的，他知道其中風險，於他而言，肅王是他用來牽制李川的一張底牌，他不想讓柔妃出事影響肅王。

想到這些，李明輕輕嘆了口氣，福來正給李明倒著茶，在涓涓流水中聽到李明嘆息，福來不由得道：「陛下因何嘆息？」

「柔妃，」李明有些無奈，「太傻了。」

「事已至此，」福來將茶壺放下，將茶杯送到李明手中，尖細的嗓子裡有幾分惋惜，「無論如何說，柔妃娘娘如今也是在為陛下分憂，陛下且放寬心吧。」

李明聽著福來的安慰，沉默不言。

他和裴文宣已經討論過一下午，這件事最好的處理方式，就是讓柔妃安心接案。

若成，柔妃就可以掌握督查司，為李誠鋪路。

若是敗了……

李明眼神有些冷，柔妃一個妃子……終歸都是她的錯。

李明已經想好了所有退路，等了許久後，便聽外面傳來了柔妃回來的聲音。

柔妃還在宮門外，就聽著李明在等她。她又驚又疑惑，李明算不上脾氣很好的人，她一貫遷就他，這倒是他頭一次這麼等著她。

柔妃急急入殿，便跪在了李明身前，歉疚道：「臣妾今日被他事耽擱，未能及時迎接陛下，還望陛下見諒。」

「我知道。」李明起身來，親自去扶她，聲音溫和，「妳辛苦了，我怎會怪妳？」

柔妃被李明扶起來，李明拉著她入殿：「妳可吃過東西了？」

柔妃被這麼一提醒，才想起來，自己一日幾乎沒吃什麼東西，但李明深夜過來，又等了她這麼久，她要是還要趕著去吃飯，又怕李明不喜。她正想說吃過了，李明卻已經徑直讓人去把熬好的粥端上來。

「我想妳是沒吃過的，方才就讓人熬了粥。」李明聲音溫和，他帶著柔妃坐下來，拉著柔妃的手，輕聲道，「我知道妳不喜歡吃甜粥，特意讓人熬了皮蛋瘦肉粥。妳一日沒吃什麼東西，不能吃太硬的東西。」

李明照顧起女人來，也是極為上心。柔妃也不知道怎麼的，就感覺心裡有些酸澀起來。她好似已經許多年，沒得過李明這樣的寵愛。她和李明之間，慣來是她一直關照、遷就李明。畢竟李明是皇帝，是她立身之本。

那麼多女子，李明為何偏偏就寵愛她？她如今也已經和李明差不多的年歲，論美貌不如那些妙齡少女，論家世也不如上官玥這樣的世家大族，琴棋書畫，都不是她擅長，能這麼長久留在李明身邊，除卻她寒門的身分、年少時那點情分，最重要的，就是她懂李明。

她無條件的遷就和陪伴，是李明在這深宮裡最需要的東西。

他被朝臣壓得太久了，身為帝王的驕傲，讓他對於所有的忤逆都極為敏感，世家任何的不順，於他心中都是傲慢，而世家女子所謂的風骨，於他而言便是不敬，所以她的溫柔、乖順、好似無條件的付出、全心全意的陪伴，都是李明心中極為看重的東西。

李明在她這裡任性這麼多年，她都快忘了自己是個女人，如今得了李明這麼一哄，她便驟然有些眼酸。

李明看她似是紅了眼，不由得道：「怎麼好好的，便似要哭了呢？」

柔妃勉強笑起來，她吸了吸鼻子，小聲道：「就是想起年少時候，陛下對臣妾的好，覺得臣妾這些年辜負了陛下。」

「妳哪裡是辜負？」李明搖搖頭，「妳已經做得極好了。這朝堂上，就妳願意為朕分擔事情。」李明說著，嘆了口氣，似乎是愧疚：「朝堂上的事，本不該牽扯到妳們女人身上，如今卻得要妳來為我衝鋒陷陣，我這個做丈夫的，於心何忍？」

「陛下……」

柔妃聽到「丈夫」二字，便有眼淚落了下來。

李明笑起來，將人攬到懷中：「怎麼就哭了？妳也別害怕，」李明安撫著她，「明日我便恢復妳的妃位，督查司的事，妳放手去辦就是，有朕為妳撐腰。」

「朕會給妳部署好一切，妳別擔心。」

「臣妾明白。」柔妃聽著李明許諾，心裡放心大半。

她突然又不怨崔玉郎了。

她想起白日崔玉郎勸她的話來：『娘娘，陛下才是您的根。沒有世家想扶植一個寒族太子，那對以姓氏血脈為根基的世家而言，這是羞辱。』

『只有陛下，才是娘娘唯一的依仗。』

崔玉郎說得也沒錯。

柔妃靠在李明懷中時，心裡鎮定下來。

無論有沒有科舉制，她和世家，終究都不是一條道上的。

李明，才是她唯一的依靠。

第一百三十五章　徵兵令

李蓉和裴文宣談完之後，便自己回了公主府，躺在公主府的床上時，她整個人都似乎沒了著落。

身邊沒有裴文宣，明日也不必上朝，她心裡一時空空的。

她在虛空中張了張手，看著自己纖瘦的手掌，她突然覺得上官旭說得也對。

他們上官家的女兒，似乎生來就是要握住權力的。沒有權力在手裡，她便感覺失去了前路一般的茫然和空虛。

她和李川截然不同，李川在太子位上，他的每一步似乎都是源於對身邊人的責任。因他身為太子，從出生開始就繫著諸多人的性命，他不得不去爭，不得不往前。

可她的每一步，卻都是源於她自己內心深處，對於權勢的渴望。

她太愛那種操控和選擇的感覺，骨子深處，也愛著為了這些冒險的激情。

於是在這樣平和的夜晚，她一時倒有些不知所措起來。

她在夜裡輾轉反側，許久後，她起身去了櫃子，翻出了一件裴文宣的衣衫，將衣衫抱在懷裡後，才找到幾分安定，抱著睡了過去。

一覺睡到早朝時辰，她按時醒了過來，正要叫人伺候她起身，就想起自己不必上朝了。

督查司交了出去，那朝堂也與她沒什麼關係，她也就只需要在暗處待著就可以。

李蓉愣了片刻，用被子把腦袋一埋，乾脆又睡了過去。

一路睡到了午時，她方才起來吃飯，靜蘭伺候著她起身，笑著道：「殿下不上朝，看上去精神都差了許多。」

「男人沒了，事業沒了，」李蓉嘆了口氣，「哪裡有什麼精神？」

靜梅被李蓉逗笑，在一旁拉著李蓉的衣服，只笑著道：「殿下這麼想情郎，今晚不如去新宅子去？」

李蓉悠悠瞟了她一眼，靜梅心上一跳，正以為李蓉要罵她時，就聽李蓉道：「甚合我意。」

李蓉用了早飯，在院子裡歇息了一會兒，趙重九就帶著朝堂上的消息趕了回來。

「今日陛下將裴大人提為了科舉主考官，由裴大人全權負責科舉之事，又讓肅王正式接管了督查司，由柔妃娘娘輔佐，徹查此次科舉替考之案。」

李蓉點點頭，她想了想，不由得多問了一句：「蘇侍郎呢？」

「蘇侍郎自請監察此次科舉。」

「監察？」李蓉笑起來，「他如今，倒是一點都不收斂了。那崔玉郎呢？」

「他讓卑職帶話，說今日柔妃嘉獎了他，還讓他幫著自己，好好做事。」

李蓉聽到這話，便知柔妃是開始澈底信任崔玉郎了，這倒也不奇怪。

她和蘇容卿合作這麼久，不僅什麼都沒拿到，還從貴妃位置降到了嬪位；和崔玉郎合作這麼短短時間，不僅恢復了妃位，還幫李誠得到了督查司，加上崔玉郎寒族的身分，她怎能不更信任崔玉郎？

李蓉點了點頭，只道：「讓崔玉郎好好待著，你再讓人盯著他，記得固定時間找我拿藥。」

趙重九應聲下來，李蓉又詢問了一下今年自己封地的收成和西北的情況。

「荀大人這次請公主一件事。」

李蓉抬眼，趙重九低聲道：「荀大人想讓公主，替秦臨暗中求一道臨時徵兵令。」

「怎的呢？」

李蓉用扇子輕敲著手心，趙重九抬手將荀川寄過來的信奉上來，李蓉迅速過了一眼，便明白了荀川的意思。

去年西北戰亂，最前線的幾個城幾乎沒有任何耕種，等到了今年，城內無糧，就只能靠朝廷救濟。可朝廷的錢財到了西北，又逐層瓜分，等到了秦臨手中，也所剩無幾，軍餉也不過勉強，賑災就更是艱難。

一方面秦臨不忍，另一方面秦臨手中的確也缺兵馬，於是崔清河建議，讓秦臨將城池中的百姓收納入營中，以民養戰。

壯丁充軍，剩下老弱婦孺分地下去種地，等到今年秋天，北邊估計戰事又要起來，到時候他們才有一戰之力。

他這樣做自然不合規矩，但秦臨認為，這樣做之後，在北方的各大世家不必分他太多軍餉，又不用上戰場，把自己餵得兵強馬壯，所以西北的官員都樂見其成，不會揭發秦臨，所以秦臨便已經在私下裡做了。

可這畢竟是違律之事，往大了說，那就是私屯兵馬，所以荀川特意給了李蓉書信，讓李蓉往上面替秦臨求一道徵兵令。平日就罷了，如果真的遇到事，將這徵兵令搬出來，也算秦臨奉命徵兵。

李蓉看到這封信，不由得倒吸一口涼氣。

秦臨這人是個將才，但他最大的問題就是，太過獨斷專橫。

這樣的將領是亂世的梟雄，但也是太平盛世裡君主最頭疼的存在。如今如果不是荀川把這件事捅回來，未來會發生什麼，李蓉已經馬上想了出來。

那些世家現在不說話，是因為用得著秦臨，可等不需要的時候，這就是秦臨的一張催命符。更可怕的還不是秦臨本身，而是秦臨如今兵馬的軍餉，有一部分是她這邊送過去的。

秦臨私下屯兵，她供應軍餉，她又是太子長姐，這個罪名砸下來，死一萬次都不夠。

李蓉穩了穩心神，便知道這個徵兵令她必須給秦臨弄到。

弄到了徵兵令，秦臨手中兵馬越多，李川登基之時，也就越穩固。

可她怎麼能給秦臨弄到這麼個東西？

徵兵令這種東西，是大夏一種特殊的兵令，在特別時期，將軍可以依照此令在駐軍城池之中就地徵兵。

君王給這種東西，都給得十分謹慎。她要怎麼樣，才能讓李明暗中給一道祕密的徵兵令交給秦臨？

李蓉正思索著，就聽外面傳來喧鬧之聲，沒了片刻，丫鬟從院外急急趕了進來，忙道：「殿下，華樂殿下帶著督查司的人趕了過來，把公主府封了。」

聽到這話，李蓉愣了愣，片刻後，她不可思議笑起來：「華樂，帶著督查司，把我的府邸封了？」

這些詞，每一個她都聽得明白，但組合在一起，她竟然體會出了幾分好笑來。

不等她出去，就聽外面傳來華樂熟悉的聲音，那聲音裡帶了幾分平日沒有的高傲：「平樂姐姐。」

李蓉尋聲看了過去，就見華樂一身金縷華衫從轉角處走了出來，她身後帶著一干督查司舊職人員，那些人中還有些新面孔，應當是柔妃整頓了督查司加入的新人。

李蓉挑眉看著華樂走到她身前，朝她盈盈一福：「妹妹奉肅王之命，來姐姐府邸查案。」

「查案？」李蓉頗有幾分玩味，「妳要查什麼案？」

「陳厚照此人，姐姐可還記得？」

「記得呀。」李蓉一聽，便知道華樂來做什麼，她不由得笑起來：「不前幾天，還來督查司告狀的嗎？」

「他失蹤了。」

華樂觀察著李蓉，李蓉面露詫異：「失蹤了？」

「是，就在同姐姐告狀當日，他離開華京，而後他的船沉了，他本人也不知所蹤。」

「這樣。」李蓉點點頭，隨後想起來：「那妳找他才是，妳找我做什麼？」

「肅王殿下懷疑，是姐姐殺了此人。所以還請姐姐配合一下，督查司走一趟。」

李蓉沒有說話，她笑著看著華樂。

華樂見李蓉聽到這些話，神色不變，不知道為何，就覺得自己有幾分氣短，她強撐著自己迎著李蓉的目光，只道：「姐姐還要拒捕不成？」

「我倒不是拒捕，就是想問妹妹幾個問題。」李蓉小扇敲著手掌：「本宮乃當朝公主，皇親貴戚，妳要捉拿我，此案可有證據？」

「不審問妳，何來證據？」華樂皺起眉頭，「妳以前在督查司怎麼辦案的，妳自己不清楚嗎？」

「本宮辦案，向來都要講證據。低於我的品級，可以請到督查司去。可高於我的品級的，就要問問人家願不願意了。妹妹妳初次在朝堂做事，怕是不熟悉朝堂規矩。靜蘭，」李蓉轉過頭去，吩咐靜蘭：「去屋裡，把督查司的行事守則拿過來，給華樂殿下帶回去好好誦讀。」

靜蘭抿唇一笑，便去取督查司守則。

華樂被李蓉這麼一懟，頓時怒從中來，她不有得提了聲音，高聲道：「少廢話！督查司辦案，妳有嫌疑，不跟我去審問，還推三阻四，是不是做賊心虛？」

李蓉聽到華樂提聲，她眼神微冷，可她面上依舊帶笑，只道：「妹妹，妳怕是上了朝堂，便忘了宮中尊卑。我為妳長姐，妳同我說話，也這般無禮的嗎？」

「我現在是幫肅王辦案……」

「督查司的事我比妳清楚！」李蓉驟然提聲，「沒有證據，就給我滾出去！」

「李蓉，妳……」

「叉出去！」

李蓉小扇一揮，便轉身離開，華樂急了，忙帶人想要上前抓住李蓉，公主府的侍衛又立刻衝上前來，兩邊人馬堵成一片，華樂叫罵出聲：「平樂妳別走！」

李蓉上了臺階，聽得華樂叫罵，她又回過頭來。

鳳眸輕抬，悠悠掃了一眼在人群中叫罵著督查司的士兵去抓她的華樂一眼，她笑起來，正想嘲諷兩句，她突然意識到一件事——徵兵令，有了。

第一百三十六章　衝突

李蓉心裡有了主意，轉頭看向華樂，環胸靠在柱子邊上，頗為挑釁道：「妳在我的府邸算個什麼東西，敢叫我別走？」

「李蓉！」華樂喝出了幾分架勢，「妳如今有案在身，陳厚照是不是妳殺的，妳心裡清楚！」

「我心裡清楚什麼？」李蓉嗤笑出聲來，「就憑妳這打小寫個佛經都要讓人代抄的模樣，要不是柔妃娘娘管了督查司，妳以為妳能做什麼？別以為帶了督查司的人過來，妳和我就一樣了。妳和我呀，可不止是出身的差距，」說著，李蓉抬手點了點自己的腦袋，「還有腦子。」

「自己趕緊回家，洗洗睡吧，別在這兒丟人現眼的。不過本宮也體諒妳，」李蓉說著，走到華樂身前來，面上帶笑，壓低了聲，用只有兩個人能聽見的聲音溫和道，「妾生子，也就這樣了。」

「妾」這個詞猛地刺激了華樂，那彷彿是她一生逃不出的夢魘，她幾乎是沒有意識的，抬手便是一耳光搧向李蓉！

李蓉驚叫一聲，匆忙往後躲開她的巴掌，腳下一個趔趄，直直往後倒去，周邊亂成一團，靜蘭匆匆去扶李蓉，急道：「殿下，妳怎麼樣了，殿下！」

華樂愣在原地，看著周邊人都去扶李蓉，李蓉倒在地上，似是當場就昏了過去。

靜蘭叫著人過來，慌忙讓人將李蓉扶起來，華樂看著倒在地上昏迷不醒的李蓉，她的手微微顫抖著，她心中惶恐不已，但也是這一瞬，她有一種說不出的、暗藏著的愉悅升騰起來。

她突然就明白了為什麼她母親總說要往上爬。

往上爬，擁有了至高無上的權力，才可以在他人說著她妾生子的一瞬間，將那人踩到腳下去。

她低頭俯視著李蓉，看著眾人慌亂扶著李蓉進屋，她大喝了一聲：「慢著！平樂乃督查司要犯，即刻拿下！」

「妳……」靜蘭正要說話，就被裝昏的李蓉在袖子下一把抓住她的手腕，靜蘭便頓住了動作。

靜蘭這一頓，周邊便亂了起來，督查司的人不敢上前，但華樂這次還帶了自己的人手，她的人上了之後，督查司也不敢明著違背華樂的命令，只能跟在後面。

李蓉的府兵不肯後退，雙方抵在一起，互相推攘。

靜蘭得了李蓉的暗示，心裡便知了李蓉的意思，她抬頭揚聲：「都停下！這是官兵，你們做什麼，反了嗎！」

靜蘭為公主府管事，她出了聲，公主府的府兵也就停了下來。

靜蘭抬頭看向華樂，冷著聲道：「華樂殿下，您今日是一定要帶公主走嗎？」

「是。」華樂冷笑：「怎麼，妳一個管事也敢攔本宮？」

「奴婢不敢。」靜蘭行禮道：「只是奴婢要確認一下，我家公主如今不過牽扯案中，華樂殿下只是帶我家公主過去詢問一二，不會上刑的，對吧？」

華樂遲疑了片刻，她也不敢當眾說要對李蓉上刑，哪怕她想的要命。

她清了清嗓子，應聲道：「自然不會。」

靜蘭得了這話，恭敬道：「那奴婢先讓人確認我家公主安危，無事之後，再護送我家公主入督查司，不知華樂殿下可同意？」

李蓉還昏迷著，華樂得了靜蘭送李蓉走的承諾，她也不多加為難，只道：「那先叫大夫過來，確認無事之後，勿再拖延！」

靜蘭行禮，便讓人扶著李蓉進去，讓大夫進來看人。

大夫看了李蓉的模樣，知道這中間有些玄機，也不做聲，裝模作樣問診一番，靜蘭就在旁邊陪著。

華樂坐在一旁喝茶，看著大夫給李蓉問診，靜蘭偽作擔憂，抓著李蓉的手，李蓉便在袖下，一個字一個字寫給靜蘭。

趙重九，裴文宣，徵兵令，入宮。

靜蘭將這幾個詞記在心中，她雖然不知道意思，但卻明白，她是得去找裴文宣的。

大夫問診過李蓉後，李蓉繼續昏睡著，華樂見李蓉遲遲不醒，便讓人拿了擔架來，直接把李蓉抬進了督查司。

李蓉一走，靜蘭立刻換裝，從後門出去找了裴文宣。

裴文宣剛剛從官署回來，才入府中，就聽童業說靜蘭過來，他皺起眉頭，自己親自到了大門口，徑直詢問：「可是殿下出事了？」

「今日華樂殿下帶督查司的人來了公主府，把殿下帶走了。」

靜蘭簡明扼要，裴文宣聽得這話，心裡反而放鬆了許多。

李蓉怎麼可能讓華樂這麼容易帶走？這必然是李蓉要使壞了。

但他想到柔妃和華樂的性子，還是擔憂著李蓉的情況，只是他還不知道李蓉的意圖，他也不好做決斷，只能先問清楚：「殿下可留了什麼話？」

「殿下留了四個詞，『趙重九，裴文宣，徵兵令，入宮』。奴婢不解其意，只知道應當是來找駙馬，所以就趕了過來。」

裴文宣聽到「駙馬」這個詞，眼裡便不自覺閃過一絲笑意，他面上不動，點了點頭，吩咐童業去將趙重九找過來。

趙重九很快過來，裴文宣抬眼看他，只問：「殿下提及徵兵令，是怎麼回事？」

趙重九愣了愣，隨後才反應過來，立刻將荀川來信一事前因後果說了清楚。

裴文宣一面聽著趙重九說話，一面摩娑著手中茶碗的碗面，等趙重九說完之後，他似乎還在想什麼，所有人等著他，沉默片刻後，裴文宣抬眼看向一旁童業，吩咐道：「你立刻去御史臺找個我們的人，等一會兒我寫封摺子，讓他照抄上去，再將內閣疏通好，確保摺子務必在今夜到達陛下手中。」

如今內閣初建，裡面塞了不少人。

內閣是李明為了培養肅王勢力以及防止自己消息不流通所建，選人時刻意盡量避開了世家子弟。

不選世家子弟，也就方便了裴文宣塞人，如今各家在內閣都有各家的路子，新內閣和當初的奏事廳，差別也不太大，只是畢竟選的都是新人，比起當年完全是世家把控摺子的傳遞要好上許多。

裴文宣吩咐好後，他放下茶碗，終於出聲：「等摺子傳上去之後，立刻去告知皇后，讓她去接人。現下先去通知上官雅，讓她保著殿下，別出事。」說完之後，他還是有些不安，站起身來：「靜蘭，妳去點公主府的人馬，等在督查司門口，隨時準備，我現下過去一趟。」

裴文宣安排著一切時，李蓉手上戴了鐵鍊，正躺在馬車裡裝昏。

華樂坐在另外一輛馬車上，領著她趕往督查司。

她是不能醒著被華樂帶走的，她要醒著都被帶走了，她的臉往哪兒擱？只能是華樂趁她昏迷時候把她搶走，一切才說得過去。畢竟她在華京囂張慣了，被華樂闖入府邸毆打帶走，簡直是笑話。

華樂不想和她共乘，將她一個人放在馬車裡，她倒也覺得舒適，便斜躺在馬車裡，握著鐵鍊，悠哉悠哉想著接下來的事。

徵兵令這種東西，稍有不慎，就和謀反扯上關係，自然是不能直接要的，只能李明去給。所以她要做的，就是給了李明徵兵令這個解決方案的暗示，再讓他去解決西北的事，把他所有解決方案都堵死，最後只留徵兵令給他選。

李蓉在馬車裡閉著眼睛，緩慢思考著，李明要解決秦臨的事，無外乎幾條管道。

第一是逼著蕭肅或者其他世家增兵秦臨，第二就是國家增加軍餉和賑災銀。

世家李明使喚不動，增加軍餉，如今沒多少銀子，最後就是剩下蕭肅增兵給秦臨。

但蕭肅是李明留給李誠的底牌，也是李明自己用來對抗世家的軍隊，一旦李明察覺世家的軍權威脅著他，就不可能讓蕭肅增兵。

李蓉用小扇輕敲著手心，思索著今晚見著李明後要說的話。

以著裴文宣的速度，她是一點都不擔心今晚就能入宮，她唯一擔心的就是……

就這麼一個下午時間，華樂和柔妃，別瘋得太厲害。

她正這麼想著，就聽外面傳來車夫「吁」的一聲叫喚。

李蓉愣了愣，她不由得有些慌了，她一般是不慌其他事的，就慌是不是裴文宣這廝腦子又不正常，沒有領會她的意圖，跑來救人了？

但她想了想，覺得要給裴文宣多點信心，於是努力讓自己冷靜一點，也就她做著心理建設時，外面就響起一個聲線柔和，但語調卻毫不客氣的青年男聲：「華樂殿下，刑部接人查京郊百姓失蹤案，需請平樂殿下入刑部一趟，還請華樂殿下行個方便。」

李蓉聽到這個聲音，不由得愣了愣，她從未曾想，蘇容卿竟然在這個時候出現。

華樂明顯比她還要詫異。

「蘇侍郎？」華樂似乎有些不知所措，遲疑著道：「皇姐如今也與督查司所查的案子相關，等督查司查完了，蘇侍郎再來提審如何？」

「此案如今已到緊要關頭，還望華樂殿下不要為難在下。」

蘇容卿說著，聲音漸近，李蓉揣摩著，他應該是同華樂說了什麼，她聽不清外面是說了什麼，沒了片刻，她就聽見有腳步聲走近，她趕緊閉上眼睛一躺，就感覺有人掀了簾子進來。

對方坐在她身側，同外面吩咐了一句：「回公主府吧。」

說完之後，對方放下簾子，外面的聲音頓時小了下去，李蓉就聽馬車「噠噠」的聲音傳了過來。

她不好突然醒來，而且醒來了，就她和蘇容卿兩個人面對面坐著，也覺尷尬，於是她就躺在馬車上，拚命思索著蘇容卿的來意。

蘇容卿似乎是看了她一會兒，便起身跪到她身前，他氣息籠罩而來，李蓉才聞見他身上的味道，和上一世是一樣的。

那是上一世後來公主府特有的熏香，如今他也不再遮掩，連熏香都佩在了自己身上。

李蓉一個晃神間，蘇容卿已經輕柔抬起她的手，他替她解開了手鐐，又將她手輕輕放了回去，而後他解了自己的外套，披在了她的身上，又坐到了邊上。

其實按著禮數，哪怕他們在一輛馬車裡，他也該在離她最遠的位置落座，可他卻並沒有如此。

他就坐在她身側不遠處，算不上近，但也絕不算遠，這正是上一世他平日坐著的位置。

李蓉不知道他是不是知道自己醒著，但如今她也不想醒了，此刻醒過來和他對峙，實在是太過尷尬。

她不怕人和她硬碰硬，像華樂、柔妃那樣的，來一個抽一個，來一對抽一雙。

但她怕蘇容卿。

她冥冥有一種感覺，和蘇容卿相處，她問什麼，蘇容卿不會瞞，可正是不會瞞，她才不敢問。這樣的感覺令她糟心不已，甚至於連他今天來都讓她覺得有些煩躁起來。於是她乾脆閉眼裝昏，再多的問題，都等著回公主府自己查去。

蘇容卿將李蓉截了不久，消息就到了裴文宣手裡，裴文宣聽到蘇容卿將人帶走了，立刻領著人折回公主府去。

童業有些奇怪，不由得道：「蘇侍郎截了公主，公子不該去刑部找嗎？」

「他不會帶殿下回刑部，」裴文宣聲音有些冷，「他會好好照看殿下的。」

李蓉閉眼熬了一路，感覺時光異常漫長。

馬車走到半路，她便覺得有些睏，但她也不敢睡。

她隱約聽見蘇容卿吩咐了外面馬車，聲音很輕，輕得好像在很遠的地方：「走慢些，別顛簸了殿下。」

她著實有些熬不住了，感覺蓋在她身上的衣服彷彿是會咬人一樣，她乾脆翻了個身，便將衣服推了下去。

蘇容卿靜靜看著那衣服被李蓉故意推到地上，他注視著地上的衣服許久，才終於開口出聲：「殿下，這麼睡受寒，若不願蓋著臣的衣服，就起身吧。臣帶了話本，給您念念話本，時間也過得快。」

李蓉聽到這話，便知蘇容卿是知道她沒睡著的，甚至知道她是在躲著他。

他畢竟在刑部辦案多年，這點眼力還是有的。

李蓉被揭穿，也不再裝下去，乾脆起身來，坦蕩笑道：「行吧，那本宮這就起來。」

蘇容卿沒說話，徑直從袖中取了一本話本出來，平和道：「今日微臣帶的是《閨中記》……」

「我不聽這些。」李蓉直接打斷了他，蘇容卿動作頓了頓，隨後點了點頭，將話本藏到了袖中。

李蓉注視著他，她有些想問他往事，又不想同他談這些。

他們之間的過往，彷彿是一個禁區，讓她覺得不願涉及。

兩人靜默了片刻，李蓉終於開了口：「蘇侍郎今日找我，所為何事？」

「聽聞華樂殿下去公主府找公主麻煩，」蘇容卿答得平穩，「微臣想，若華樂殿下真把殿下帶入督查司，殿下怕是要吃苦頭，便半路將殿下帶了回來。」

「怕不是為了不讓我吃苦頭，而是怕我設計華樂吧。」

李蓉嘲諷一笑，蘇容卿沉默了片刻，也沒遮掩，徑直道：「的確也有此原因。」

「你倒是不瞞我。」

「容卿不敢欺瞞殿下。」

蘇容卿抬眼看向李蓉，神色平靜。

李蓉對上他的眼睛，她盯著看了許久。

這雙眼和上一世似乎沒有什麼區別，李蓉不由得笑出聲來：「你欺瞞我的還少嗎？」

蘇容卿頓了片刻，這話出來的那一剎，他們兩人彷彿都立在薄紗面前，他們看得見對方隱隱約約的身形，卻始終看不清對方的面容。

他們任何一個人，往前再走一步，就能把薄紗撕扯開來，看見對方的模樣。

只是誰都不知道，那模樣到底是猙獰可怖，還是美麗如幻想中的面容。

蘇容卿抬手去握住杯子，他喝了一口早已涼了的茶。

冰涼的感受讓他一點一點冷靜下來，他稍稍鎮定之後，緩聲道：「殿下怨我嗎？」

李蓉想了想，她自嘲一笑：「有什麼怨恨呢？我不如你，願賭服輸。只是我想知道，」李蓉環胸在身前，低低出聲，「你不能停手嗎？」

已經重來一世，該報的仇也當報了，該有的怨也當消了，還有什麼好執著呢？

蘇容卿看著李蓉，他反問出聲：「殿下能停手嗎？」

「你知道我不能。」李蓉果斷回覆，「川兒是我弟弟，我沒得選。」

「那……」蘇容卿勉強笑起來，「陛下會停手嗎？」

這個陛下，指的不僅僅是李明，也不單單是李川。

他所指的，是每一位坐在那個位置上，有野心的君王。

世家發展至此，任何一個有野心的君主都留不下他們。而作為皇帝母族的上官家尚可以逃過一劫，作為整個江南世家之首、氏族譜上第一列的蘇家，幾乎沒有任何全身而退的可能。

蘇容卿看得明白，李蓉也看得清楚，李川對於蘇氏的暴戾，不僅僅是因著秦真真之死。秦真真所展現的，是世家權勢之可怖，而蘇氏之敗落所代表，是世家大夏最後的輝煌，至此之後，所有世家的存在，都不過是纏綿不絕的餘響。

李蓉拉不住李川，甚至於，她拉不住任何一位稍有野心的君主的步伐。

李蓉遲疑了片刻。

蘇容卿聲音平和：「所以殿下，我也沒有路選。」

李蓉說不出話來。

一時之間，她突然覺得這個人，可恨又可悲。

她自己給自己倒了茶，端了茶沒說話。

最重要的話已經問過了，哪怕在問之前她已經知道了答案，但終究還是想再問一遍。如今得了確定的回覆，她也就再沒了其他想法。

兩人靜默許久，黃昏剛過，馬車便到了公主府前。

裴文宣等在公主府門口，他來之前，便早已讓人清場。今日公主府被圍，特殊情況封路也是正常。

清場之後，公主府前空無一人，他雙手攏在袖間，守在門口，看見馬車來，他有些緊張捏緊了拳頭。

車夫見到裴文宣，便停了下來，還沒來得及喚一聲「裴大人」，就看裴文宣直接大步走上前來，一把掀開了簾子。

李蓉沒想到裴文宣來得這麼快，端著茶還有幾分錯愕，隨後就看裴文宣冷著眼在蘇容卿地上的衣服上掃了一眼，而後抬眼看向她。

李蓉在那一瞬間感覺到了一種莫名的心理壓力，她輕咳了一聲，解釋道：「文宣，那個……」

「殿下先下來說話吧。」裴文宣平淡開口，朝李蓉伸出手。

裴文宣越是平淡，李蓉越是心慌，她趕緊將手搭在裴文宣手上，由裴文宣扶著下了馬車。

蘇容卿轉過頭去，低頭給自己倒茶。

剛下馬車，裴文宣便將自己外套脫下來，披在李蓉身上，溫和道：「殿下冷了吧？」

「我不……」

李蓉下意識想拒絕，畢竟這也是快四月的天氣了，可話沒說完，裴文宣就握著她的肩，肯定開口：「妳冷。」

李蓉：「……」

她除了冷，沒有選擇。

她不敢說話，就披著裴文宣的衣服，裴文宣喚了門口守著的靜蘭過來，扶著李蓉進去。

李蓉見裴文宣不打算和她一起進去，不由得有些擔心，怕他做出什麼不冷靜的事情來，畢竟崔玉郎那一拳還在朝堂上掛了幾天。

崔玉郎被砸一拳沒幾個人理會，但蘇容卿要是被砸一拳，就不是小事了。

但她又怕說多了被裴文宣誤會自己護著蘇容卿，她憋了又憋，只能道：「一起進去吧，嗯？」

裴文宣知道她擔心什麼，溫和笑了笑，輕聲道：「殿下先回去，我就說一句話，就回來，嗯？」

裴文宣話說到這樣，李蓉也不好多說什麼，她只能一步三回頭，由靜蘭勉強扶著進去。

裴文宣見李蓉回府，冷了臉回來，再一次掀起馬車車簾。

蘇容卿知道他是一個人回來，冷淡抬眼：「裴侍郎有何賜教？」

裴文宣溫和笑了笑，用只有兩個人能聽到的聲音開了口：「蘇侍郎，在下得提醒您一句，您身上這香是內侍用的，還望蘇侍郎記得。」

蘇容卿目光驟冷，裴文宣笑著一頷首，算作行禮，而後將手中簾子抬手一放，隔絕了裡面人的面容，便高興轉身離開。

等他追上李蓉時，面上已是春風得意的模樣，李蓉看見他這笑容，不由得有些奇怪：「你同他說了什麼？」

「啊？沒什麼。」裴文宣笑起來，「就誇了誇他身上的香挺好聞的。」

李蓉說不出話來，她知道裴文宣是個狗鼻子，蘇容卿佩前世的香，她都聞到了，他不可能沒聞到。

她沉默保平安，過了片刻，她刻意轉了話題：「你這麼大搖大擺待在公主府，不怕人看見嗎？」

「今日特別情況，我早讓人提前清場了，現下府中只有內院和我的人還在外活動。」

裴文宣迅速解答了李蓉的問題，不等李蓉再問，就繼續道：「摺子已經遞入內閣，今夜應當會傳到陛下手裡。戶部那邊妳也放心，錢永遠不夠用，陛下要征錢不容易，他發不了錢給秦臨。殿下放心。」

兩人說著，一起走到了內院房間裡，剛進屋中，裴文宣便側過身來，擋住了李蓉的去路。

「現在就只剩下一個問題。」

李蓉聽到他嚴肅的口吻，一時有些害怕起來。

她也不知道自己害怕什麼，就直覺自己彷彿做錯了事，故作鎮定立在原地，隨後就看裴文宣伸出手來，將手放在她面容上，語調裡帶著憐惜和審問：「她打疼妳了麼？」

第一百三十七章　打秋風

李蓉聽到這話，便知裴文宣問的是華樂。她滿不在意笑笑：「就刮到一下，我哪兒能真讓她打了？」

裴文宣倒也沒說話，他瞧著她，片刻後，他低下頭去，輕輕吻在她傷口上。

那吻帶了些癢，讓李蓉整個人顫了顫，不由得退了一步。

她一退，裴文宣就上前，順勢將她壓在門板上，用唇劃過她的面容，落在她的唇上。

他攬了她的腰，恨不得將人揉在骨血裡。

李蓉察覺他的力道，輕輕推了推他，含糊道：「還要進宮呢。」

裴文宣知道她的意思，只要摺子到了宮裡，她就得入宮去找李明，要是這時候留下點什麼痕跡出來，到時候也說不清楚。

於是他直起身來，將人在懷裡抱緊了，深吸了一口氣道：「妳受委屈了。」

「這哪兒算什麼委屈？」李蓉笑起來，她抬手戳了戳裴文宣的肩，「我還以為你要問蘇容卿呢？」

聽到蘇容卿的名字，裴文宣冷哼了一聲，低頭狠狠親了她一口：「還敢說？」

「一見妳，就一股子怪味兒。」

「你這什麼狗鼻子？」李蓉笑出聲來，「在馬車外面也聞得出來？」

她靠蘇容卿近聞出來不奇怪，裴文宣一見面就聞出來，這就有些駭人了。

但裴文宣嗅覺靈敏至此，她也不奇怪，畢竟裴文宣擅長調香，若是嗅覺不敏銳，也學不會這個。

裴文宣板著臉不說話，李蓉知道他是有些生氣，便抬手勾住他的脖子，整個人掛在他身上解釋道：「我在馬車上裝睡，他就給我蓋了件衣服，」說著，她面露哀切，靠到裴文宣胸口，「裴哥哥，我髒了，怎麼辦啊？」

裴文宣被她逗笑了，低頭親了她一口：「髒了？來，哥哥給妳洗洗。」

兩人笑著打鬧了片刻，從門口鬧到床上，裴文宣知道宮裡的消息時刻會來，也沒做得太過，等到末了，他身上也就脫了件外衣，衣衫完整，李蓉彎在他胸口靠著，好似人都散了。

裴文宣起身去取了水，給她擦了汗，她汗也不多，緩了片刻，便和平常也沒什麼區別。

裴文宣躺在她身側，抬手順撫著她的手臂，讓她感覺自己還在身邊，他思量著道：「蘇容卿去找妳做什麼？」

「他怕華樂吃虧，」李蓉懶洋洋出聲，「你都猜得出我算計人，他畢竟跟了我這麼久，能猜不出來？」

裴文宣動作一緩，但在李蓉察覺之前，他又繼續撫上她的頭髮，平和道：「他怕也是擔心妳在柔妃和華樂手下吃虧吧？她們這麼千辛萬苦想把妳提到督查司去，怕也是存了要想辦法把妳殺陳厚照的事和太子扯上關係的意思。妳落到她們手裡，誰心裡都不安。」

李蓉沒說話，她閉著眼睛，裴文宣垂下眼眸，低聲道：「我本也是想立刻過去的，但我怕擾了妳的布局，所以我把事都安排好……」

「你做得很好。」李蓉抬手握住他的手，將人往前幾分，整個人都窩在他懷裡：「你不需要同我解釋這些，你做的就是我想要的。」

裴文宣沒說話，李蓉靠在他身前，便給了他極大的安撫。

「我沒有第一時間過去，」裴文宣嘆了口氣，「心裡愧疚。」

李蓉伸手攬了他的腰。

她其實也知道，他不僅僅是愧疚，他還害怕。

害怕自己又晚了一步，害怕自己沒有蘇容卿給的多，害怕自己沒有蘇容卿做得好。

可她也不知道該怎麼勸，道理說得多了，可這人世間大部分人，都是道理比誰都明白，可所有的傷口，都只能靠事件和經歷來改變。

她不說話，就抱著裴文宣，裴文宣想了想，知道再談這些也矯情，便換了個話題詢問：「妳同他有談些什麼嗎？」

「我問了他能不能停手。」李蓉嘆了口氣：「他要做這些，最主要是信不過川兒，若是他能和我們一起輔佐川兒登基，那便容易得多。」

「他如何說呢？」裴文宣早知了答案，問得漫不經心。

「自然是不允的。」李蓉懶洋洋回答，「他說所有君主都不會放過世家，他沒有路可以選。」

「他最好的路，就是輔佐肅王。肅王寒門出身，蕭肅又沒什麼能力，登基之後必然依賴於世家。他如今年僅十一歲，等兩年後登基，也就是個十三歲的嫩娃娃，到時候去母留子，再看他聽不聽話。聽話就留下，不聽話，等生了孩子再換一個奶娃娃就是了。」李蓉說著，淡道：「算盤打得好得很。」

裴文宣得了這話，點點頭：「那也不必強求。他與我們不一樣，也沒什麼選擇。」

「哪裡是沒有選擇？」李蓉笑了一聲，「不過是捨不得手裡的利益罷了。」

裴文宣沒有說話，他遲疑了片刻，終於還是開口：「殿下，蘇氏與上官氏、裴氏不同，上官氏本就是八姓末流，而裴氏也是寒門，兩者是依託於皇室，才走到如今，所以我們沒有太多選擇，無論是換太子，還是接受政令，損失都相差無幾。可蘇氏不一樣，它乃江南望族之首，這些百年世家，莫說皇子的更替，這麼幾百年來，就連朝代更替，都不曾傷筋動骨。」

「所以呢？」李蓉雖然問，卻知道裴文宣是在說什麼，她苦笑了一聲，「無論蘇容卿爭與不爭，蘇氏和其他氏族中的大部分人，都不會退。與其讓川兒登基走到那一步，倒不如直接先廢了川兒，以免有更大損失是嗎？」

裴文宣沒有說話，李蓉轉頭看他，似笑非笑：「你倒是善解人意得很，不是不喜歡他嗎，一天天幫他說什麼好話？」

「我是不喜歡他，」裴文宣溫和笑了笑，抬手梳理了她額邊亂髮，「可我希望殿下覺得，這世上有許多人喜歡妳。」

他想讓李蓉看到一個更好、更溫暖的世界，不願她將每一件事，都想得格外偏激。這世上，太多人教會她如何以惡意揣摩他人，他卻想教她睜眼尋找這世間所有可能的美好——哪怕這個人是蘇容卿。

李蓉知道他的意思，她伸過手去，抱著裴文宣，在他懷裡懶懶撒嬌。

「我知道裴哥哥最好了。」

裴文宣笑起來，看著面前越發愛撒嬌的姑娘，低頭親了親她：「妳知道就好。」

話音剛落，外面就傳來靜蘭的聲音：「殿下，宮裡的消息來了，陛下已經看了摺子，皇后娘娘趕過去吵了。」

李蓉聽到這話，趕緊起身，吩咐靜蘭道：「備馬車，我這就入宮去。」

說著，裴文宣也站起來，他幫著她整理衣物，李蓉快速打扮好，轉頭吩咐他：「你也別在公主府久待，回去吧。」

裴文宣苦笑了一下，應道：「知道了。」

李蓉見他似乎是不開心，墊起腳親了他一口，算作安撫，拿了自己的小扇，便提步走了出去。

一出房間，李蓉頓時收了在裴文宣面前那份嬌俏，領著人走出去，一面往前，一面詢問靜蘭道：「皇后娘娘去做什麼問了嗎？」

「說了，」靜蘭跟著李蓉，掀了馬車車簾讓李蓉入內，低聲開口，「皇后娘娘是為著您的事過去了，怕是要在宮裡吵起來。」

李蓉點了點頭，沒多說，她母親一遇到他們姐弟的事，就極為強硬。

李蓉拿了小鏡子，看了一下臉上的傷，然後急急進了宮裡。

李明沒想到李蓉會夜裡入宮，正和上官玥吵著，聽到李蓉來了，還是上官玥先反應過來，她吸了吸鼻子，故作平穩道：「讓平樂先進來吧。」

李蓉在外面醞釀了一會兒，隨後便帶了五分憤怒、五分委屈走了進來。

上官玥見李蓉入內，首先便看到了她臉上的血痕，她實在按捺不住，轉頭就看向李明，低喝出聲：「陛下，你看看蓉兒臉上是什麼！你還敢說無事嗎？」

李明看到李蓉臉上的血痕，一時也僵住了，李蓉知道自己母親鬧過了，她跪下身來，恭敬道：「見過父皇。」

「平樂，妳這麼晚入宮，是有何事啊？」

李明裝作對之前的事一無所知，閉口不談。

李蓉神色平靜，淡道：「兒臣入宮，是為同父親商討督查司如今查案一事。」

李明沉默了片刻，他本以為李蓉還是會哭鬧著進來，沒想到李蓉如此平穩，他緩了片刻之後，慢慢道：「那……皇后妳先退下吧。朕同平樂聊聊，自會給平樂一個公道。」

上官玥看了李蓉一眼，又看了皇帝一眼，她見李蓉似乎也是不想她在這裡的模樣，便也不做停留，吸了吸鼻子，起身離開了去。

等上官玥走了，李明趕緊上前，扶起李蓉道：「平樂，妳這是怎麼了，同父皇好好說說。」

「父皇應當聽說了，」李蓉克制著怒氣，抬眼道，「今日華樂帶人上了我府中，和兒臣府兵起了衝突，當眾毆打於我，兒臣休養到現在，才剛剛緩過來，這就入宮了。」

「華樂竟然這樣對妳？」李明故作憤怒，「朕這就把她叫過來，好好罵罵她。」

「父皇。」李蓉抬眼看他，冷靜道，「兒臣的事，是小事，兒臣如今進宮，也不是為了這麼點事。兒臣來這裡，是擔心，若誠弟如此行事，督查司怕是保不住了呀。」

李明聽到李蓉的話，他頓了頓動作，方才緩慢道：「妳說的保不住，是指什麼？」

「父皇，華樂如此行事，她今日入的是我府中。若換一位大臣，她在對方只是涉案情況下在府中毆打大臣，父皇覺得這事能這麼了嗎？」

「退一步說，」李蓉繼續道，「今日若不是我，換任何一位大臣，父皇以為，華樂能把對方從府中帶走嗎？怕督查司的人，都得折在那。」

「這怎麼可能，」李明笑起來，「妳太多慮了。」

「父皇。」李蓉神色平淡，「督查司，是兒臣一手建立，其艱難兒臣比任何人都清楚。兒臣身為公主，太子長姐，皇后之女，背靠上官氏，查案過程尚且遇刺殺險阻無數，以華樂如此做事，怕是危險重重。」

「兒臣就問，這世家大族，誰受得了華樂這一巴掌？」

李明不說話，他思忖著李蓉的話，李蓉繼續道：「兒臣知道父皇不信任兒臣。兒臣建立督查司的初衷，固然有兒臣的私心，但在此之外，也是希望朝廷之中能有人轄制世家權力。如今兒臣雖然離開了督查司，但督查司始終是兒臣的心血，」李蓉說得有些難過，「若就這麼沒了，兒臣心裡過不去啊。」

「妳說得也有道理。」李明思慮著道：「那依妳的意思，是讓華樂作風收斂一些，日後不要如此強硬？」

「華樂該硬的時候還是要硬，但不能如此羞辱人的臉面，」李蓉鄭重道，「除此之外，父皇還需再在督查司加派人手，一來保證柔妃等人的安全，二來，督查司做事，也有底氣。這世家手中都有自己的府兵，若華樂壓不住人，怕是提人都提不出來，更別辦案。」

李明聽李蓉的話，便知她中間的暗示。

以前督查司只需要這麼點人，是因為李蓉有面子，世家就算不敬她，也要敬李川。如今柔妃來做事，沒有臉面，自然只能靠更多的人來辦事情。

李明當是李蓉邀功，只是他聽在耳裡，心裡又有了其他想法。

世家手中都有府兵，如今他又建督查司，又改科舉制，世家手中的兵馬，就是他心中的大忌，誰也不知道這些世家說不定哪一天聯合起來，就把他的位置給掀了。

這種可能性讓李明有些焦慮，他不由得想多給自己的嫡系軍隊增兵增糧。

可這些都是錢。

強化自己手中的兵要錢。

方才御史臺來的摺子，說西北秦臨那邊分不到糧食，今年秋季估計又要開戰，去年沒有耕種，流民太多，需要安撫，要錢。

如今督查司要擴兵，要錢。

都是錢。

李明一想這些，就覺得頭大。他抬手捏揉了一下自己的眉心，李蓉打量著，小心翼翼道：「父皇可是有什麼顧慮？」

「妳說得很有道理，可督查司增兵，那就是要錢的事情。督查司打從建立，就花錢不少，如今再增兵，怕是戶部不允。」

李蓉聽著，用小扇輕敲著手心，緩慢道：「父皇說得也是，其實當初在督查司，兒臣私下也是補貼了不少。」

李明聽著李蓉的話，心裡不由得有些發虛。

只是李蓉也沒再說下去，轉頭想了想道：「要不這樣，父皇你給誠弟一道徵兵令。到時候誠弟實際過程裡要是覺得人手不夠，乾脆自己徵調一些老百姓。去年戰亂的時候，城裡也不少流民，徵調流民費用低廉，這些老百姓給口飯吃就行，這樣一來，既穩定了民生，督查司也多了自己的人手。錢財之上，誠弟也是個親王了，不能凡事就想著讓父皇掏腰包，父皇覺得如何？」

「徵兵令？」李明聽著，搖了搖頭，「這可是軍隊上的東西，哪裡能拿到督查司來？」

「特殊情況，特殊對待嘛。」李蓉笑了笑，她遲疑了片刻，有些猶豫提醒：「畢竟，科舉如今要改制，也是非常時期。」

李明聽著李蓉的話，心裡沉了沉。他打量了一眼李蓉，見李蓉發著呆，他不由得嘆了一口氣，試探著道：「妳是川兒的姐姐，朕都沒想到，妳對誠兒，竟然如此惦念。」

「都是自家兄弟。」李蓉笑了笑，看著李明，「他年紀還小，又接管的是我的督查司，我怎麼會不念著？」

「他……」李明猶豫了一會兒，慢慢開口，「平日，朕對誠兒和華樂都偏愛些，朕還以為妳心裡多少會有些不舒服。」

「父皇多想了。」李蓉嘆了口氣，「年少時還有些不舒服，但長大了，就知道父皇的難處。川兒是太子，我是嫡長公主，我們得到的已經很多，父皇多疼愛些其他弟妹，也是為了不給我們樹敵。」

李蓉說得誠懇，李明都一時有些尷尬。

李蓉笑了笑，一派真誠道：「反正父皇又不會廢了川兒，父皇的疼愛，我和川兒會不知道嗎？」

「妳說的是。」李明點著頭，笑得有些艱難。

李蓉溫和打量著他：「我今日過來，也就是說些擔心的事，至於其他……」李蓉面露幾分難過：「我也不好追究。華樂新官上任，我若就這麼追究了她，她之後更不好和其他人相處了。」

「妳大度，華樂那孩子真的是……」李明有些恨鐵不成鋼，「太過分了些。」

李蓉笑了笑，低頭不說話。

李明沉默了一會兒，他想了想，知道如今也不能就這麼算了，若不安撫李蓉，皇后那邊也要找他鬧下去，而且李蓉也說得不錯，如今華樂就算錯了，也不能打她的臉，不然她再接著辦案，個個都要和她唱反調了。

李明想了又想，終於道：「妳受了委屈，可有什麼想要的，父皇賞妳。」

「我想要的，怕父皇為難。」

李蓉苦笑，李明聽李蓉鬆了口風，就知道她是有求於他，立刻道：「妳說，父皇一定應允。」

「父皇，」李蓉面露哀切，「駙馬……您能不能讓他回來呀？」

李明沒想到是說這個，他看著李蓉面上的黯淡之色，也有些心疼，但又想著心底裡那些個擔心，只能道：「平樂啊，強扭的瓜不甜，算了吧。」

李蓉面露黯然之色，李明想了想：「妳還有沒有其他想要的？」

「也沒什麼了，就是有些缺錢。之前督查司花了不少，以往都用著駙馬的，如今駙馬同我和離了，那麼大個公主府，吃穿用度，樣樣都要花錢。一年幾百兩黃金，嘩啦啦的就沒了。」

「妳早同父皇說呀。」李明領悟了李蓉的意思，趕緊道：「父皇能委屈了妳不成？福來，」李明轉頭叫了福來過來，「讓內務府清點一下倉庫，端……」

李明頓了頓，李蓉轉頭看了過去，李明咬了咬牙，終於勉強笑起來：「一百兩黃金，給平樂殿下送過去。」

「父皇真好。」李蓉一聽一百兩黃金，頓時高興起來，站起身道：「那兒臣就不打攪父皇，這就先下去了。」

「去吧。」李明笑得勉強：「也不早了。」

李蓉高興退下，李明叫住她：「那個，華樂的事，妳給她一個面子。她也是為了查案，妳就算做做樣子，封個府吧。」

這一百兩金子不是白送，李蓉知道。李蓉笑了笑，恭敬道：「兒臣明白。」說著，李蓉便退了下去。

李蓉高高興興帶著錢回去，李明自己在宮裡待了一會兒，想著一百兩黃金，想著秦臨要錢，想著蕭肅要錢，想著督查司要錢，越想越氣，胸悶頭疼。

福來端著茶過來，給李明揉著腦袋，勸慰道：「陛下也別太生氣，氣壞自己身子，那可是社稷之災。」

「一個個的，天天要錢，那些世家狗賊，軍餉這麼多，到了邊境一點都不給人留。欺負人把秦臨送到前線去，沒兵沒糧讓人怎麼辦！」

「那……」福來遲疑著，「不如讓蕭將軍……」

「蕭肅怎麼可以動？」李明坐到椅子上，拍著扶手叫罵，「如今科舉改制，誰知道這些混帳東西會做出什麼來！蕭肅上了前線，折的都是朕的兵馬，要是這些世家有了動作，朕拿什麼和他們拚？」

福來不說話了，李明左思右想，就聽福來低聲提醒：「那，當真沒有一個不讓國庫出錢，又讓秦將軍能有力抗敵，安置百姓的法子了嗎？」

李明沉默下來，片刻後，他緩慢出聲：「有一個。」

「陛下有主意了？」

李明沒說話，手指無意識摩娑著手上的玉扳指。

李蓉的話還在他耳邊：『城裡也不少流民，徵調流民費用低廉，這些老百姓給口飯吃就行，這樣一來，既穩定了民生，督查司也多了自己的人手……』

處置流民，錢少，增加兵力。

督查司不能用這個法子，但秦臨卻是再適合不過。

李明冷著聲，慢慢開口：「徵兵令。」

第一百三十八章 未來

李蓉得了李明的賞賜，美滋滋出宮，出宮沒多久，她便同靜梅換了衣服，吩咐了靜梅道：「回去把我的替身找出來，明日督查司的人會來封府，近日就讓替身待在府邸，好好遮掩著。」

靜蘭、靜梅點點頭，靜梅不由得道：「那殿下如何安排？」

「我去新宅子那邊住著。」李蓉想著裴文宣，手裡漫不經心轉著摺扇。

靜梅沒能明白：「殿下去新宅子那邊做什麼，是想駙馬了嗎？」

李蓉手頓了頓，靜蘭輕咳了一聲：「殿下放心過去，這邊我和靜梅會安排好的。」

有靜蘭這麼打岔，李蓉的尷尬緩和了幾分，應了一聲「嗯」，看路程適合，便讓馬車停住，偽裝成侍女下了馬車，領著幾個侍衛去了暗處。

到了暗處之後，去清路的暗衛折了回來，低聲道：「殿下，沒有人跟著。」

李蓉確認安全，這才回頭，趕緊去了新宅。

李蓉往著自己新買的宅子趕過去時，裴文宣還在屋中看著今年科舉幾個備選的考題。如今科舉一切都已經安排就緒，就等著柔妃辦了替考的案子，將考生安置好就準備開考。

裴文宣斟酌著考題，外面就傳來了童業的聲音，小聲道：「公子，殿下派了人過來，說是有要事見你。」

裴文宣聽到李蓉的人來，便知是她宮裡的事情辦完了，他低著頭，在題目上圈了字，寫了修改的批註，一面寫一面緩聲道：「進來吧。」

片刻後，一個黑衣女子就走了進來，她身上披著斗篷，遮著她的面容，裴文宣沒有抬頭，低頭批著摺子，平緩道：「殿下如何了？」

「已回去了。」沙啞的女聲響起來，裴文宣執筆的手頓了頓，他皺起眉頭，抬眼看向屋裡站著的女子。

女子戴著面紗籠在黑色的斗篷裡，完全看不出身形和面容。

裴文宣靜靜看了片刻，又轉過頭去，淡道：「哦，那就好，殿下還有其他話說嗎？」

李蓉站在原地，見裴文宣理都不理她，似乎是完全沒認出她來，她一時有些來氣，她壓著嗓子，低聲道：「殿下沒說別的，就說明日公主府要封府，與大人久不相見，怕大人寂寞，讓奴婢特來侍奉。」

「妳這婢子沒規矩。」裴文宣皺眉看向她，冷聲道，「滾出去！」

李蓉看著裴文宣一副守身如玉的模樣，不由得笑起來。

她伸手進了斗篷，開始一件一件往下脫自己的衣衫，裴文宣移開眼眸，低頭看向手裡的公文，冷淡道：「妳這是做什麼？」

「大人，奴婢乃殿下送入府中，大人不必緊張，」李蓉說著，便褪盡了最後一件衣服，赤足提步往裴文宣走去。

黑色的斗篷隱約露出一雙白皙圓潤的腳和纖細的腳腕，在衣衫下忽隱忽現，落到地面上時，似綻蓮花。

她說著話，經過燭臺，廣袖一掃，整個房間便暗了下來。

女子在一片黑暗中倒在裴文宣懷裡，光潔的柔荑從斗篷下探出來，勾在裴文宣脖子上，低聲道：「殿下不會怪罪的。」

「當真麼？」裴文宣終於是裝不下去，語調在夜色裡帶了幾分笑意。

李蓉一瞬反應過來裴文宣在唬她，立刻就要起身，但人直起來半截，便被人一把拉了回去，澈底倒在了他懷裡。

裴文宣一手攬著她，一手抬起她的下巴看向自己，笑著端詳月光下的玉人：「殿下今夜過來，是打算投懷送抱，紅拂夜奔？」

李蓉聽他這話，翻了個白眼，勾了他的脖子坐直在他懷裡，懶洋洋道：「我這是走投無路來投奔大人，打算吃你的、喝你的、用你的。」李蓉說著，挑眉看他：「大人捨得麼？」

裴文宣聽這話就笑了，拿鼻子蹭了蹭她的臉，柔聲道：「給妳用錢，我什麼時候捨不得過？」裴文宣不老實親向她，「臣的一切都是殿下的。」

「裴文宣，」李蓉有些得意，「你說你我這算不算是……權色交易？」

裴文宣露出詫異之色來：「原來殿下之色，還能交易？」

李蓉品了品，覺得這話不太好聽，裴文宣將她身後桌子上的東西一推，便清理乾淨了桌子，將人放了上去，雙手撐在她上方，笑著道：「早說嘛，上一世微臣還是有些薄權的，殿下想要什麼，微臣都給。」

「宮裡的嬤嬤說過，男人的話都不可信，」李蓉抬起身子，在他耳邊輕言，「尤其是床上的。」

「比如說某人便曾同我說過，」李蓉用手指劃過裴文宣胸口，「死在我身上也值得。」

「這話可沒騙妳。」裴文宣笑了笑，便聽李蓉悶哼了一聲，抓緊了他的手。

「今晚和陛下談得如何？」

裴文宣聲音很平穩，李蓉抓著桌沿，語調始終保持著之前的清冷：「差不多了，我給他暗示了徵兵令的法子，又提醒了軍權的問題，他回頭再想秦臨的事，會暗中給秦臨徵兵令的。畢竟，邊境不能丟，世家出兵他調不動，讓自己嫡系去打他不捨得，只能讓秦臨耗在前線。」

裴文宣應了一聲，雙手撐在桌沿，李蓉咬著牙關沒說話，但裴文宣卻喜歡在這個時候同她說話，似乎就是想看著這人能硬撐到什麼時候。

等過了許久，李蓉神智都有些渙散，和裴文宣說話也失了分寸，少有埋怨起來，喃喃道：「他也是為了讓肅王登基，無所不用其極了。把蕭肅放到西北去給了肅王軍權，讓柔妃辦這個寒門的案子為肅王積累自己的人，把蘇容華弄給他當老師讓江南世家和他建交，就等著再熬個十幾、二十年，他把李誠教導成人，然後把天下收拾得妥妥帖帖交給李誠。我就不明白，同樣是孩子，怎麼區別，他但凡對我和川兒有一絲憐惜，便會想法子……」

「殿下，」裴文宣知道她是不著邊際想了過去，他不願意她去想這些，便將十指和她交扣在一起，輕聲問她，「妳來我府上，是想我了嗎？」

李蓉難以思考，含糊著應了一聲，裴文宣低頭親了親她：「就這麼住下了？」

「嗯。」李蓉閉著眼，低聲道，「我近來就躲在你這裡了，每日在你房裡等你回……」

李蓉話沒說完，都不知裴文宣是想些什麼，一切就停了。

李蓉茫然睜眼，裴文宣也有些尷尬。

兩人靜默了片刻後，李蓉笑了一聲，只道：「讓人打水吧。」

裴文宣起身來，將李蓉抱回了榻上，讓人去取了水。

兩人清洗之後，一起躺在床上，裴文宣又問了一下公主府的布置，確認沒有什麼問題後，將人攬進了懷裡。

他的動作有些重，好似十分高興，李蓉想了想方才，不由得有些奇怪，抬手枕在耳下，側著身子看著裴文宣：「你方才是想些什麼，這麼激動？」

裴文宣聽她問話，哪怕是在夜裡，李蓉都感覺他似乎是有些臉紅。

李蓉不由得伸手去摸他臉，想確認是不是燙了起來，裴文宣趕緊推開她的手，低聲道：「別鬧了。」

「你是不是臉紅了？」

李蓉趕緊追問，裴文宣將李蓉按進懷裡：「殿下，睡吧。」

裴文宣越是這麼遮掩，李蓉越是好奇，從他懷裡探出腦袋來，抱著他道：「你說呀，你不說我怎麼睡得著。」說著，她抬手摸到他耳垂，確認果然很燙。

她搖著裴文宣，追問著道：「你不說，大家都別睡了，我白日還能補覺，你可還要上朝……」

「好吧。」裴文宣有些無奈，睜開眼睛：「那我說了，妳不能笑我。」

「保證不笑。」李蓉眨了眨眼，「快說。」

「其實，我心裡一直有一個願望。」裴文宣聲音很輕，他抱著李蓉，聲音柔和：「我希望有一日，殿下能是我一個人的殿下。這段時間不用太長，幾個月就好，幾天也行，甚至於幾個時辰，我都很高興。」

這是出乎李蓉意料之外的一個答案，畢竟是經過人事的，她一開始還以為，裴文宣會給她一個更「人欲」的理由。可是她卻發現，每每在她以為裴文宣沉迷於雲雨之樂時，這個人都會給他雲雨之外更溫柔的回應。

她輕輕靠著裴文宣，緩了片刻後，她才問：「怎麼才算你一個人的殿下呢？」

裴文宣聽李蓉回問，他露出幾分詫異，片刻後，他低頭吻了吻她額頭：「就這樣，就很好了。」

「妳在我懷裡，我在妳心裡，就足夠了。」

李蓉沒說話，她仰頭看他。

「殿下，」裴文宣笑起來，他拉著她的手，聲音溫和道，「有我在，就可以從過去走出來了。」

無論李明在不在意她，無論上官玥愛她還是愛李川，無論過去有沒有人喜歡她，無論她看過多少支離破碎的感情，多少人性黑暗，有他裴文宣在，就不會讓她溺死在過去裡。

他會把她拉出來，一起走向更好的未來。

第一百三十九章　問診

李蓉私下來了裴文宣這裡，將替身安排在公主府中，等到第二日，就聽說華樂帶著人圍了公主府。

聽說她來的時候紅著眼，估計是昨夜被李明訓過，所以也就是將公主府圍住，根本不敢進府。

李蓉高高興興聽著趙重九彙報這些，趙重九看李蓉高興，繼續道：「除了被訓斥，華樂殿下近來還有一樁倒楣事。」

「哦？」李蓉覺得有些好奇，「還有什麼事？」

「今日早朝說到了和東北邊境建交之事，」李蓉喝著茶，聽著趙重九一板一眼道，「裴大人建議華樂公主去和親。」

李蓉聽到這話，一口茶就噴了出來，嗆得咳嗽起來。

趙重九四平八穩地遞上帕子，李蓉取了帕子摀住嘴，咳嗽著道：「他自己、自己去參的？」

趙重九點頭，接著補充：「華樂殿下嚇得哭了一個下午了。」

李蓉：「……」

知道華樂膽小，也沒想到膽小成這樣。

李蓉緩了過來，擺擺手，懶得理會華樂的事，直接道：「其他呢？徵兵令可有消息？」

「暫時還沒有消息。」

李蓉點了點頭，她昨夜才敲打的李明，也沒有這麼著急。

和趙重九又問了一下崔玉郎和秦臨、藺飛白的情況後，李蓉也覺得累了，便讓趙重九下去，自己躺在院子裡曬太陽。

裴文宣把她的身分消息遮掩了，內院除了親信不准其他人進，李蓉便樂得清閒，蓋著毯子躺在躺椅上一睡，便到了傍晚。

裴文宣一貫是不會這麼早回來的，但他一想到李蓉在家裡，到了時間便趕緊趕了回來，也不在官署多幹。

回來時他便聽說李蓉在院子裡睡著，他也沒讓人驚動李蓉，自己悄無聲息到了李蓉旁邊，隨意取了桌上的橘子，一面剝橘子，一面守著李蓉。

李蓉醒過來時，就看見正在自己旁邊看書的裴文宣，她迷糊瞧了他片刻，裴文宣察覺她醒了，轉頭看了過來，笑了笑道：「醒了？餓了嗎？」

「餓了。」李蓉抬手攬過他的脖子，軟綿綿直起身來，親了他一口道：「回來得這麼早？」

「妳在家裡，我怎麼能不早點回來？」裴文宣回頭讓人取了外衣，抬手給她披上，拉著她起身，一起往內院的小飯廳走去。

李蓉打量著府裡的擺設，不由得道：「你家這宅子的確不錯。」

「父親不喜歡大宅子，母親喜歡，」裴文宣解釋著道，「所以就依著母親的意思買了個大宅子，但按著父親的喜好修了個五臟俱全的內院。如今剛好，」裴文宣轉頭笑著看過來，「可以讓我金屋藏嬌。」

「聽說你今日朝廷上參了華樂？」李蓉不想讓他占口頭便宜，便將話題岔過去，用扇子戳了戳他的腰：「好生生的嚇唬小姑娘做什麼？」

「她還算小姑娘？」裴文宣嗤笑出聲來，「嚇唬她都是便宜了她，我看看妳的臉。」

裴文宣說起華樂就想起李蓉的傷口，轉頭捧了李蓉的臉，自己端詳了片刻。

華樂昨日雖然沒打到她，但指甲還是刮了一道淺淺的印子，今日結了痂，倒明顯起來。

裴文宣一看就來氣，皺著眉道：「我放心尖尖上寵著的，一天天給你李氏這麼瞎折騰……」

「裴文宣，」李蓉挑眉，「逾越了啊。什麼李氏？」

李蓉用扇子敲打他，裴文宣「哎喲哎喲」哼著去躲，李蓉提醒著他：「那叫皇、族。」

「我心裡可沒這個族、那個族的，」裴文宣伸手抱過李蓉，「我心裡也就兩種人。」

「哪兩種？」

李蓉有些好奇，裴文宣笑起來，「公主，其他人。」

「這世上的尊卑，只在於殿下和其他人之間。公主是尊，其他人是卑。」

「別說了，」李蓉抬手，捣住裴文宣的嘴，滿眼溫柔，「再說下去，我吃不下飯了。」

突然知道了裴文宣得兩帝盛寵的原因。這小嘴，太能拍馬屁。

李蓉拖著裴文宣坐下吃飯，兩人聊了聊白日的事，朝堂事多，裴文宣倒是說了很久。

等到李蓉說時，李蓉想了想，只道：「吃飯，睡覺，吃飯。」說著，她有些不高興，揮了揮手道：「沒意思得很。」

「說什麼沒意思，」裴文宣見她的模樣，給她盛了碗湯，「如今是朝堂上鬥得厲害的時候，妳剛好從督查司退了，再合適不過。等他們亂夠了，就會想起妳。」

「妳如今什麼都不必做，」裴文宣將湯放在她面前，「趁著機會調理一下身子，才是要緊事。」

兩個人的身體都算不得好，裴文宣是折騰的，李蓉卻是小時候留下的病根。她小時候被罰跪罰狠了，傷了筋骨不算，身體也不算好。

裴文宣看她小口喝著湯，詢問著道：「我明日請個大夫進府來幫妳看看吧？」

李蓉有些奇怪：「看什麼？」

「妳年紀也差不多了，」裴文宣神色溫和，他抬起手，輕輕放到她的肚子上，「我想等妳二十歲的時候，咱們生第一個孩子，好不好？」

李蓉聽他提起孩子，看著他有些期許的眼神，她扭過頭去，故作平穩：「行吧。請吧。」

等到第二日，裴文宣早早下朝回來，讓李蓉蒙上臉，坐在屏風後，讓大夫問診。

大夫診了一會兒脈，便嘆了口氣：「倒也沒什麼大事，就是這位夫人底子太差，胎兒一事，一時半會兒怕是急不了。」

第一百四十章 難題

李蓉聽到這話，下意識轉頭看了裴文宣一眼，裴文宣似乎是愣了一下，李蓉又看了大夫，低聲道：「一時半會兒急不了，是說暫時不會有孕，還是可能一輩子都不會有孕？」

大夫頓了頓，似乎是在遲疑著，說個折中的話。

李蓉見他猶豫，徑直道：「但說無妨。」

「夫人這身體，陰寒太重，看脈象，夫人過去也應該是有過調理。但夫人思慮太多，僅憑醫藥，怕是難有成效。若能戒憂思，少心結，好生調養一陣，才可無大礙。只是知易行難，若夫人這樣容易做到，怕老朽也不用坐在這裡了。」

李蓉聽得這話，點了點頭，裴文宣皺起眉頭，只道：「可會影響其他？」

「陰陽不衡，」大夫點頭道，「不僅是孩子，也會影響壽元。」

裴文宣得了這話，握著李蓉的手，平和道：「那你開方子吧。」

大夫應了聲，便起身出去開方子。

李蓉回頭看向裴文宣，假作調笑道：「看來裴大人想要孩子的願望，怕是難了。」

裴文宣聽到她的話，搖了搖頭，只道：「孩子是小事，妳先調養身子。」

上一世他們在一起一年，都沒有孩子，他本也是想去找大夫給她看看婦人之事，但畢竟年輕，便不太好意思。如今想來，還是他疏忽了許多。

今日請的大夫，是華京中調理婦人身子最有名望的大夫，他既然這麼說了，當是沒有意外的。但裴文宣還是讓人將大夫的藥方拿出去，讓幾個大夫會診之後，終於才把方子定下來。

等到夜裡，李蓉同他睡在一起，他似是半夜都不曾睡。

李蓉迷迷糊糊睜了眼，不由得問他：「你怎麼還不睡？」

「沒什麼。」裴文宣笑了笑，他抬手拉了被子，將李蓉整個人都裹在被子裡，就露出一個頭來。他低頭看著她，有些苦澀道，「妳上一世，看過大夫嗎？」

李蓉一聽便知他是在問孩子的事，李蓉靠在他胸口：「自然是看過的，一年多都沒動靜，宮裡哪個女人會不急？早就暗暗找了大夫看過了。」

「怎麼不同我說呢？」裴文宣抱著她，有那麼幾分難過。

李蓉輕笑了一聲：「我不好懷孩子，怎麼會同丈夫說？當然要好好瞞著，自己調理，以免你起了其他心思。」

「妳怎麼會這麼想我？」裴文宣苦笑。

李蓉抱著他，閉上眼睛，回得理直氣壯，「認識你一年多都沒有，哪來這麼信任？」

裴文宣聽著，一時也不知是該覺得生氣還是慶幸。

和她在一起如曇花一般的那一年，是他心中再美好不過的時光，可其實那段時光，李蓉卻始終是對他保持著戒備和提防。

倒也不應當怪李蓉，他其實也是如此，不然就會把對秦真真的擔憂早早告訴她，夫妻一起解決，也不會白白蹉跎這麼一輩子。

愛情會讓人在短暫的時間裡快速生死相許，可是唯有時光和磨難，才能讓人緩慢交心。

「以後凡事要同我說。」

「知道了。」李蓉似乎是嫌他煩，可猶豫了一會兒後，她還是小聲道：「我怕我一輩子都懷不了孩子。」

「我後來……」李蓉抿了抿唇，終於還是承認，「大夫說，是真的懷不上了。所以我也認了。」

裴文宣聽著，心裡有種銳利的疼劃過去。他不由得抱緊了她幾分。

「無妨的。」裴文宣輕聲道，「我期待的，也只是妳的孩子。」

「那你還讓我喝藥。」李蓉嘟囔，「口是心非，騙人。」

「我是擔心妳身子，」裴文宣哭笑不得，「妳怎麼這麼不講道理呢？」

李蓉哼了一聲，也不同他多說。

裴文宣猶豫了一會兒，緩慢道：「妳在我這兒，剛好也沒什麼事，就好好養著吧。妳別擔心其他，萬事有我。」

李蓉不說話，裴文宣想了想，最終還是道：「妳看，無論前世今生，我一輩子，都是向著妳的。不管怎麼吵、怎麼鬧，我都護著妳，是不是？」

李蓉閉著眼睛，她聽著裴文宣的話，好久後，她輕聲道：「知道了。」

得了裴文宣的話，剛好又有這麼個機會，李蓉便當真開始好好調養。她也不是真不在意，只是上一世沒有辦法，上一世的她沒有任何人去允許她休息片刻，也沒有任何人托她於沼澤，所以她就早早放棄。

如今有辦法，她還是希望能努力一把。

她也很想和裴文宣有個孩子，體會承歡膝下，彩衣娛親。

李蓉在家開始她的養生大計時，柔妃這邊就風風火火幹了起來。

柔妃新官上任三把火，她先用陳厚照失蹤的事把李蓉的府邸圍了起來，對外宣稱將她禁足，而後便開始下令滿華京到處抓人。

柔妃本來想著，她將李蓉這個刺頭收拾了，其他人便會服服帖帖，誰曾想，她這套放在宮裡還好，放到朝堂上來，哪個大家族不是風風雨雨走過來，於是她第一日讓人直接上了上官家大門要去抓人時，上官家的家丁連門都沒讓她進，還把她派進去傳話的人用繩子捆成粽子，直接從府裡扔了出來。

柔妃氣得差點哭出來，趕緊就拿著自己要抓的人的名單進了宮，找李明哭訴了好久。

李明一面批著摺子，一面平淡道：「抓不到人，就想辦法，朕把督查司給妳，是讓妳給朕添亂的嗎？朕是督查司司主，還是妳？」

「可上官家也太欺負人了，臣妾當真沒了法子。」

「沒法子不會想嗎？」李明有些煩躁，「去上官家抓個人都沒辦法，以前平樂還把謝蘭清送進牢房裡去，她同我說過一聲嗎？」

「那她是上官家的公主，」柔妃強調，「妾身寒門出身，除了陛下的恩寵，妾身什麼都沒有。若陛下不幫幫妾身，妾身怎麼辦啊？」

李明聽到這話，頓了頓寫字的動作。他抬頭看了一眼名單，想了想後，終於道：「裴文宣如今管著科舉的事，妳這邊沒把考生名單確認下來，科舉也開不了，他如今不忙，又是個能做事的，我等會兒把他叫到妳那邊，幫著妳就是了。」

柔妃聽了李明的話，一時有些忐忑，裴文宣多少和李蓉有些關係，哪怕如今和離了，她心裡還是放心不下。

李明見她不說話，不由得道：「妳還介意什麼？」

柔妃勉強笑了笑：「裴大人畢竟年輕，陛下不如換一個沉穩一些的大人來幫著臣妾？」

「妳以為朝裡的老狐狸，誰會幫妳做這些？」李明神色嘲諷笑開：「也就是想往上爬的這些寒族子弟會給妳賣命，裴文宣是個有野心的，妳把事交給他，他能辦妥，這事妳要辦得漂亮，但也別衝在前面。」李明說著，意有所指，「妳是誠兒母親，凡事讓裴文宣上前就是了。」

柔妃得了這話，認真想了想。

她不是傻子。

李明把督查司交給她，從來不是為了給什麼百姓公正，皇帝關注不了這麼多個人的命運，他要的是他心中的「大局」。

督查司是李明給她的權力來源，是為了讓她做個樣子，樹立自己在寒門心中的威望，也是為了讓她用督查司當做依仗，擁有自己的黨羽。

只有與她交好得到實際的好處，朝中的人才會真正把她這個寒門貴妃放在心上。

現下與世家交好，利用世家之間的內鬥打垮上官家扶了肅王上位，又在科舉制輸送人才之後，利用寒門平衡剩下的世家。

李明為她和肅王所計，不可謂不深遠。

所以這中間便有個度的問題，這一次科舉的改制，她不能做得太過，真的把世家得罪得澈底，又不能隔靴搔癢，讓朝堂一點血都不出，這樣寒了那些寒門士子的心，也在朝堂立不起威信。

柔妃心裡琢磨了一下李明的話，便應了下來。

等到下午，裴文宣本來打算到了點趕緊回家，結果才在收拾東西，李明便派人過來，讓他去督查司協助柔妃查案，聽從柔妃差遣。

裴文宣得了旨意，面上沒有半點不滿的情緒，笑著接了旨意，等人走了，立刻垮下臉來。

童業在一旁看著裴文宣變臉，小心翼翼道：「公子，您好像不開心啊。」

裴文宣冷著臉，過了許久後，他才道：「煩死了。」他走出去，一面走一面小聲吩咐：「回去和夫人說一聲，今晚我晚點回去。」

「啊？」童業愣了愣，慢慢道，「可是，殿下今天不是說了讓您早些回去吃飯嗎？」

裴文宣動作頓住，許久後，他還是道：「你……你讓人回去，實話實說，說我被柔妃絆住了，得去一趟，我盡快回來，讓她好好吃飯。」

童業點了點頭，裴文宣自己上了馬車，冷著臉坐在馬車上，往督查司走去。

李蓉在家裡閒著無事，親自去小廚房指揮著屋裡的人做飯，等裴文宣回來。

結果人沒等到，就先等來了他不回來的消息，李蓉本來在廚房裡指揮得興致勃勃，瞬間就沒了興趣，甚至還有幾分隱約的生氣。

她自己一個人回了小飯廳吃飯，正吃著沒幾口，就看見管家從外面急急跑了進來，有些急迫道：「夫人，您先找個地方躲躲。」

李蓉茫然看著管家，重複了一聲：「躲躲？」

「老夫人過來了，說一定要見大公子。」

管家剛說完，李蓉立刻知道是溫氏來了，趕緊起身來，指揮著人收拾碗筷，就想回臥室。

但才走到門口，就聽溫氏的聲音從外面傳來，李蓉見出去已是來不及，便乾脆折身回來，躲在了屏風後面的簾子裡。

她剛剛躲好，就聽見溫氏的聲音從外面傳來：「你別糊弄我，錢姑姑前幾日都看到了，說文宣叫了何御醫入府。何御醫是做什麼我還不知道嗎？」

溫氏說著，就跨門走了進來，氣勢洶洶道：「他是不是藏女人了？」

「夫人，」管家知道李蓉在屏風後面，急得滿頭冒汗，「大公子不是這種人。」

「他也不能當這種人！」溫氏擲地有聲，「要是正經人家的姑娘，他就好生把人娶了，藏在家裡算怎麼回事？要是不正經的姑娘……」溫氏說著，語調裡帶了哭腔，乾脆往邊上一坐，哭著道：「他爹這麼好，怎麼會有他這麼個玩意兒！」

李蓉在屏風後面聽著，搧著小扇無聲翻了個白眼。

「殿下這麼好的媳婦兒，」溫氏說著，李蓉趕緊把白眼收了回來，她突然覺得溫氏說話也受用起來，溫氏一面埋怨一面啜泣，「對他哪點不好？就算凶一點、鬧一點，可女人不都是這樣嗎？殿下願意體諒他、懂他，那已經很不容易了，他還要鬧著和人家和離，如今還要搞個女人在府裡……簡直是喪心病狂！」

「夫人，這話不能這麼說。」管家只能賠著笑，「要不這樣，您等大公子回來說，好不好？」

「我不管。」溫氏擦了眼淚，坐直了身子，「你讓那女人出來，我同她說清楚，我兒子心裡是有殿下的，如今不過就是小倆口鬧一鬧，她不要癡心妄想壞人姻緣。」

溫氏說著，言語間似乎早就已經認定這屋裡藏著的女人不正經，完全沒有一開始想要迎娶的選項，只想著如何勸著對方離開自己的兒子。

「夫人，真的沒什麼女人。」

「我不信。」溫氏坐在廳裡，「要是沒有，我就坐在這裡等文宣，等到回來！」

李蓉聽得這話，腳下一瘸。

她看了看外面的天色，從現在等到裴文宣回來……

有點站不動啊。

「給我端杯茶來。」溫氏穩了穩情緒，「我就等在這裡，要麼教訓文宣，要麼教訓那小浪蹄子，只要殿下沒死，誰都別想進我裴家的門！」

小浪蹄子李蓉聽著溫氏的話，內心有一種微妙的體驗，緩緩升騰起來。

裴文宣對家中之事毫無所知，閉眼小憩了一會兒之後，聽著馬車到了督查司，他抬手開始揉臉，感覺把臉揉得軟和了一些後，他便又恢復平日那副笑意盈盈的樣子，從馬車上走了下來。

上官雅早聽聞裴文宣過來，便在門口等著，裴文宣下了馬車，上官雅迎了上來，笑著道：「在下奉肅王殿下之命在此恭候裴大人。」

裴文宣笑了笑，恭敬道：「勞駕。」

上官雅抬手往裡做出「請」的姿勢，迎著裴文宣進了督查司，上官雅一面陪著他往裡走，一面低聲道：「今天提審的十幾個士子，都牽扯著上官家一派的人，你注意些。」

裴文宣點點頭，沒有多說，提步進了屋中。

他一進屋裡，就看柔妃帶著李誠坐在高位上，華樂坐在一邊，旁邊站著他們在宮中慣用的侍衛，往下才是督查司的人。

如今李明缺錢，暫且沒辦法幫她們增加人手，只要不出大事，柔妃便只能用著李蓉之前的人，這也就是上官雅還在的原因。

裴文宣先同柔妃行了禮，柔妃抬手讓他起來，笑著道：「裴大人接到聖旨了吧？」

「是。」裴文宣恭敬道，「為娘娘做事，是微臣的福氣。」

「勞煩大人了。」柔妃似是不好意思，嘆了口氣道，「我一個女人家，許多事也做不好，日後還望大人多多幫忙，不要見怪。」

「娘娘客氣。」裴文宣意有所指看了柔妃一眼，「微臣也是寒門出身，自當多幫幫娘娘，還請娘娘放心。」

裴文宣的話，柔妃自然是不信的，但她也不全然推拒，她點了點頭，只道：「那先帶人上來吧。」

裴文宣不說話，從旁邊端了茶，看著十幾個士子被帶了進來。

這些士子一一跪下，柔妃輕聲道：「諸位就將你們是如何發現自己被頂替說一遍吧。」

柔妃說完後，指了最邊上的人：「就你吧。」

最邊上的士子應聲上前，跪下來道：「草民乃幽州士子張文志，去年參加的縣試。平日裡，草民在家鄉以讀書聞名，打小便是書院裡書院裡的好學生，此次參與縣試之後，草民未能中舉，反而是縣令公子趙平中舉。這趙平為草民同學，慣來不學無術，草民深感奇怪，後來公告亭中張貼了中舉之人的文章，草民辨認得出，此文章字跡，絕非趙平所寫。草民心中不忿，又在當時聽聞其他地方有頂替之事，便在夜裡去了公告亭，仔細看了文章，發現文章名字之處，紙頁稍薄，筆墨暈染，明顯是有人將名字刮過修補而來。於是草民聯繫了各地好友幫著草民查看各地公告欄上中舉文章，終於在隔壁縣的公告欄上，找到了草民的文章。因而才知，草民是被人頂替了參加春闈的名額。」

按著大夏科舉的規矩，為保證地方不會出現徇私舞弊之事，各地方考試從主考、監考都會由華京派人去管理，考完之後，考生的試卷統一收入華京，由吏部封名批改，而後直接將結果傳回當地，並且會在公告欄中張貼中舉之人的文章，一來為了展現科舉士子的才華，讓眾人賞閱；二來也是為了避免這種頂替之事。

但能夠入仕，對於地方世族而言，是太大的誘惑，於是哪怕大夏幾番明令禁止，卻也阻止不了他們將錢絡繹不絕送入華京。

科舉早是上下世族之間一場盛大的交易場，幾乎算的上明碼標價的賣官。

裴文宣聽著這些士子一個一個說著自己是如何發現替考之時，也毫不驚奇。

只是聽了一會兒，他便發現了問題。

第一，這些人都來自幽州，這是上官家的屬地。

第二，這些人發現的方式，幾乎都是從公告欄上所張貼的文章有問題發現的問題。

試卷在進入華京之前，誰都不知道中舉之人是誰，所以應該不會有人在這時候動手。會在試卷上更改名字，把名額頂替下來，不過是兩個環節，第一個環節就是在閱卷之後，打開名字，根據地區分類的時候；第二個環節，則是將試卷運送回地方的時候。而管理這兩個環節的人，常常就是管理那個屬地的大族。

裴文宣差不多猜到了柔妃的用意，他聽了柔妃的話，靜默著喝著茶，等所有人說完後，柔妃看向裴文宣，笑意盈盈道：「裴大人，你也聽明白了吧？」

「微臣明白。」裴文宣放下茶杯，做專注模樣。

柔妃看著他，試探著道，「那裴大人覺得，接下來我們該如何呢？」

「當然是查。」裴文宣立刻說出了答案，斬釘截鐵道，「妳看這些士子，甲的試卷會出現在乙地的公告欄，足以證明這背後替換他們卷子的人，至少能管理整個幽州試卷的發放。我們順著查過去，看是哪些人經手過這些試卷，誰在管這些事。」

這樣一查，擺明是要查到上官家的。

上官家盤根錯節，又是幽州屬地送錢的事，哪裡會沒有人在做？

可裴文宣卻這樣堅定表示要幫她查，柔妃不由得皺起眉頭，一時分不清裴文宣是挖了坑在等著給她跳，還是她一直誤會了他。

裴文宣見柔妃久不答話，他神色一派清明，不由得提醒了柔妃一聲：「娘娘？」

柔妃緩過神來，忙道：「哦，你說得對。只是，這後面牽扯官員甚多，這京中都是世家大族，想要搞清楚這件事，怕是不容易啊。」

「娘娘之憂心，微臣理解。陛下派微臣來這裡，也是為瞭解娘娘所難，」裴文宣笑了笑，溫和道，「娘娘若信得過微臣，不如將事情都交給微臣，微臣保證，給娘娘辦得，漂漂亮亮。」

柔妃聽到裴文宣承諾，便笑起來。

她心中清楚，這後面牽扯著的，便是上官氏的官員。

裴文宣要替她去抓人，那當真是再好不過。

「那本宮先謝過裴大人，勞大人費心了。」

「是分內之事。」裴文宣點點頭，「娘娘不必太過憂心。」

兩人寒暄之後，便將去抓人的事情給裴文宣定了下來，裴文宣見事情已經瞭解，便起身告辭。

柔妃帶著李誠親自送著裴文宣出去，一面走一面同裴文宣閒聊著道：「裴大人與平樂和離之後，家裡應該也沒個人吧？還這麼早回去，不覺得燈冷影單嗎？」

「家中還有老母，」裴文宣笑了笑，溫和道：「當早些回家侍奉母親。」

柔妃聽到這話，面露讚賞之色：「裴大人真是孝子。其實，本宮有一件事，一直不解。」

「娘娘請說。」

「本宮之前觀裴大人和平樂，也算恩愛非常，對本宮……」柔妃笑了一聲，沒再說下去，但雙方卻都明白她的意思，柔妃轉過頭，接著道，「如今裴大人來輔佐本宮，似乎又完全心無芥蒂，不知，裴大人對平樂，到底是個什麼態度啊？」

「微臣永遠追隨陛下。」裴文宣答得認真，「這個答案，娘娘可明白？」

柔妃皺了皺眉，說話間，便到了門口，裴文宣同柔妃道別，便上了馬車。

等馬車開始走遠後，華樂站在柔妃身後，有些不解道：「娘，他說的是什麼意思？」

華樂在私下裡，一向以「娘」稱呼著柔妃。

柔妃聽到女兒的詢問，她笑了笑：「他的意思就是，他對平樂好，是因為妳父皇賜婚，妳父皇不同意他和平樂在一起，他就同平樂和離，他始終忠於你父皇。」說著，柔妃眼中帶了幾分遮掩不住的驕傲：「這是他在對我們表忠呢。」

「那……」華樂遲疑著道，「他說的話可信嗎？」說著，華樂有些生氣：「他前些時日還說要我去和親！」

「這種人，」柔妃嗤笑出聲，「別看他說什麼，要看他做什麼，我就看看，他要怎麼把上官氏的人給我帶回來。」

「娘親說的是。」

母女倆商量著裴文宣的事時，裴文宣一上馬車，就看見童業躲在馬車裡，哭喪著一張臉。

「公子，不好了。」

「何事？」裴文宣皺起眉頭。

「老夫人打上門來，」童業悲痛出聲，「把殿下逼在牆角躲著，躲了快一個時辰了。」

第一百四十一章 收網

一聽這話，裴文宣頓時變了臉色。

溫氏的脾氣他是知道的，李蓉的性格他也清楚，這兩人湊一堆，那絕無好事。

裴文宣趕緊吩咐車夫快走，然後坐回馬車，仔細盤問著童業：「老夫人怎麼會突然去內院？」

「管家說是老夫人身邊的錢姑姑撞見何御醫來咱們府上了。」

聽到這話，裴文宣火氣就上來了：「不是說過這事要做得隱蔽，不讓人知道的嗎？」

「何御醫是披著斗篷進來的，進門前就清了人。」童業解釋著，「誰知道這錢姑姑眼這麼尖，老遠看著何御醫就瞧了出來。管家說了，早年老爺常常請何御醫來府上給老夫人問診，錢姑姑暗中傾慕過這何御醫一段時間，對他熟悉得很。這種事沒有人提，我們哪兒知道啊？」

裴文宣一時無言，他哽了片刻，擺了擺手道：「罷了，下次記得謹慎些。」

裴文宣思忖著怎麼盡快把溫氏弄出去，思索著回了府中。

剛入府裡，他遠遠就看著溫氏靠著小桌打盹，他急急走上前去，喚了一聲：「母親。」

溫氏聽到他聲音，瞬間坐直，看向裴文宣走來的方向，嚴陣以待。

裴文宣上前向溫氏行禮，故作疑惑道：「母親，您今日怎的到兒子這邊來？您身體不好，有事喚兒子過去就是……」

「我為什麼來，你不清楚嗎！」溫氏大喝，「你好的不學，學人金屋藏嬌，我今日過來，就是來教訓你。先前你同殿下和離，都不同我說一聲。那也就罷了，就當你們是小倆口吵了架，可是如今你這是在做什麼？弄個不三不四的女人回來，還讓御醫上來問診，你不是……是不是……」

溫氏漲紅了臉，裴文宣知道她的意思，趕緊道：「母親您誤會了，子嗣之事，兒子不會亂來。」

「那女人呢？」溫氏追問，「你還想不想和殿下和好了？要讓殿下知道你做這事，殿下還會回頭嗎？」

一聽這話，眾人都對溫氏投來詫異的目光。

如今華京裡都傳是李蓉驕縱蠻橫，裴文宣主動和離，如今溫氏口中，倒是裴文宣對李蓉求而不得了。

溫氏見大家詫異看她，她輕喝道：「看什麼看？我兒子我不知道？你對殿下那點心思我清清楚楚，你還真會和她和離了？」

裴文宣：「……」

他第一次覺得自己的娘親這麼聰明。

溫氏揮了揮手，讓眾人下去，裴文宣不著痕跡看了一眼屏風後面，有些著急。

溫氏開始絮叨：「文宣，我知道華京裡大家都喜歡三妻四妾，可你不能學壞了。你想要齊人之福，就有不了真心實意。殿下是個心實的姑娘，她為你出頭那次……」

「我明白。」裴文宣打斷她，「娘，這樣吧，我先送妳回去，我回去和妳解釋。」

「在這裡解釋不行嗎？你別誆我了，你就是緩兵之計，怕我見了那姑娘……」

話沒說完，就聽屏風後面傳來一聲輕輕的「哈啾」聲，全場瞬間靜了。

溫氏用她女性的直覺瞬間反應過來：「這裡有人？」

「沒有。」裴文宣僵著頭皮，「母親，先回去吧。」

溫氏沒有理會她，徑直站起身來，就要往屏風後面去。

裴文宣趕緊上前攔住溫氏：「娘，」裴文宣急了，「先回去行不行。」

「是不是就是那個女人？」

溫氏抬起手，指向屏風後面，裴文宣趕緊道：「娘，沒有什麼女人，您走吧。」

李蓉聽著這話，也有些心虛，她忍不住責怪自己，都忍了一個時辰了，怎麼就忍不住這最後一個噴嚏呢？

溫氏見裴文宣的模樣，氣得笑了：「你當我傻呢？讓開！」

「娘……」

「不讓是吧？那別怪我說話難聽大家誰都不好看！妳這狐狸精給我聽好了，像妳這樣的，就只能躲在我這屏風後面，一輩子見不得光。妳連個妾都算不上！」

李蓉聽到溫氏的話，挑了挑眉，她頭一次被人這麼罵，倒是十分新奇。

「娘妳別說了。」

裴文宣推著溫氏往外，溫氏一把推在他身上，怒道：「放開我！你還要打我不成？你讓我看看，到底是什麼狐媚樣子，把你糊弄成這樣？我今日一定要見她！」

「娘……」

「行呀，郎君。」李蓉見裴文宣實在弄不走溫氏，便換了個音調，從屏風後面出聲，嬌滴滴，「你讓她看唄，讓她看看我到底是個什麼狐媚樣。」

「別鬧了……」

裴文宣聽李蓉也出了聲，感覺心力交瘁，溫氏見李蓉還敢說話，氣不打一處來，喝道：「讓開，讓我去教訓教訓這小浪蹄子，讓她不知天高地厚，以為我裴家的門想進就進嗎？」

「喲，這有什麼難的，」李蓉搖著扇子，靠著柱子慢慢悠悠：「我這不就進來了？」

「妳不要臉！」溫氏啐了一口。

李蓉直接回覆，「您沒有臉。」

「你讓開，我要見她！」

「娘……」

「讓她來見我，看誰教訓誰。」

「夫人……」

「你居然敢叫她夫人？」溫氏瞬間暴怒。

李蓉輕笑起來：「我不僅是夫人，以後還是裴家老夫人，還是裴家嫡長子的母親。您就罵吧，有本事您見了我當面罵，看是妳潑還是我潑。奴家什麼場面沒見過啊？老夫人您還是省省心，別關公面前耍大刀，不知道誰教訓誰呢。」

「妳……妳……」

溫氏激烈喘息著，李蓉正打算再說幾句話讓她知難而退，結果不等她開口，溫氏一口氣沒緩上來，翻眼就暈了過去。

裴文宣一把接住溫氏，慌道：「娘！」

李蓉聽到裴文宣聲音不對，趕緊從屏風探出一雙眼睛來，看著裴文宣叫人，她有些心虛道：「暈啦？」

裴文宣瞪她一眼，低斥了一聲：「竟瞎胡鬧。」

裴文宣便將溫氏抱起來送了出去，趕緊讓大夫去看了溫氏。

李蓉捶了捶腿，童業小跑進來，扶著李蓉道：「殿下您還好吧？」

「還行吧。」李蓉擺了擺手，嘆了口氣：「回去吧。」

裴文宣確認溫氏沒有什麼問題後，便讓人留下照顧她，回頭來看李蓉。

李蓉躺在床上，正藉著燈看著手裡的話本。

裴文宣猶豫了片刻，走進屋去，李蓉假作沒看見他，繼續翻頁。

裴文宣走到李蓉身前，坐了下來，正想說些什麼，就見李蓉將書一放，趕緊道：「我可不是故意的，我也沒想到她會暈。我就看她一定要見我，就想把她氣走。」

「我又不是怪妳，」裴文宣見李蓉這副如臨大敵的樣子，他有些哭笑不得，「妳這麼緊張幹什麼？」裴文宣說著，將手放在她的腿上，有些擔憂道：「妳在屏風後面站了這麼久，腿還好嗎？」

李蓉沒想到裴文宣沒怪她，不由得有些說不出的尷尬來，將目光從他臉上錯開，小聲道：「還好。」

「我替妳按按吧。」

裴文宣也沒管她的話，叫了人進來，吩咐人給她打了洗腳水，加上之前她常用方子的藥材煮沸了倒在水裡。

他吩咐好後，就去換了衣服，等下人端水進來，他坐到洗腳盆對面，讓李蓉將腳放在水裡。

腳放在水裡的舒適感湧上來時，李蓉才察覺她方才的腿有多不舒服。

裴文宣低頭按捏著她的穴位，小聲道：「我知妳站了很久，受了委屈，我心裡心疼，沒有怪妳的意思。」

李蓉低著頭，沒有說話，裴文宣朝她抬頭笑了笑：「妳別擔心。」

李蓉靜靜看著坐在她對面這個人，她少有的從這個人身上，看到了一絲屬於市井之中那種煙火氣。她一瞬覺得，自己彷彿不是個公主，裴文宣也不是什麼朝廷重臣。

她看著他把她的腳抱在懷裡，用帕子擦乾，那認認真真的樣子，和民間恩愛的夫妻沒什麼兩樣。

少了算計聰敏，帶了一種讓人踏踏實實的感覺。

她看出他眼裡的疲憊，等他喚人進來倒了水，讓她趴在床上，他替她按著小腿時，李蓉趴在床上，小聲道：「你睡吧。」

「一會兒就睡。」裴文宣認真替她按著小腿：「妳早年不好好保養，以後老了，腿會疼的。」

「你現在不早點睡，以後老了……」李蓉下意識回嘴，又生生頓住。

裴文宣笑起來：「怕我死得比妳早是不是？」

「別胡說八道。」李蓉將頭埋在手肘裡：「年紀輕輕的，說這些做什麼？」

裴文宣沒接話，李蓉被他按得有些睏了，她想給自己找點事，迷糊著道：「柔妃今個兒找你做什麼？」

「她去抓上官家的人，被轟出來了。」裴文宣低聲道：「陛下讓我來輔助她，就是存了讓我當出頭鳥的心，幫她抓人。」

「那你怎麼辦？」李蓉倒不擔心這些，她知道裴文宣是條滑泥鰍，不會因為這種事出事。

「那就好好辦唄。」裴文宣說著，突然想起來，俯身靠在李蓉身上，輕聲道：「殿下，幫個忙？」

李蓉懶洋洋看了他一眼，裴文宣笑著道：「柔妃給的名單，都是上官家的人，怕是要讓阿雅小姐提前打個招呼，人我弄過來，保證不出事。」

「弄吧。」李蓉漫不經心，「要真做了什麼，辦了也就辦了，免得日後留給川兒當把柄。」

「行。」

李蓉聽著他的話，也覺得疲了，靠在床上，輕聲道：「明個兒我還是搬回去吧。」

裴文宣動作頓了頓，李蓉緩慢道：「你就同你娘說，把人趕走了，也好給她個交代。再給她這麼劈頭蓋臉的罵，我臉上也掛不住。」

裴文宣沒說話，他低著頭，好久後，才應了一聲。

李蓉翻了個身，撐著頭看他，笑著道：「就這麼算了？也不留我？」

「想留，」裴文宣苦笑，「又覺得妳委屈。妳願意為我這麼自降身分，我心裡已經很高興了，總不能一直這麼委屈著妳。」

李蓉聽著，輕輕一笑，她拍了拍裴文宣的手，溫和道：「睡吧。」

知道李蓉明天要回去，裴文宣便不肯放手。

兩人折騰了一夜，清晨李蓉起來，讓人安排好，不等天亮，便直接往公主府回去。

她混在賣菜的菜農中間，看守的人本就是做個樣子，看守得並不嚴格，她跟著菜農進了公主府，回了房間，換了衣衫之後，便好好睡了一覺。

雖然離開了裴文宣，她依舊按著在裴府的日子生活。

該吃藥吃藥，該調理調理。

而裴文宣接了柔妃的旨意，第一日他便清點了士兵，等到下午，徑直上了上官家大門。上官雅早上得了李蓉的傳令，便已經準備好，裴文宣氣勢洶洶推開門進來，上官家裝模作樣和裴文宣對峙了一番之後，等到夜裡，就將上官家的人帶回了督查司。

柔妃沒想到裴文宣辦事這麼利索，才一天就把人提了過來，不由得有些震驚。

裴文宣面上帶笑，領著跪在地上的人道：「娘娘，人已經帶到，娘娘可好好查問。若還有需要下官的地方，還請儘管開口。」

裴文宣都這麼說，柔妃不用白不用，將裴文宣好好誇讚了一番後，便給了裴文宣一份名單，讓他四處抓人。

得罪人的事都是裴文宣幹，柔妃就想著把裴文宣推出去幹髒活。

裴文宣倒也不辜負她的期望，每日點了兵，浩浩蕩蕩甩著人從華京街頭奔到街尾，滿華京幾乎沒有人不知道，裴文宣在辦科舉的案子，勞心勞力，廢寢忘食。

裴文宣在民間的聲望空前高漲的同時，他在世家的名聲越發狼藉起來。

他每次去抓人，動靜都很大，幾乎都是讓人直接撞開家門，然後拿著督查司的權杖進去，板著臉大喝：「本官奉柔妃娘娘之命前來抓人，把嫌犯給本官壓出來！」

他官威足，這種做派看得世家直呼噁心。

他逢人必說柔妃，柔妃讓他抓人，柔妃讓他做事，你不服氣？那就去朝堂上同陛下說，柔妃娘娘錯了。

一開始的確有人鼓起勇氣參奏了柔妃，說她放縱下屬，驕縱無禮，但裴文宣早在之前就和李明打過招呼，柔妃如今辦事，世家都看不起她，一定會多說壞話，於是這幾個參奏柔妃的人正撞槍口，李明就當他們是造謠誣陷柔妃，為了保住柔妃的位置，直接把人拖出去打了板子。

這樣一來，就再也沒有人敢參奏柔妃。

這些人不敢參，柔妃也好，李明也好，就根本不知道這些世家私下的態度，只當是嚇住了他們，他們不敢再誣陷柔妃了。

裴文宣打著柔妃的旗號，在華京上躥下跳，抓了不少人。

雖然基本上都是上官一脈，但是多少會牽扯到其他人，而裴文宣對氏族關係遠比李明和柔妃體會更深，把握更準。

哪些公子雖然不在實權，但其實備受家族寵愛。

哪些公子看似光鮮亮麗，實則被家中嫌棄。

每個家族對不同的子弟有著不同的感情，他抓上官氏的人，就按著柔妃給的名單抓，抓其他世家子弟，他就挑一挑，專門挑那種看上去不受寵愛、沒有實權，實則在家中極受寵愛的官員抓。

柔妃體會不出這中間的區別，只知她要的人裴文宣都一個不剩給她帶了回來，甚至還比她預計的多上好多人。

柔妃一時有些欣賞起這個年輕人來。

畢竟這樣年輕、能辦事、可靠、又英俊的男人，著實太少了。

她開始盤算著，要如何把裴文宣穩定在自己麾下。

而裴文宣則盤算著，什麼時候，他才應當收網。

第一百四十二章　休息

裴文宣動手抓人還沒有幾日，柔妃便接到了蘇容卿的密信。

她將蘇容卿的密信大約看了一眼，便皺起眉頭。

崔玉郎在一旁教著肅王畫畫，見柔妃似是煩悶，不免詢問出聲：「娘娘可是遇到什麼煩心事？」

「你說，」柔妃遲疑著，詢問崔玉郎道，「這裴文宣辦事，能放心嗎？」

崔玉郎得話，迅速看了一眼柔妃手中的信，便大概猜出了幾分，應當是有人告知柔妃裴文宣的動作不妥，他笑了笑，只道：「放心不放心，看結果不就是了嗎？只要裴文宣用得好，娘娘擔心什麼呢？」

柔妃沒說話，崔玉郎從旁邊取了煮沸的水，倒入茶壺之中，慢慢悠悠道：「反正裴文宣在娘娘手中，他辦得好，娘娘就用。辦不好，就把這人送出去，他終歸不是督查司的人。反正這朝堂上的人，都有自己的立場，娘娘如今動世家的人……」崔玉郎將茶水逐一倒入小茶碗中，抬眼看向柔妃，輕輕一笑，「終究是有人按捺不住的。」

柔妃聽著崔玉郎的話，自己思量了一番。

裴文宣和平樂千絲萬縷，她信不過，可蘇容卿世家出身，如今改科舉制明明白白是要削弱世家，蘇容卿又能信了？

「你回去應大人一聲，」柔妃抬眼看向傳話的人，淡道，「本宮心裡自有思量，謝過大人提醒。」

傳話的人得了話，立刻將消息傳回了蘇府。

蘇容卿在庭院裡喝著茶，聽柔妃傳回來的消息，他神色不變，注視著碗中的茶湯。

他身邊的侍從蘇知竹忍不住皺起眉頭：「公子，柔妃這樣不聽勸，那……」

「無妨。」蘇容卿抬手止住蘇知竹的話，端起茶杯，只問：「西北那邊安排好了嗎？」

「安排好了。」蘇知竹聲音平穩：「一切都按大人吩咐進行。」

「嗯。」蘇容卿點了點頭，神色平穩，「那就不必管了。」

「可是柔妃娘娘……」

「她想死，」蘇容卿轉頭看蘇知竹，「不更好？」

蘇知竹愣了愣，蘇容卿換了個問題：「今日在她身邊的幕僚是誰？」

蘇知竹聽問，反應過來，只道：「是崔玉郎。」

「讓人盯著他。」蘇容卿喝了一口茶，「其餘之事，不必再做。」

蘇容卿不打擾，裴文宣樂了個清閒，他幫著柔妃將上官家的人都送進督查司後，柔妃的聲望在華京空前高漲。

這位平民出身的貴妃，無懼權貴，為民請命，一時之間，柔妃和肅王名聲鵲起，鄉野之間也隱約開始有了肅王的支持者。

有了聲望，柔妃也開始收手，畢竟她只是想著剷除異己，並不是真的要為民請命。

那陣子各世家的人絡繹不絕往肅王府跑，那些平日看不起她的世家子弟都對她卑躬屈膝，好言好語，金銀財寶如流水而入，柔妃和華樂面上雖不顯，但多少心裡有些難以把持。

她們心情好時，也就忍不住想想裴文宣，覺得這個人的確也不錯。

柔妃盤算著怎麼才能將裴文宣穩定在自己這邊，華樂想了想，不由得道：「那不如將薇姐嫁給他。」

柔妃聽到這話，轉過頭來，面上露出幾分詫異。

華樂頓時覺得自己似乎是說錯話了，趕緊道：「我開玩笑的，母妃別罰我。」

「罰妳做什麼？」柔妃想了想，不由得笑起來，「我是覺得妳這個主意好。」

柔妃說著，琢磨著道：「嫁不成太子，多少也該有點用才是。」

柔妃母女的囂張，也多少落入李蓉的耳中，李蓉在家裡禁足，就把這些事當個樂呵聽。

柔妃得了寵，便同李明說自己疲憊，於是免了她請安之禮，不請皇后也就算了，連太后都不請，太后面上不說，但送了一把尺子給柔妃，專門讓傳話的侍女問她：「娘娘可知分寸？」

無禮於上官氏的人也就算了，她還喜歡炫耀，最近一次宮宴，她便當著大家的面說皇后準備的葡萄品質不好，當場取了西域過來最新鮮的葡萄來分給大家。

言談之間好談國事，針砭時事，一時搞得後宮裡人人煩悶。

李蓉每日聽著這些便覺得高興，靜蘭每日跟著李蓉聽著柔妃的事，不過一、兩個月，就感覺柔妃好似變了個人。

她不由得有些不解：「殿下，柔妃娘娘也不是個傻子，這麼多年在宮裡口碑也算不錯，怎麼就……」

靜蘭不好說下去，李蓉笑起來，她從旁邊盤子裡取了剛洗好的葡萄，慢慢悠悠道：「妳知道權勢最可怕之處在於什麼嗎？」李蓉抬起頭來，看著她笑了笑：「在於它腐蝕人心時，那個被腐蝕得快爛透的人，是一點感覺都沒有的。」

「許多人一輩子，都會突然有一點權力，當個小官，賺一筆錢，金榜題名，甚至於在私塾中拿了魁首。這些都會讓他們突然陷入一種幻覺，在這種幻覺裡，他們會放縱自己的行為、言談，覺得一切都可以被接受。」

「所以，毀掉一個人最簡單的辦法，就是讓她突然之間得到遠超自己能得到的東西。」

李蓉用手指將葡萄推入唇中，她看著不遠處飛舞著的蝴蝶，面上帶笑：「妳不必出手，她會自取滅亡。」

靜蘭聽著李蓉的話，沒有出聲。

李蓉吞下嘴裡的葡萄，正打算躺回去，就聽門口傳來有人通報的消息：「殿下，裴大人的母親溫氏求見。」

李蓉聽得這話，不由得皺起眉頭。

溫氏現在來見她做什麼？難道還是從裴府追著罵過來的不成？

李蓉現下雖然是被禁足的狀態，但侍衛都知道這不過是做個樣子，因此李蓉雖然不能出去，但別人卻可以隨意進來。

李蓉沉默了一會兒，靜蘭小心翼翼道：「殿下，宣嗎？」

這是裴文宣的母親，自然是不能晾在外面的，李蓉點了點頭，只道：「那就宣吧。」

說著，李蓉便站起身來，去了正廳。

到了正廳之後，她便看見溫氏已經坐在那裡了。

她見了李蓉，就似老鼠見了貓，拘謹坐在一旁，想要展現一些長輩的從容姿態，又覺得有些氣短。

她在李蓉進來時就小心翼翼地暗中調整了三個坐姿，終於尋找到一個自己覺得還算滿意的，坐正起來。

雙方互相見安行禮之後，李蓉坐下來，笑著道：「老夫人今日來這裡，是為了何事？」

「殿下，」溫氏露出愁苦的表情，「本來也不該打擾您，可有些事，我必須過來說明白。」溫氏抬起頭，露出十分認真的神情。

李蓉點點頭，漫不經心道：「您說。」

「文宣其實並不想和您和離。」溫氏首先開口，便說了這句，李蓉苦笑了一下，沒有多話，低頭倒茶。

溫氏就當李蓉是放棄，立刻道：「文宣這孩子，打小沒特別喜歡過什麼，唯獨在殿下這個人身上，我才看到他真正喜歡一個人是什麼樣子。殿下，他其實捨不得您。」

「嗯。」李蓉抬起頭來，敷衍道，「這些我都知道，老夫人可還有他事？」

「我還得為我兒道個歉。」溫氏說得有些艱難：「我兒近來被狐狸精迷惑，藏了個女人在屋裡。」

李蓉手上一抖，溫氏繼續咬牙切齒道：「好在我發現得早，同那女人狠狠吵了一架，規勸文宣迷途知返，將那女人早早送了出去。只是那女人著實太不要臉，都被趕出去了，還留戀我兒，閒來無事就在裴府外面閒逛，如今更是過分！」

溫氏說得義憤填膺，從袖中「唰」一下拿出了一張紙頁：「她竟然敢直接寫拜帖進府，邀請我兒去湖心一見！妳說說，她有多不要臉！」

李蓉聽到這話，有些奇怪了。

住在府裡的女人是她，這個在外面一直徘徊，還寫拜帖入府的女人，又是誰？

「老夫人，拜帖方便我看一下嗎？」

李蓉伸出手去，想搞個明白，溫氏一見李蓉想管，趕緊將拜帖遞了過去：「您看看，就是這個狐狸精。」

李蓉從溫氏手中接了拜帖，匆匆掃了一眼。

這張拜帖寫得中規中矩，但勝在字體好看，李蓉將這封拜帖隨便看完，便看見拜帖末尾落著一個「華」字。

李蓉動作頓了頓。

正在和李川暗中商議著接下來一步的裴文宣忍不住狠狠打了個噴嚏。

李川見裴文宣突然打噴嚏，不由得道：「你可是有哪裡不舒服？」

裴文宣擺擺手：「無妨，繼續說吧。」裴文宣接著李川話繼續推演：「柔妃接下來，大約就是要把另外一部分學子放棄。她已經收了那些人的錢，不可能還抓人。為了安撫這些學生，她應該會做出一些許諾。」

「到時候，她不會讓你去和學生談判吧？」李川皺起眉頭，有些不安。

裴文宣笑了笑：「她當然想讓我去談，可我都做了這麼多事，也該休息一下了。」

「那你打算怎麼休息？」

李川有些奇怪，裴文宣笑著看向府外：「自然是去她沒辦法使喚我的地方休息。」

第一百四十三章　抓人

看見那個「華」字的落款，李蓉當即氣笑了。

約見裴文宣這事，自然不可能是華樂去約見，她畢竟是公主，不可能這麼自降身分。華樂心裡揣著的，是一心一意嫁給蘇容卿這樣的高門貴族，眼睛都不可能瞟到裴文宣身上的。那麼華樂幫約見的，也就只是蕭家如今在華京中的另一個姑娘，柔妃的侄女蕭薇。

這個蕭薇是柔妃哥哥蕭肅的小女兒，她出生時柔妃剛剛封妃，所以對她十分喜愛。那時候蕭家家境已經很不錯，這個女兒就是按照大家閨秀來培養。琴棋書畫、詩書禮儀，請的都是最頂尖的老師，絲毫不遜於世家女子。

除了貌美溫順、知書達理以外，這個蕭薇更可怕之處，則是在於對於男人的把握，據說同她單獨接觸過的男人，鮮少有不喜歡她的。

總而言之，這就是柔妃一手打造的一個完美女色。

李蓉記得，上一世蕭薇是李川四妃之一，因為身分問題，李川對她都是敬而遠之，倒也看不出她的女人魅力，後來李川登基，蕭氏一族受牽連均以謀反被誅，她也就一條白綾，掛在了後宮橫樑上。

入了李川的後宮，立場問題令李川早早遠離她，倒是浪費了她的才能。

本來想著這輩子她說不定能有什麼大作為，結果就挑上了裴文宣？
會挑。
李蓉面上不動聲色，溫氏小心翼翼打量著，李蓉笑了笑，將信交還了溫氏：「謝謝老夫人專程前來告訴我這些。不過我同文宣也已經和離了，」李蓉嘆了口氣，「管不了啊。」
「有什麼管不了的呢？」溫氏茫然出聲，「您是公主啊。」
李蓉哭笑不得道：「我就算是公主，不也同文宣和離了嗎？老夫人您回去吧，有空常來坐坐。」
說著，李蓉便讓人送著溫氏出去，溫氏茫然拿著手裡的拜帖：「那這個帖子？」
「給文宣就是了。」李蓉面上笑容一片真誠：「他自己會解決的。」
解決不好，她就連著他一起解決。
李蓉將溫氏送出門去，回頭就冷了臉。
靜蘭見李蓉臉色不好，不安詢問：「殿下，要不我們把蕭薇做了？」
「為難她一個姑娘做什麼？」李蓉聲音平淡，靜蘭正當李蓉算了，就聽李蓉轉過身：
「讓裴文宣晚上過來認錯。」
靜蘭：「？？？」
一句「駙馬做錯了什麼」被憋在胸口，忍了又忍後，終於化作了一聲「哦」。

裴文宣和李川將將談完，剛剛回到官署，就得了柔妃的傳話。

裴文宣趕忙趕了過去，進了督查司後，便見柔妃熱切招呼著他坐下。

「裴大人過來了，」柔妃倒著茶，殷切道，「您坐吧。」

裴文宣恭敬行禮，柔妃親自給裴文宣端了茶，裴文宣趕忙道謝。

柔妃同裴文宣寒暄了一陣，便坐下來道：「近來勞煩裴大人四處奔波，裴大人清減不少啊。」

「為娘娘做事，是文宣應當的。」

「這次過來，是想同裴大人商議一件事。」

柔妃端詳著裴文宣的表情，裴文宣面上沒有半點起伏，只道：「娘娘請說。」

「科舉這個案子，牽扯的人太多，一時半會兒也處理不完，我是想著，這麼拖著科舉，也不是好事。想勞煩裴大人，去同餘下那些士子說一下。」

裴文宣端著茶杯的手頓住，他抬眼看向柔妃，柔妃笑咪咪道：「讓他們先直接參加科舉，案子這邊的事，我先辦一批，餘下的再慢慢處理，如何？」

裴文宣不說話，柔妃輕搖著團扇，接著道：「當然，他們在華京也浪費了許多時間，為作補償，每人給他們五十兩銀子，如何呢？」

柔妃這話就說得露骨了，而裴文宣也一開始就聽出柔妃的意思來。

柔妃只打算處理太子這邊的人相關的案子，剩下的人，她就打算保下來。如今就是想讓他當個說客，去「安撫」那些沒有平反的士子，用前程要脅他們，或許還會許以金銀，恩威並施，讓這些人閉嘴。

如果答應不再追究案子的事情，這些士子就可以參加科舉，考試、入仕，還能得到五十兩銀子。

五十兩銀子，放在鄉野，或許是一家人一輩子的開銷，對於這些會被人掉包名額的士子而言，也的確是不少了。

柔妃看裴文宣不說話，也有些緊張，裴文宣想了想，笑了起來：「一切都按娘娘的意思去辦，明日我便去找那些士子談。」

「再好不過。」柔妃高興起來，趕忙舉茶：「這些時日太麻煩裴大人了，我這裡以茶代酒，謝過裴大人。」

「娘娘客氣。」裴文宣也舉茶回禮。

柔妃見裴文宣似在思量明日之事，想了想，試探著提道：「裴大人和平樂和離也有一段時間了，這些時日，一個人住，可覺苦寒？」

裴文宣聽到柔妃的話，抬頭看她，柔妃見裴文宣神色間似有疑惑，她笑起來：「我侄女兒薇兒，知書達理，才貌俱佳，我一直在華京中想為她尋覓良婿，但都不甚滿意。如今和裴大人結交，覺得裴大人才德兼備。就想著當個紅娘，不知裴大人今日可有時間……」

「娘娘太過操心了。」裴文宣趕緊道，「如今文宣剛剛和離，無論是為皇室顏面還是自己聲譽，都不便立刻再談婚事。」

「那可以先見見。」柔妃見裴文宣拒絕，也不覺尷尬，繼續道，「今日華樂已經替她遞了個帖子進你府中，你見一見，再回覆我。」

柔妃十分強硬，裴文宣也不好再拒絕。裴文宣笑了笑，只道：「是。不過，今日微臣還有一件要事沒有辦完，等辦完之後，微臣立刻回府，去給蕭小姐回帖。」

「那再好不過。」

柔妃說完，裴文宣便起身告辭。

柔妃送著他出督查司，臨走之前，還親自幫著裴文宣清點了人，讓他去捉拿最後一個上官氏相關的官員。

裴文宣領了人，浩浩蕩蕩出了督查司。

一出督查司，裴文宣就冷了臉，童業趕緊上前來，急道：「公子，您真要見蕭小姐啊？您要見了，殿下哪裡怎麼交代？」

「見什麼見？」裴文宣冷笑出聲來，「她不仁、我不義，敢給我塞女人，她這是要我死！」

「倒也沒有這麼嚴重……」

童業小聲嘀咕，裴文宣駕馬領著人往前一路馳過街頭，抓緊了韁繩：「她將帖子送進府裡，按著母親近來的性子，肯定想辦法要把帖子截了，她拿了帖子還能自己看？轉頭就得送公主府。」裴文宣越想越氣：「殿下是什麼小心眼兒的人你不知道？」

「那這事也不怨您啊。」

童業莫名其妙，裴文宣哽了哽，頓時覺得有些心酸：「她從來不會怪其他女人，只怪我。」

童業：「……」

裴文宣領著童業說著話，轉過街角，童業忽然覺得有些不對，裴文宣走這條路，似乎不是去他們原本要去的地方的。

童業意識到，其他人也意識到，他們面面相覷，童業先問出來：「大人，我們這是去哪裡？」

「娘娘說這案子後續不辦了，」裴文宣回得鎮定，「那麼今日我得幫娘娘抓條大魚。」所有人得了答案，心中稍稍鎮定，裴文宣領著人一路疾馳到了吏部尚書王厚文府邸前，一干人等翻身下馬，把王府堵了個嚴嚴實實。

「本官奉柔妃娘娘之命前來抓捕嫌犯王厚文，」裴文宣站在一群人前方，冷聲開口，「將人交出來！」

王家家丁看到這個架勢，立刻讓府兵出來擋在門前，同時去找王厚文。

王厚文正在家中逗鳥，聽到家丁報告，他冷笑了一聲：「柔妃這婆娘，簡直是貪得無厭。錢拿了不辦事，一點規矩都沒有，真當我是個軟柿子？」

「那……」家丁遲疑著，「當下怎麼辦？」

「去刑部，」王厚文揮了揮手，「找蘇侍郎，就說裴文宣以下犯上、擅闖私宅、毆打朝廷命官，讓他過來，把人抓回去。」

「那大人現下要見裴大人嗎？」

家丁有些忐忑，王厚文用看傻子的眼神看了家丁一眼：「小兔崽子，配讓我去見嗎？」說著，王厚文放下鳥籠：「我去睡個覺，他被蘇容卿抓走了，再叫我。」

王厚文慢悠悠步入臥室。

裴文宣站在門口等了一會兒，王府大門緩緩大開，王府管家領著人從院內走出來，恭敬道：「裴大人。」

「你是什麼人？」

「在下王府管家王全，特來向大人傳話。我家大人現下要睡了，不便見客，還望大人見諒。」

裴文宣聽到這話，便笑起來：「睡了？他身為吏部尚書，卻指使官員收斂錢財，肆意調換考生名額。多少寒門子弟苦讀一生，只就被你家大人一句話給毀了。他如今還能睡得著嗎？」

「裴大人，」王全神色冷下來，「你說話要講證據。」

「證據？」裴文宣冷笑出聲，「隨我去一趟督查司，是非黑白，柔妃娘娘自然會給他一個公斷！你現下讓他出來，」裴文宣壓低了聲音，「否則，就休怪在下無禮了。」

「裴大人想無禮，誰還攔得住呢？」王全笑了一聲：「你自便。」

說完，王全將袖子一捲，背在身後，便朝著大門裡走了進去。

裴文宣低頭笑了一聲，隨後抬眼，平靜道：「衝進去。」

旁邊人愣了愣，裴文宣看了童業一眼，冷淡道：「撞門抓人，不會嗎？」

童業立刻反應過來，大喝了一聲：「衝！」隨後便拔了刀，帶著人就朝著王府衝了過去。

王全詫異回頭，就見裴文宣在人群中靜靜看著他。

他一身正紅色官服，雙手攏在袖中，目光平穩得不似一個青年。

這種平穩給了人無形的底氣，督查司的人一開始還有些害怕，但見裴文宣始終鎮定如初，一時也就放下心來。

裴文宣見侍衛破開王府大門，終於才挪了步子，提步而入。

他在一片紛亂之中步入庭院，從容而入，而後來到王府後院，到了主臥門口。

王厚文還在酣睡，就聽門口一聲巨響，隨後就被士兵衝進來，拖下床來。

王厚文看見站在門口的裴文宣，又驚又怒，大喝了一聲：「豎子爾敢！」

「王大人，」裴文宣恭敬行禮，「下官自然是不敢。但是，下官身負柔妃娘娘之命，柔妃娘娘說了，您乃吏部尚書，無論如何都是要查的。科舉一案，您失職太過，還不如她二叔辦事有條理。」

「這無知婦人辱我！」王厚文掙扎著要起身來，侍衛立刻壓住了他。

裴文宣走上前來，半蹲下身，拍了拍王厚文的肩：「您先委屈委屈，到了督查司，再給您伸冤。」

話剛說完，裴文宣就聽身後傳來一個溫雅中帶了幾分冷意的聲音：「你要帶誰去督查司？」

裴文宣半蹲著轉過身，就見蘇容卿站在門口，他盯著他，神色間倒沒有什麼意外。

王厚文見蘇容卿趕過來，趕忙道：「蘇侍郎，快，他竟然擅闖官員府邸，還如此對我，蘇侍郎，你趕緊將他抓走！」

蘇容卿走到王厚文身前，將王厚文扶了起來。

「王大人，你先休息。」蘇容卿說著，讓人將受驚過度的王厚文扶著離開。

房內一時就剩下蘇容卿和裴文宣。

裴文宣撐著自己站起身來，拍了拍手，笑咪咪道：「我就知道，這種時候，蘇侍郎只是來早來晚，終歸會來。」

「以下犯上、強闖私宅、毆打朝廷命官。」蘇容卿抬眼看向裴文宣：「裴文宣，你犯的都是重罪。」

「蘇大人，我可是奉柔妃娘娘之命，替柔妃娘娘辦事。」裴文宣抬起手來，拱手朝向皇宮的方向，滿是傲慢：「難道蘇大人，連柔妃娘娘的令都不聽了嗎？」

「拿下！」

蘇容卿大喝出聲，刑部的人立刻上前，督查司的人馬上擋在裴文宣身前，兩方對峙。

蘇容卿盯著裴文宣：「裴大人這是連大夏律法都不看在眼中，公然拒捕是嗎？」

「蘇大人言重。」裴文宣雙手放在身前，笑道：「只是，我本來也不過奉命行事，何罪之有呢？若有罪，蘇大人當去宮裡，先把柔妃娘娘送入刑部才是。」

「動手。」蘇容卿不打算與他多說，轉身便往門口走去。

兩方眼見著就要打起來，裴文宣突然抬手：「好好好，我怕了你，那就抓吧。」

裴文宣撥開人群，將手伸出去，蘇容卿轉過頭來，看向裴文宣。

裴文宣眉眼一挑：「不過我倒要看看，蘇大人把我送進刑部，能關我幾日。」

「那就要看我的心情了。」蘇容卿說完，便轉身離開。

裴文宣看著蘇容卿的背影，大聲道：「你等著，柔妃娘娘會來救我的！肅王殿下也不會看著我出事的！你走著瞧！」

他的聲音很大，院子裡所有人都聽著。

蘇容卿低聲吩咐了旁邊：「把他嘴堵上。」說完，蘇容卿就走了出去。

裴文宣手上戴了鐵鍊，被拖著往外走，他一面走一面囂張放話：「柔妃娘娘……」

話沒說完，一個布團就塞進了他嘴裡。

「閉嘴吧你。」蘇知竹狠狠出聲，裴文宣眨眨眼，繼續「嗚嗚」出聲，隱約可聽見「柔妃娘娘」四個字。

王家亂成一團時，李蓉在屋裡泡了澡，熏了香，特意化了個淡妝，就等著裴文宣今晚上回來道歉。

她琢磨了一下到時候該提些什麼要求，想著想著，就笑出聲來。

只是剛笑到一半，就聽見外面傳來急急忙忙的腳步聲。

李蓉轉過頭去，就看靜梅喘著粗氣站在門口。

「怎麼了？」李蓉笑著靠在梳妝檯上，「駙馬來了？」

「不，不是。」靜梅搖搖頭：「駙馬來不了了。」

李蓉皺起眉頭：「為何來不了？」

「駙馬、駙馬，」靜梅咽了咽口水，平緩了氣息，「被蘇侍郎抓走了！」

李蓉面露錯愕，她一時想岔了去：「蘇容卿發現他來我這兒了？」

這麼多年過去了，蘇容卿竟然還會管這麼寬嗎？

「不、不是，」靜梅沒想到李蓉竟然會往這方面想，趕緊糾正，「駙馬打進王家，把王尚書從床上拖了下來，王尚書讓人去刑部報案，蘇侍郎就去把人抓了！」

李蓉愣了愣，片刻後，她跳了起來，立刻道：「快，趕緊進宮！」

第一百四十四章 威脅

李蓉從床上跳下來，趕緊就往外走去，只是走了幾步後，她又頓時反應過來，回頭道：「不進宮，趕緊打聽裴大人在哪裡，先讓人保護著，我這就過去。」

「殿下，」靜梅有些茫然，「不入宮了？」

「不入了。」李蓉眼裡少有多了些慌亂，「叫大夫，隨我立刻去找裴文宣。」

靜蘭得了話，立刻讓人去牽馬，李蓉上了馬，便朝著刑部的方向衝過去。

她對蘇容卿的瞭解，比裴文宣多得多。

蘇容卿為她辦事多年，他做事的風格和裴文宣比起來，完全不是一個路子。

只是當年他一直在她手下，她刻意打壓，裴文宣便察覺不出其中的區別，可她太清楚了。

那些埋藏在舊往的細枝末節，當年她一遍一遍讓自己不去在意，卻都會在今生清楚看見他站在對立面時清晰浮現出來。

蘇容卿當年對她忠心耿耿。

有一年他們遇到刺殺，他便果斷擋在她身前，任憑利刃貫穿他的身軀，不退半分。

常人擋劍，為的是護身後人，而蘇容卿在那時擋劍，為的是把利刃貫穿到對方胸口。

她躲在他身後，看著血順著劍尖落到自己身上，而面前的青年還能拔刀再刺，一直到援兵來了，他手中還握著匕首。

當年她想，原來真的是有一個人，願意為了她捨了命的。

可如今回想，心裡卻不由得有幾分怕起來。

蘇容卿這個人，便像一條毒蛇，咬死了誰，便是用自己的身軀狠狠纏上他，絞殺他。包括殺她。

二十五年，誰能不動心。

可他偏偏能在殺她時，動手得如此從容冷靜，義無反顧。

他是翩翩公子，亦是地獄羅剎。

如今走到這一步，有王家當著幌子，裴文宣落到他手裡，他哪裡會放過他？

哪怕是片刻，她也不能將裴文宣交在蘇容卿手中。

李蓉急急追著裴文宣去時，裴文宣悠然坐在馬車中。

他手上戴著手鐐，抬手掀開車簾，笑著打量著街上人來人往。

如今已是入夜，天上無星無月，反而有冷風夾雜著水氣拍打過來，似乎不久後就有大雨將至。

蘇容卿在一旁，自己給自己倒著茶，他動作很平穩，水聲和他的聲音夾雜在一起：「裴大人似乎一點都不擔心。」

裴文宣聽著蘇容卿的話，轉過頭來，緩慢笑起來：「我有什麼好擔心？」

「裴大人近來得罪的人怕是不少。」

「那蘇侍郎位於刑部，近來得罪的人怕是更多。」

蘇容卿將茶推給裴文宣，裴文宣低頭看了一眼茶水，不動。

蘇容卿也不催他，他坐在小桌前，神色平緩從容，看不出喜怒：「裴侍郎今日踹了王家大門，又這麼輕易被我帶走，怕是另有圖謀。就不知裴大人，圖謀些什麼呢？」

「你猜？」裴文宣靠在馬車上，神色慵懶：「蘇侍郎不是神機妙算嗎？你猜一猜。」

「裴侍郎七巧玲瓏心，我猜不出。」蘇容卿摩挲著手中茶杯，漫不經心：「那裴大人不妨猜一猜，我帶你回刑部，又是為什麼。」

「你為何帶我回去，我自然知道。」裴文宣聽著，笑著往前探了探，「不過在此之前，我卻想問蘇侍郎一句。」

「你不問問公主之後怎麼辦嗎？」

這話一出，蘇容卿動作就僵了。

裴文宣目光在他明顯頓住的手上輕輕一掃，唇上不由得笑意更深。

他其實只是試探。

他在試探一種可能性，而蘇容卿卻給予了他肯定的回答。

「你想殺我。」

裴文宣輕聲開口，蘇容卿抬眼看他。

「你難道不知道，」裴文宣面上帶笑，眼神卻有些冷，「你乃押送我的官員，我若死在這裡，你的官途，這輩子怕是到頭了。」

「那又如何呢？」蘇容卿沒有半點否認，徑直開口，「我的官途，換你一條命，不好嗎？」

「你似乎覺得我已是必死無疑？」裴文宣玩味看著蘇容卿。

蘇容卿神色平淡：「你若不死，又與我何干？」

殺人的也不是他的人，裴文宣不死，他又有什麼關係。

但聽到這話，裴文宣卻是笑了。

「若與蘇大人無關，」裴文宣抬手將方才蘇容卿倒的那杯茶扔了出去，茶杯落在地面，似乎驚擾了什麼，一瞬之間，馬車驟然停下，兩人身形俱是一晃。

裴文宣扶住桌子，抬眼看向蘇容卿，「蘇大人以為，我在此處，又為著什麼？」

蘇容卿神色一冷，廝殺聲從周邊突起，羽箭狠狠砸到馬車上，「哐」一聲砸得馬車猛地震了一下。

兩人在馬車之中，似乎不受外界半點影響，各自坐在一邊，彷彿正在閒談。

蘇容卿聽著外面的砍殺聲，聲音很淡：「你埋伏了人。」

裴文宣重新翻了一個杯子，抬手提了茶壺，先給蘇容卿倒茶，又給自己滿杯。

「蘇大人親自前來，我怎敢怠慢？」

裴文宣說著，將蘇容卿的茶杯推給他：「喝茶。」

「你早知路上有埋伏。」

「原本不知，蘇侍郎一過來，我便猜到了。」

「你方才在路上一直觀察。」

「難道蘇侍郎還以為我是個喜歡看熱鬧的不成？」

裴文宣笑起來，蘇容卿神色平靜：「那你打上王尚書府，也是為了引我過來。」

「這倒不是。」裴文宣搖頭，「我也沒想過，蘇侍郎竟然會為了此事親自過來。不過蘇侍郎過來，我倒有了另一番想法。」

裴文宣端茶輕抿了一口：「看來蘇大人在朝中經營不少啊，王尚書的角色，蘇大人不該這麼熟悉才是。」

王厚文被他打上府，第一反應就是去找蘇容卿，可見和蘇容卿極為熟悉。

「我記得蘇侍郎高風亮節，向來不屑於官場經營，只想著踏踏實實做事，怎麼如今就學起這些侍郎向來看不上的下作手段來了？結黨營私，」裴文宣放輕了聲音，面上帶笑，「可不是光彩事。」

蘇容卿不說話，馬車被人狠狠一撞，顛簸了一下，裴文宣回頭看了看，見外面打得亂成一片，他心裡暗暗掂量了一下。

他的人和殺手不分伯仲，可問題是，這裡還有蘇容卿的人。

時間稍長，等路邊人跑得差不多，蘇容卿的人站哪邊就難說了。

如今他最大的希望，就是李蓉。

李蓉如果得了他被蘇容卿帶走的傳信，應該就會立刻趕過來。

他和蘇容卿如今賭這一局，最關鍵的地方，就在李蓉。

李蓉來得早或晚，就決定了他的輸或者贏。

他面上不動聲色，始終帶笑，蘇容卿看了他片刻，緩慢道：「你如今又在看什麼呢？」

「觀察戰況，」裴文宣轉過頭去，看向蘇容卿，「看看蘇侍郎的人，什麼時候動手。」

「裴大人怕不是在看戰況，」蘇容卿抬眼，緩慢笑起來，「是在等人吧？」

「哦？」裴文宣心跳快了幾分，挑了挑眉，「蘇大人覺得我還有可等之人？」

「我知道你在等殿下，」蘇容卿神色平靜，「但你怕是等不到了，你可還有什麼話，要留給殿下？」

「留給殿下的話，我沒有。」裴文宣將手放在袖中，盯著蘇容卿，「但有一件事，我卻想問你。」

「你問吧。」蘇容卿似乎知道他要問什麼。

「你什麼時候回來的？」

蘇容卿聽到這話，輕聲一笑：「你倒是肯定我回來得很早。」

「是在我與殿下成婚前嗎？」

「殿下舉辦春宴前一個月，」蘇容卿聲音很低，看著水杯，「我醒過來，好似一場大夢。」

「你都已經回來了，」裴文宣皺起眉頭，「為什麼……」

他遲疑了片刻，蘇容卿抬起頭來，面上帶笑，但眼裡卻是克制不住帶了幾分悲涼：「為什麼還要讓你去娶她？」

裴文宣沉默，蘇容卿站起身來，看著裴文宣：「我說，我一直希望你們過得好，你信嗎？」

「前提是，不讓李川登基是嗎？」

裴文宣嘲諷笑開，蘇容卿沒說話，他輕聲說了句：「抱歉。」

而後驟然出手，一把拽起裴文宣！

裴文宣早有準備，在他出手的那一刻一腳就踹了過去！

兩人在馬車裡糾纏在一起，拳腳相加。

裴文宣手上被上了手鐐，動手不方便，但他卯足了勁兒，倒一時和蘇容卿打了個不相上下，整個人壓在蘇容卿身上，用腦袋朝著蘇容卿直直「砰」一下就是一撞！

蘇容卿被他這一下撞得頭腦發昏，裴文宣也疼得倒吸了一口涼氣，但他畢竟是主動出手的人，在蘇容卿發昏的片刻，就朝著他用手鐐一陣亂砸！

蘇容卿被砸了幾下就緩了過來，他師承名師，從來沒見過這麼沒章法的打法，一時被打亂了陣腳，但也很快調整。

他趁著裴文宣手不方便，砸他泄了力，猛地一個翻身，就將裴文宣踹開。

不等裴文宣站起來，他便立刻起身補了一腳，直接把裴文宣踹下馬車！

裴文宣被踹出馬車的瞬間，羽箭瞬間如雨而下！

裴文宣就地一路滾過去，堪堪才躲過箭雨，便見長刀迎面砍來！

好在侍衛抬手一攔，另一個侍衛一把將他扶起來，只是還沒來得及多說半句，侍衛便被殺手沖散開。

裴文宣被侍衛護著往外衝，連手鐐都來不及打開。

劍猛地一下砍過他的髮冠，將他髮冠劈成兩半，他在砍殺中摸爬滾打，狼狽逃竄，沒了片刻，就隱約聽到不遠處傳來馬蹄聲。

裴文宣趕緊抬頭，就見一襲紅衣駕馬而來，衣衫在風中獵獵翻飛。

「大人，」蘇知竹跳進馬車，急道，「公主來了。」

蘇容卿動作頓了頓，猶豫片刻，終於開口：「保護好裴文宣，別讓他出事。」

「那……那些殺手。」

蘇知竹有些猶豫，蘇容卿抬眼看他：「和我們有什麼關係？」

蘇知竹愣了愣，隨後反應過來，趕緊道：「是。」

李蓉一出現，周邊形勢瞬間有了變化，蘇容卿的人終於加入了戰局，裴文宣一見戰局變化，轉頭便同旁邊侍衛低聲道：「推我去肩上刺一刀。」

侍衛微微一愣，裴文宣壓低了聲：「別碰要害。」

侍衛終於反應過來，在下一個殺手靠近時，他將裴文宣往旁邊一拉，殺手的利刃瞬間刺入裴文宣肩頭，殺手還想拔劍再刺，侍衛一腳就將那殺手踹開刺了過去！

李蓉領著人如破竹而來，她老遠就看到了裴文宣，眼見著那一劍刺進他身體，李蓉目眥欲裂，駕馬疾馳而過，在人群中翻身下馬，徑直衝了下去。

裴文宣軟軟往後倒去，李蓉一把扶住他。

裴文宣倒在李蓉懷裡，血染在李蓉衣服上，李蓉整個人都忍不住顫抖起來，她聲音都開始抖了，卻還要故作鎮定：「讓大夫過來。」

李蓉的人一過來，殺手便急急逃竄開去，整個場面立刻被控制下來。

李蓉讓裴文宣躺下來，她看著裴文宣肩頭的血涓涓而出，整個人都有些慌了。

可她面上不顯，就讓裴文宣靠著她，讓大夫趕緊過來。

公主府的大夫是個年過半百的老頭子，扛著藥箱跑得飛快，他氣喘吁吁地狂奔到李蓉旁邊，抬手給裴文宣檢查。

裴文宣不想在這裡多留，又要故作重傷，便拉著李蓉，苦笑了一下：「殿下，先帶我回去吧。」

「你先看傷，確認好傷勢再移動。」李蓉握著他的手，說得斬釘截鐵。

裴文宣怕大夫在這裡就說他沒事，他輕咳了幾聲，有些虛弱：「殿下，我怕我死在外面……」

「你休要胡說八道！」李蓉大喝出聲，大夫忍不住多看了裴文宣一眼。

裴文宣暗中給大夫使了個眼色，又握緊了李蓉的手，懇求道：「殿下，先上馬車，回去吧。」

李蓉聽到裴文宣的暗示，她猶豫了片刻，裴文宣見她還下不了主意，又聽蘇容卿下了馬車，他乾脆兩眼一閉，靠著了李蓉就暈了過去。

李蓉看見裴文宣一暈，整個人都緊繃起來。

蘇容卿走到李蓉身後，彎腰想去拉李蓉，頗為擔憂道：「殿下，妳先……」

話沒說完，李蓉反手就是一巴掌抽了回去！

「啪」的一聲脆響落在蘇容卿臉上，蘇容卿動作僵住了。

蘇知竹急急上前：「公子……」

「退下。」

蘇容卿聲音很冷，蘇知竹面露氣憤，卻還是聽蘇容卿的話，往後退了下去。

李蓉回頭看著正在被大夫問診的裴文宣，冷靜吩咐：「先將裴大人送上馬車，藺大夫隨行。」

聽到李蓉的吩咐，旁邊人趕緊過來將裴文宣抬上擔架，由大夫陪著往馬車走。

裴文宣躺在擔架上，悄悄掀了眼皮，偷偷去看李蓉。

就見李蓉還留在原地，她冷眼看著蘇容卿，蘇容卿面對李蓉的冷視，恍若未聞，笑了笑道：「沒想到殿下來得這麼早。」

「你是沒想過我心裡會把你想得這麼壞吧。」李蓉徑直開口，讓蘇容卿面色僵了僵。

李蓉輕笑：「你是不是還以為，我會先入宮。」

「殿下知我。」

「你卻從不知我。」

「蘇容卿，」李蓉認真看著他，「我從來沒恨過你。」

蘇容卿抬眼看他，李蓉緩慢道：「哪怕你殺了我，我也只覺得，你有你的理由。可我告訴你，如果你殺了裴文宣，」李蓉盯著他，一字一句，「我會恨你。」

「我恨你一輩子。到時候，我一定會把你親手拉上斷頭臺，一刀一刀割開你的脖子，然後把你碎屍萬段，一把火把你燒成飛灰，再天南海北，一把一把灑進不同的江裡餵魚！我要你屍骨無存，不得輪迴，生生世世永沉苦海。」

「你聽明白了嗎！」

李蓉說完，轉身就走，蘇容卿突然開口：「殿下之所以不恨我……」

李蓉頓住步子，就聽蘇容卿語氣帶了笑：「不過是因為，從不曾愛過罷了。」

李蓉沒說話。

裴文宣在馬車裡，他抬手挑起簾子，靜靜端望兩人。

「或許吧。」李蓉語氣很輕。

說著，她便朝著裴文宣馬車走去。

「我走了還有裴文宣，」蘇容卿看著李蓉離開，他忍不住出聲，「裴文宣走了還有別人，殿下妳何必執著呢？」

「不一樣。」李蓉轉過頭，她看向蘇容卿，她難得朝他笑起來。

「裴文宣，在我心裡，」李蓉抬起手，輕輕放在胸口，「和任何人，都不一樣。」

「蘇容卿，」李蓉看著他，眼裡帶了幾分失望，「其實這麼多年，你從來沒有真正瞭解過我。」

「我瞭解殿下！」蘇容卿驟然提聲，那彷彿是他唯一的堅守。

李蓉苦笑：「不，你不瞭解。」

「如果你瞭解我，你至少，會在早一點動手殺了他。」

「而你之所以沒有想到我會來得這樣快，就是因為，你一直以為，我從不曾知道你是什麼樣子。」

「可蘇容卿，」李蓉靜靜看著他，「你醜惡的樣子，我清楚得很……只是，以前我不在意罷了。」說完，李蓉便轉頭回了馬車。

見她過來，裴文宣嚇得趕緊放下車簾，躺在馬車裡裝昏。

藺大夫無奈看了他一眼，等李蓉進來後，李蓉有些擔心道：「他怎麼樣？」

「無妨，只是些皮肉傷，不傷筋骨。」藺大夫已經給裴文宣包紮好傷口，他收拾好醫藥箱子，低頭道，「好好養就是了。」

「辛苦藺老。」

「殿下的事，哪裡談得上辛苦？」藺大夫說著，同李蓉行禮告辭，便退了下去。

馬車裡一時只剩下李蓉和裴文宣。

李蓉感覺馬車重新啟動，裴文宣閉著眼睛，想著該怎麼睜開才自然又合理，但他還沒有動作，就感覺李蓉雙手將他的手握住，然後輕輕捧在他的頭頂上。

「對不起，我來得太晚了。」李蓉聲音沙啞。

裴文宣聽著李蓉的聲音，他感覺，自己如果在此刻睜開眼睛，大概會被打死。

可是若他不睜眼……

「我沒事。」裴文宣突然開口，李蓉茫然抬頭，就看裴文宣撐著自己坐了起來，看著半蹲在身前，眼眶微紅，神色還有些驚訝與茫然的姑娘。

比起被李蓉罵，終究還是怕她擔心更多些。

第一百四十五章　譏諷

李蓉看著裴文宣起身，她瞬間反應過來，皺起眉頭：「你騙我？」

「權宜之計，」裴文宣趕緊道，「我可以解釋。」

李蓉得了他的話，氣得笑起來，想說點什麼，最後卻也只是喊了一聲：「停車！」

「別別別！」裴文宣起身去拉李蓉，「妳別生氣，我當真是迫不得已，我同妳解釋，解釋好不好？」

李蓉沒理他，見馬車停下來，一把推了他，轉頭就想下車。

只是她這一把推得用了力，裴文宣便當真跌了回去，壓在傷口上，逼得他倒吸了一口涼氣。

李蓉聞得身後人的吸氣聲，她頓了頓腳步，回過頭去，就看見裴文宣坐在地上，肩上的傷口又染了血花出來。

李蓉臉色變了變，趕緊折回去，扶起他道：「你這是找什麼死？」

裴文宣順著她的力氣坐回榻上，由著李蓉叫了大夫，大夫上馬車來看了傷口，又給他重新包紮了一遍。

包紮的時候，李蓉看著裴文宣的傷口，裴文宣就注視著李蓉。

等傷口重新換完繃帶，大夫和下人都退了下去，裴文宣才從被子裡伸出手，小心翼翼摸到李蓉手邊，用手輕輕碰了碰她，小聲道：「我方才是裝給大家看的，不好同妳解釋，妳別生氣了，好不好？」

李蓉被這麼一打岔，氣也消了許多，知道裴文宣做事有自己的考量，她低頭看著錦被上的花紋，淡道：「你是如何打算的，說吧。」

「今日柔妃讓我去同餘下的士子說，讓他們放棄追究這次替考的事情。如果他們願意放棄，就讓他們正常參加科舉，還給他們一筆銀子。如果他們不願意……」

裴文宣沒有說下去，李蓉卻已經明白了，她點了點頭，緩聲道：「柔妃這是想左右通吃。一面要博個為民請命的好名聲，一面又不想得罪太多世家。」李蓉說著，抬眼看他：「所以你故意來王厚文家找麻煩，就是為了讓王厚文把你收了？」

王厚文畢竟是吏部尚書，這麼直接打到他家裡去，哪裡會沒有一點辦法？

「是。」裴文宣點頭，「只是我沒想過，蘇容卿會來。他來了，我不免擔心他會藉著這個機會殺我，所以我一路安排了侍衛保護，同時和他聊天拖延時間，等著殿下。」

「那你挨這一劍又是為什麼？」李蓉皺起眉頭。

裴文宣不好意思摸了摸鼻子，「就……刑部尚書的位置，不還沒定下來嗎？」

他在蘇容卿手裡出了事，蘇容卿多少要受牽連。

李蓉知道了他的盤算，低頭思索著沒說話，裴文宣見了，伸手去攬她，將人抱到懷裡，安撫道：「傷是我自個兒受的，有分寸，妳也別太擔心。」

「好好養傷吧。」李蓉用扇子抵住他伸過來抱她的手，淡道：「養好了，我再同你算帳。」

李蓉扶著他躺下，裴文宣看著面前板著臉、動作卻異常溫和的人，忍不住笑起來。

李蓉淡淡瞟了他一眼：「你笑什麼？」

「我還以為殿下會收拾我。」

「老大不小了，」李蓉坐在他邊上，「找你麻煩，也不會這時候。等一會兒我去宮裡一趟，你回去先睡吧。」

裴文宣應了一聲，見李蓉發著呆，他伸出手去，握住李蓉放在邊上的拳頭，聲音溫和：「殿下，妳方才同蘇容卿說了什麼？」

「嗯？」李蓉轉過頭，沒想到他對這件事感興趣。

方才她對蘇容卿的話，音量自然是不會讓旁人聽到的，裴文宣也只看到兩個人對峙的神態，李蓉想了想，只道：「同他放了些狠話罷了。」

「可我看殿下回頭時，似有難過。」

裴文宣繼續追問，李蓉本不想答，但她迎上裴文宣笑著的眼，動作又一時頓住了。

她猜想裴文宣是在意，於是短暫沉默後，她苦笑了一下，緩慢道：「只是覺得養了一條狗，也算費了心神，卻始終養不熟罷了。」

「他養不熟，也不是一日、兩日，」裴文宣有幾分好奇，「得知他殺了殿下時，殿下沒有傷心，為何如今卻是在意呢？」

李蓉沒有說話，裴文宣便靜靜等著，馬車輪子緩緩碾過地面，發出嘎吱嘎吱的聲音。

「大約是，他殺我，是我意料之中。」李蓉笑著搖頭，「可連我是個什麼人都不明白，就是我意料之外了。」

「好了。」李蓉轉過頭去，給他掖了掖被子，「你這小心眼兒，上輩子不見你這麼計較的，這輩子怎麼什麼都要爭？」

「其實我上輩子，也小氣得很。」

裴文宣倒也不藏著，李蓉笑起來：「哦？我怎麼不知道？」

「我差點想殺過他。」

李蓉動作頓住，裴文宣聲音很輕：「在妳想要為他同我和離的時候，我想過是不是該殺了他。」

「那為什麼不呢？」李蓉故作無事，玩笑著道：「殺了他，說不定咱們倆還能多活幾年。」

「是啊，我也後悔。」裴文宣躺著看著李蓉，笑了笑，「但當時他死了，妳不是得記他一輩子嗎？」

「這就不知道了。」

車簾忽起忽落，李蓉看了一眼外面，距離公主府也不遠了，李蓉拍了拍被子，同他道：「先睡吧。」

「殿下是送我回府嗎？」

「上了我的馬車，還想回去？」李蓉笑起來，輕輕拍了拍他的臉：「同我回公主府吧，裴大人？」

裴文宣皺起眉頭，李蓉笑起來，「我癡戀裴大人，今日知道裴大人要幽會其他女子，前去抓奸，發現裴大人遇險，就把裴大人綁回府中，這個理由怎麼樣？」

「那陛下那邊……」

裴文宣想了想，抬起還好的那隻手枕到腦後，點頭道：「可。」

兩人到了公主府中，剛到府邸門口，就聽外面傳來車夫有些忐忑的聲音：「殿下……」

李蓉得話，掀開了馬車車簾，就看見一個柔妃身邊的得力侍衛擋在門口，冷聲道：「平樂殿下，您違背禁令，擅自出府……」

「如何呢？」李蓉徑直出聲，侍衛被她這聲「如何呢」問得愣了愣。

李蓉冷笑出聲來：「你來問我的罪，不如回去問問你主子，查陳厚照的案子查了這麼久有頭緒沒有？我答應父皇被禁足，給的是父皇的臉面，她別拿著雞毛當令箭，真當我平樂是個好欺負的！」

「你回去同她說，她再敢讓那些不三不四的女人接近前駙馬半步，她不要臉，我就替她撕了這張臉！」

李蓉這一陣罵完，所有人都罵懵了，根本搞不清楚李蓉說的「不三不四」的女人是什麼意思。

裴文宣聽著李蓉罵人，趕緊裝昏，李蓉直接讓人上來抬裴文宣下去，侍衛看見裴文宣，立刻道：「殿下，這是朝廷命官……」

「這是我以前的駙馬！」李蓉說得理直氣壯，攔在侍衛面前，「他既然同我成了婚，這輩子都是我的人，他要死也得死在我平樂的府邸，你要不讓他死在這裡，我就讓你死在這裡。」

「讓開！抬進去！」李蓉抬手往府中一指，自己擋在那些侍衛面前，便逼出一條路，把裴文宣抬了進去。

等裴文宣抬進去後，兩人剛一入屋，裴文宣便睜開眼睛。

「殿下，」裴文宣看著在房間裡坐著搖著扇子的女人，李蓉斜眼看他，就聽裴文宣哭笑不得道，「今日過去，殿下為美色昏了頭的事，怕是又得在朝廷流傳了。」

「我為你昏頭的事還少嗎？」李蓉瞪了他一眼，嗤笑道，「我都追著你哭了一路了，還多了在你危難之際搶你入府的罵名？」

裴文宣被她逗笑，朝著李蓉招了招手。

李蓉走到他面前，坐在床邊挑眉：「做什麼？」

「殿下，我問妳個問題，妳能如實回我嗎？」

裴文宣似乎是想了很久，才問出口。

李蓉挑眉：「你說。」

「殿下，如果我們不是蘇容卿殺的，」裴文宣問得有些艱難，「我們還會在一起嗎？」

李蓉沒想到他會問這個，她愣了愣，裴文宣就笑起來：「我也就隨口一問，這本也是無稽之談，妳不必多想。」

「那你問了做什麼呢？」

裴文宣哽住，李蓉笑起來，她伸出手去，抱住裴文宣：「你放心吧，不管怎麼樣，我都最喜歡裴哥哥了。」

裴文宣笑起來，他笑的時候，胸腔微震，他低頭親了親李蓉的頭髮，月光落在他帶了些淺灰的眼裡，他聲音溫和：「我也最喜歡殿下。」

裴文宣在公主府睡下時，柔妃的侍衛回了宮裡，他低聲將李蓉的話給柔妃複述了一遍，華樂氣得猛地起身來，怒道：「什麼叫不三不四的女人？一個休了她的男人都要這麼搶，她要臉嗎？她傲什麼傲？母親，」華樂轉頭看向柔妃，「我這就去父皇那裡，告她違反禁足令去救裴文宣。」

「行了。」柔妃喝著茶，緩慢道，「她禁足就是妳父皇讓她給我們個面子，她不鬧就算謝天謝地了，別現在去找事。」

畢竟陳厚照的案子，至今也查不出來和李蓉的其他關聯。

柔妃在意的根本不是李蓉這兒，而是裴文宣好端端的，為什麼去招惹王厚文。

招惹了王厚文，如今出了事……那些學生，誰去當說客，接下來要怎麼辦？

王厚文是吏部尚書，這件事明顯和他有關係，可是他位高權重，黨羽眾多，根本動不得，裴文宣打著她的名義得罪了他，她總還是要意思道歉一下。

柔妃想了想，便讓旁邊人擬了封道歉信，加上金銀若干，給王厚文送了過去。

只是柔妃還沒送出去，就先接到了一封信，說是王家人從宮外送過來的。

柔妃趕忙讓人打開，就看信上寫著一首打油詩：

豬食巷中烏雀忙，一朝枝頭詡鳳凰。
披黃頂綠口銜珠，難掩身濁染夜香。

柔妃看到這首詩，頓時變了臉色。

華樂急急取過紙頁，只是一掃，便大怒起來：「這個王厚文，也太放肆了！他算個什麼東西，居然說您……」

豬食巷是柔妃出身的地方，這首詩可謂極盡譏諷之能。

柔妃面色不變，許久後，她輕笑了一聲。

「好，好得很。」

第一百四十六章　結案

李蓉讓裴文宣留在公主府，兩人都等著宮裡人來問李蓉擅自出府搶走裴文宣的事，不曾想，第二日問罪的人沒來，柔妃將王厚文強行拘了的消息卻傳了過來。

李蓉在屋子裡得了這消息都被驚呆了，她不由得看向裴文宣，頗有些詫異道：「她居然連吏部尚書都敢直接拘捕，我當年也算是人贓並獲抓的謝蘭清，柔妃莫不是腦子壞了吧？」

「她敢拘，自然是有證據。」裴文宣笑了笑，用還好的一隻手端了茶，解釋道，「之前王厚文就給她送了錢，她本就打算放了王厚文，只是我如今一鬧，所有人都知道王厚文有嫌疑，她想放，也要顧及面子。」

「可她……也沒這膽子吧？」李蓉皺起眉頭：「王厚文給她送了錢，她不幫就罷了，還要抓他？」

聽這話，裴文宣笑著喝了口茶，李蓉馬上反應過來：「你使了什麼壞？」

「昨夜我安排了人冒充王府的人，給宮裡遞了消息，寫了一首諷刺柔妃的詩，諷刺了她的出身。」

李蓉聽到這話便明白了，柔妃這人固然有自己的手腕，但是卻有一點，她和華樂，都太在意出身。

如果是往日也就罷了，如今柔妃接管了督查司，誰人都要讓著三分，這樣風頭正盛的時候，王厚文還敢仗著自己是世家出身寫信譏諷她，她自然穩不住心思。

她畢竟拿著督查司，又是貴妃，品階高，要抓人還是容易的。裴文宣尚且可以說品級不夠，備受呵斥，可柔妃只要兵馬充足，沒有她抓不回來的人。

可抓人容易，難在留人。

李蓉想了想，不由得道：「那柔妃和王厚文見了面，把詩的事對了出來怎麼辦？」

「對出來又如何呢？」裴文宣笑了笑，「王厚文終究被她抓進去了，旁邊世家看著，只會覺得她過於囂張，王厚文也不會咽下這口氣。殿下現下趕緊就去煽風點火，讓御史臺的人盯著柔妃辦王厚文這個案子，這樣一來，她便會以為這封信是殿下寫的，殿下要爭權，她心裡自然就會亂了陣腳。到時候王厚文這個案子，她不辦，陛下讓她在寒族樹立威望就豎不起來，她辦了，暗中和蘇容卿這些江南世家結盟這條路子，也就算斷了。」裴文宣說著，放下茶碗，緩聲道：「我倒要看看，她打算怎麼辦。」

兩人正說著話，外面就傳來了通報聲，說是宮裡來人，李蓉讓人照看好裴文宣，便站起身去，到了大廳。

一到廳中，李蓉便看見福來領了士兵，站在大堂裡，李蓉上前去行了禮，低聲喚了聲：「福來公公。」

「殿下。」福來笑著回禮：「許久不見了。」

「公公今日怎麼得空，來我這裡做客？」

李蓉招呼著福來坐下，福來搖了搖頭，倒是沒坐，只道：「老奴是奉了陛下之命前來，問一問，昨日殿下強行出府，又將裴侍郎擄回府中，是怎麼回事。」

一聽這話，李蓉瞬間冷了臉色：「公公這是來興師問罪的？」

「老奴不敢。」福來趕緊躬身，急道，「殿下，老奴也只是奉命行事，還望殿下不要為難。」

李蓉聽到這話，面上收了收，扭過頭道：「你回去同父皇說清楚吧，昨日溫氏來我這說事，告訴我說蕭薇給裴文宣送了拜帖。我同裴文宣才和離多久？柔妃就這麼欺負到我門上了？裴文宣再如何也是我之前的駙馬，她讓……」

「殿下，」福來聽著這些，慌忙道，「不如您同老奴去宮裡說吧，這些話……」福來露出為難得神情來，「老奴也不好傳達。」

「我也不為難你，」李蓉站起來，徑直道，「我這就去宮裡，同父皇說清楚。」

李蓉看上去似乎是氣極了，領著人就往皇宮過去。

到了御書房時，李明正和蘇閔之一起觀賞著一副鳥雀圖，李蓉氣勢洶洶衝進去，大聲道：「父皇，你要為我做主啊、父皇！」

李明聽李蓉直接闖進來，不由得有些呆了。

蘇閔之笑了笑，恭敬道：「陛下，那老臣先告退了。」

李蓉進了屋裡，見到蘇閔之，也是愣了愣，隨後趕緊行禮，似是有些委屈道：「見過蘇老。」

蘇閔之笑著回禮，隨後便走了出去。

蘇閔之一走，李明頓時拉下臉來：「看妳這無禮的樣子，像什麼話！」

李蓉一聽就紅了眼眶：「是，女兒不像話，女兒被人欺負成什麼樣了，您不聞不問，還說我不像話！」

李明看了跟進來的福來一眼，福來解釋道：「殿下是來解釋昨日擅自出府一事的。」

李明聽到這話，點了點頭，坐到位置上，淡道：「說吧。好好的，怎麼就出府了？我聽說還把裴文宣擄回府了？」

李蓉將蕭薇約見裴文宣，溫氏和她告密的事快速說了一遍，又怒道：「我便去找裴文宣，同他討個說法，誰曾想我還沒找他麻煩呢，就看見有人當街行刺他。蘇容卿負責押送他去刑部，結果居然讓人將他當街重傷，我便將人帶回府中療養。」

李明靜靜聽著，用茶蓋撥弄著茶碗裡的茶水，緩聲道：「那妳也算做了件好事。如今裴文宣如何？」

「還好，」李蓉一聽這話，眼眶就紅了，「命還在，就是要養。」

李明皺起眉頭，想了想：「那妳把人送回裴府去。」

「我不送。」李蓉果斷拒絕：「送回去，誰知道蕭薇什麼時候又要上門？」

「妳和他都分開了！」李明語氣帶了不滿，「妳把人這麼強留在府裡做什麼？」

李蓉扭過頭去，面上帶著氣：「那父皇又一定要把我和他分開做什麼？」

「人家不喜歡妳，」李明有些煩了，「妳一個公主，這麼追著一個男人像什麼樣子。」

「您是天子呀，」李蓉轉過頭去，似是不解，「我是公主，裴文宣算什麼東西，您一聲令下他還敢和我和離嗎？明明是您要拆散我們！」

「妳胡說八道！」李明一巴掌拍在桌上，但也有些心虛了。

李蓉見他吼她，立刻就哭了出來：「您奪了督查司給柔妃就算了，逼著我和離也罷了，讓華樂上我府上打我，還要我為了讓柔妃坐穩督查司禁足，女兒是哪裡不好，我一一都聽了您的，結果您還要讓柔妃如此辱我？我這輩子都沒喜歡過人，裴文宣是您選的，好不容易我喜歡了，您同意他和離，如今您還要讓蕭薇當著我的面去見他……」

李蓉一件件罵出來，李明一時心虛起來，李蓉抬手擦著眼淚：「您這是在逼我啊。」

「殿下不要傷心，」福來見李明尷尬，上前去勸李蓉，「您是陛下最疼愛的女兒，陛下也是顧忌您的聲譽。」

「福來說的是。」李明輕咳了一聲，見福來給他遞了臺階，接著道：「我也是顧忌妳的聲譽，妳不喜歡蕭薇，那就別讓蕭薇見他就是了。」

「我也信不過其他人，」李蓉擦著眼淚，果斷道，「他如今受著傷，你讓他在其他地方，我不放心。」

李明動作頓了一下，李蓉考慮的的確也是。

如今這次刺殺，如果不是李蓉出現，裴文宣或許就死了。

裴文宣是如今他所有意志最直接的執行人之一，如果就這麼死了，一來其他人更不敢出頭，二來他也少了個做事的人。

整個朝廷，怕是沒有人比李蓉更考慮裴文宣。

畢竟其他人與裴文宣是利益關係更多，而李蓉……她心裡有裴文宣。

李明想到這一點，一時間有些慶幸，又有些不是滋味。

慶幸於他可以利用裴文宣和李蓉的感情，讓李蓉和李川之間生更多間隙。又總有種莫名的……自己家地裡的玉白菜被豬拱了的感受。

李明猶豫了一會兒，終於還是定下來：「行了，那就讓他在那兒養著，傷養好了，人立刻回來。」

「可是……」

「還可是什麼可是？」李明抬眼看她，煩道，「妳要不重新成個親不成？」

李蓉一聽這話，似是有些不好意思：「反正在我府裡住著……您也得顧忌女兒聲譽，要不……」

「妳這時候和我談聲譽了？」李明嘲諷笑開，也懶得理她，只道，「下去吧。」

「父皇，還有，蘇容卿呢？」李蓉盯著李明，「他抓裴文宣去刑部，才害裴文宣有機會被人刺殺，受這麼重的傷，就這麼算了？」

李明想了想，終於道：「朕自會罰他，但他畢竟只是保護不利，不是凶手，妳也不用太過介懷。」

「那也得罰。」李蓉立刻道，「必須給他們點顏色看看，不然全都盯著裴文宣過來了，以後誰還敢幫您辦事？」

這話說在李明心坎上，他揮了揮手，只道：「回去多繡點花、練練字，別想這些了。」

李蓉撇撇嘴，跪下來叩首，正要準備離開時，李蓉才突然想起來：「父皇，那我的禁足令……」

「撤了吧。」

本來就是做給別人看，給柔妃立威，如今柔妃都把王厚文抓了，也不需要禁足李蓉給她撐場面。

柔妃的面子，現下可大得去了。

李蓉笑著行禮，高高興興離開。

回到屋裡，裴文宣見李蓉面上帶著喜色，便知一切順利，他抬手指了桌上兩封信，笑道：「摺子給我寫好了，勞妳送到御史臺去，讓人盯著王厚文的案子。」

「肩膀都傷了，還能寫摺子呀？」李蓉笑著坐到裴文宣邊上。

裴文宣仰頭看著她，輕笑了一聲，「我不僅能寫摺子，」說著，裴文宣撐起身子，靠近李蓉，「我還能做很多事呢，殿下，要不要試試？」

「裴文宣，」李蓉用扇子推了一下他的頭，「你可真是老色胚。」

「牡丹花下死，做鬼也風流。」裴文宣湊過去想去親李蓉，李蓉見他過來，被他弄得有些癢，咯咯笑著站起身來，「我不同你說這些，我還要忙正事呢。」說著，李蓉便去桌邊取了裴文宣的摺子。

裴文宣嘆了口氣，倒回床上：「利用完了微臣，見微臣無用，殿下就不理我了。」

「是呀，沒有用的狗東西。」李蓉路過他，用扇子敲了他的肚子一下，等走到門口，她想了想，回過頭來，意味深長看了他一眼，「好好養傷才是。」

那一眼她看得很慢，好似含了數不清的風流意味，帶著銷魂蝕骨的勾人。

裴文宣倒吸了一口涼氣，就看女子推開門走了出去。

李蓉將摺子送到御史臺的人的手中，隔日，李蓉和裴文宣在屋中吃著橘子時，便聽傳回來的消息，御史臺參奏王厚文，說要協助柔妃查案，被柔妃拒絕。

蘇容卿因保護裴文宣不利被罰俸三月，同時提刑部左侍郎裴禮明為新任刑部尚書。

刑部尚書的位置，本就在蘇容卿和裴禮明之間一直懸而未決，如今蘇容卿讓裴文宣受傷，明著是罰俸，但大家都知道，對於蘇容卿這樣的出身，俸祿本就不是什麼重要的事，所以對於蘇容卿真正的懲罰，實際是讓裴禮明當上刑部尚書。

這兩個消息讓兩個人多吃了兩碗飯，李蓉私下又讓人去不斷打聽王厚文和柔妃的消息。

王厚文被柔妃拘了之後，據說在牢中謾罵柔妃，柔妃便直接讓人上「暗刑」。所謂「暗刑」都是些折磨人，但看不出傷痕的刑罰。

王厚文哪裡體會過這樣陰毒的手段，沒有多久就招了。

等把王厚文打了，招了，柔妃終於才去見了人，王厚文早被她折磨得奄奄一息，笑咪咪道：「王大人，感覺如何？」

王厚文受了幾日折磨，不敢多說，可是讓他對柔妃低頭，他內心也難以接受，於是他沉默不言。

柔妃輕彈著指甲，緩慢出聲：「豬食巷中烏雀忙，一朝枝頭詡鳳凰。披黃頂綠口銜珠，難掩身濁染夜香。王大人，」柔妃轉頭看著他輕笑，「還覺得，這是好詩嗎？」

聽到這話，王厚文忍不住笑起來：「好詩！」他高聲道：「再適合娘娘不過了！」

「那正好，」柔妃輕聲道，「等王大人上斷頭臺，秋後問斬時，我倒看看，王大人還覺得，是不是好詩。」說著，柔妃站起身來，往外走去。

等走出門外，她眯了眯眼，轉頭詢問旁邊侍衛：「陳厚照的案子，還沒查出平樂出手的證據嗎？」

「尚未。」侍衛低聲道，「平樂殿下做得太乾淨。」

柔妃眯了眯眼：「這妮子，倒比她母親聰明許多。」

「不過娘娘，」侍衛頗有些擔憂，「老夫人派人來說，陳厚照這個案子，是您遠房堂叔做的，還請您多多關照。」

柔妃動作頓了頓，隨後急問出聲：「此事還有誰知？」

「娘娘不必擔心，都是自己人。」侍衛趕緊安撫道，「老夫人說了，只要陳厚照沒了，剩下的，就看娘娘。」

聽著這話，柔妃沉吟片刻，低聲道：「我會將這個案子和其他案子合併辦在一處，讓我娘……不必擔心。但以後，這種事必須和我說，」柔妃眼神凌厲起來，「下不為例。」

「娘娘放心，老夫人已經說了，本家罰過了。文章老爺還擔心娘娘在宮中手頭拮据，送了兩張銀票進來。」

柔妃看著侍衛將兩張銀票暗中露出來，她掃了一眼上面的數，面色稍緩，只道：「畢竟都是一家人，有難處，還是要幫的。」柔妃說著，便同侍衛走了出去。

柔妃得罪了王厚文，自然不敢再得罪其他世家，於是她開始四處結交世家，贈送錢財。但她手段狠辣，直接將王厚文暗刑逼供這件事還是在世家間流傳開來，世家對她謹慎畏懼，於是對她的態度也就越發好了起來。柔妃只當這是世家和她關係緩和，沒有對世家顧忌，而沒有御史臺監督，柔妃做事越發肆無忌憚。

不過半月時間，她便正式宣稱結案。

她抓了將近三十人，其中問斬人數近八人，除了王厚文以外，幾乎都是和上官氏有所牽扯的官員。

明眼人一眼就能看出柔妃的意思，於是一些小家族和原有的朝廷寒族爭相攀附，成為了朝中的「肅王黨」。

伴隨著柔妃結案的，就是柔妃給出正式參加科舉的學子名單。柔妃給出這一百多位告狀舉子中確認是被頂替的名單當日，公主府門口就來了一批吏部的官員。

裴文宣和李蓉正坐著下棋，就聽府外來了一批吏部的官員，要見裴文宣。

裴文宣和李蓉對視一眼，李蓉不由得笑起來：「不知裴大人的病，好了沒有？」

「我好不好，殿下還不知道嗎？」裴文宣笑著放下棋子，溫和道：「將人帶到前廳，我等會兒就過去。」

來的人都是些吏部小官，負責科舉具體的操辦，見裴文宣過來，一群人頓時高興了起來。

「裴大人，」那些人朝著裴文宣拱手行禮，「您身子總可算好了。」

「勞各位同僚費心。」

裴文宣這些時日雖然休息，但暗中還是書信往來著和這些人聯繫交辦事務，雖然大半個月沒見，但也不顯生疏，反而因為私下交情多了，更熟稔了些。

一行人隨意聊了幾句，幾個便同裴文宣說起來意：「此番前來，是我們得了消息，柔妃娘娘私下來問了我們中的人，看有沒有人能擔任主考官一職，我等猜想，柔妃娘娘怕是打算換了大人，所以特意過來，同大人知會此事。」

裴文宣得了這話，輕掃了幾個人一眼，這些人都是出身於世家中的子弟，雖然不算一等貴族，但在華京之中，如蘇氏、上官氏這些一等貴族畢竟是少數，底下做事的，更多就是些扎根於華京的小貴族。

他們這樣明著前來告訴他這件事，無異是說明了自己的立場，裴文宣輕輕一笑，溫和道：「諸位放心，明日我便會回去。科舉的事情，還勞諸位上心。」

第一百四十七章 歸來

裴文宣送走了這些官員，李蓉搖著扇子從屏風後走了出來：「裴大人魅力非常，這才到吏部多少日子，就成為大家心裡的好兄弟了。」

「他們不是當我好兄弟，」裴文宣笑了笑，「只不過是看不慣柔妃罷了。」

「那你這就回去囉？」

李蓉斜靠在門邊，裴文宣貼上來攬住李蓉：「殿下容臣再歇一晚嘛。」

裴文宣多歇了一晚，夜裡就被抓花了脖子。

等第二日早朝時，裴文宣用粉遮了又遮，李蓉斜躺在床上笑咪咪瞧著裴文宣發愁，懶洋洋道：「裴大人就這麼上朝吧，反正都在我府裡待這麼久了，還怕什麼風言風語？」

裴文宣無奈看她一眼，只道：「我看妳當真是除了我，不想嫁其他人了。」

「那你還讓我嫁誰？」李蓉有些好奇，裴文宣拿著粉撲的動作頓了頓。

李蓉嘆了口氣，抬手放上心口，頗為哀怨，「郎君薄情呀。」

裴文宣笑出聲來，頗有些無奈：「我是為妳名聲著想。」

「我還要什麼名聲呀？」李蓉閉上眼睛，輕輕敲著床沿：「你就掛著這傷出去，等父皇問我怎麼放你出來了，你就尷尬一下，誰看見你脖子上的傷不明白？」

裴文宣沒有出聲，李蓉抬眼看他，卻見他發著愣。

李蓉挑眉：「發什麼呆？不上朝了？不上朝就躺下，」李蓉一字一句說得頗為玩味，「本宮養你。」

裴文宣搖了搖頭，又看了一眼鏡子，見脖子上的傷痕遮掩得差不多，也差不多到了時候，就將粉撲放了下來，走到李蓉身邊。

他單膝跪在李蓉床邊，仰頭看著斜臥著的李蓉。

「做什麼？」李蓉笑聲引得身上薄衫隨之輕輕晃動，「還要我親你一下再走？」

「殿下，」裴文宣仰頭看著她，神色溫柔，「我會點一城煙火，鋪十里紅妝，八抬大轎，風風光光回來迎娶您。」

李蓉聽他說這話，一時有些愣了。

裴文宣將她素白纖細的手輕輕抬起來，低頭吻了吻：「我會讓所有人知道，裴文宣愛李蓉，勝過李蓉愛他。」

「腦子壞啦？」李蓉回過神來，抬手輕輕戳了他一下：「管這些？」

「八抬大轎我又不是沒坐過，」李蓉嘴上雖然不在意，心裡卻有些發暖，柔聲道：「我才不稀罕呢。」

裴文宣笑笑不說話，他又起身親了親她，輕飄飄說了句：「走了。」這便轉身離開。

李蓉看著他走出門去，細心合上門，怕她被風涼著。

李蓉就盯著大門看了一會兒，最終閉上眼睛，翻身在了床上。

裴文宣去得晚，去的時候，柔妃已經站在了自己的位置上，同旁邊人笑著說著話。柔妃如今站的位置，正是當初李蓉站的，若是不回頭，根本看不見裴文宣來了，裴文宣來了之後便低頭站在自己位置上，剛剛站定，就聽太監宣布即將開朝的聲音傳來。

裴文宣低著頭，隨著群臣魚貫而入，等進了朝中之後，裴文宣周遭的人也察覺到他來了，但都不好多說，只是抬頭看上一眼，便沒有說話。

蘇容卿也察覺裴文宣的到來，他和裴文宣並列站在左右兩邊，他淡淡看了一眼裴文宣，裴文宣笑著朝他點了點頭。

朝臣議事，從西南邊境騷亂、主將叛逃、一個衝鋒官藺飛白臨時組織抵抗守住城池，到南方各地六月汛期防控賑災，說到最後，終於才提到了科舉一事。

「督查司既然結案，科舉也該開始了，拖了幾個月，總得快些。」李明聲音平淡：「今年朝廷裡職位空缺，科舉不同往日，當多多選拔一些人才。」

「陛下說得是。」柔妃立刻應聲開口，「只是如今原先的主考官裴侍郎尚在養傷，不如……」

「陛下，」裴文宣適時開口，所有人都看了過去。

柔妃面上有短暫詫異之色，隨後便立刻冷靜下來。

裴文宣輕輕一笑，躬身道，「微臣已無大礙，這些時日也一直在與其他同僚聯繫，科舉一事未有拖延，從試題、考場、擢選流程均已準備妥當，只要陛下應允，科舉隨時可以開始。」

李明看著裴文宣，他沉吟片刻後，隨後出聲：「那就讓禮部定個日子，在本月開始準備吧，也不要拖了。」

裴文宣應聲下來。

等下朝之後，福來便將裴文宣攔住，請他到了御書房。

李明將他上下一打量，帶了幾分探究道：「裴大人來得很合適啊，平樂放你出府了？」

「陛下莫要取笑微臣了。」裴文宣帶了幾分苦笑，「如今微臣都是大街小巷裡的熱議人物，都快成話本了。」

福來低低笑了一聲，李明聽他的話，目光又在他脖子上多掃了一眼：「平樂當真很喜歡你。」

「殿下是個簡單的人。」

「科舉這邊，這一次，你力求公正，朝廷裡需要做事的人。」李明說得意味深長，裴文宣聽得明白。

朝廷裡需要的不僅是做事的人，還有為皇帝做事的人。

「朕一直希望能北伐向外，一舉平了北方，以免常年受其騷擾，」李明說著，站起身來，福來趕緊去扶著李明，裴文宣跟在李明身後，聽李明緩慢道，「也想著，北伐之後，再在南邊多派十萬軍隊，就地生活，傳播我大夏文化，感召那些蠻夷，百年之後，南邊也就不會一直騷亂。」

「陛下深謀遠慮。」

裴文宣恭敬出聲，李明嘆了口氣，同裴文宣走出院子：「朕還想過，南方水患多年，不能總是想著修補堤壩，當找個人過去，開河改道，才是正經。可惜呀，」李明停住腳步，站在院子裡，看著院子裡旺盛的草木，「天下錢糧精兵盡歸於世家，世家為求自保，莫說主動北伐南征，打到家門口了，也只想著議和。」

李明搖了搖頭，帶了幾分譏笑：「一天天的，就知道嫁公主，朕三個姐姐都送去和親，如今又時不時想送朕的女兒去和親，一群孬種。」

裴文宣沒有說話，他靜靜聽著，李明見他沉默不出聲，轉頭看向裴文宣：「朕這些想法，你怎麼看？」

「陛下乃聖君，」裴文宣聲音很輕，「臣不敢妄議。但臣一族本為寒族，因陛下賞識而盛起，我父願追隨陛下，微臣之心，亦如我父。」

李明聽著裴文宣的話，他沉默著，好久後，他點點頭，只道：「你父親，很好。」說著，他轉過頭去：「朕一直期盼，日後史書上，能記住朕的名字，可昨日起來，朕突然覺得，朕有些老了。文宣啊，」他抬起手，拍了拍裴文宣的肩，「肅王雖然不夠聰明，但也勝在赤子之心，有大勇，他現在還小，好好教導，前程無量。」

裴文宣聽著這些話，便明白了李明的意思，他恭敬行禮：「微臣明白。」

點撥了裴文宣，李明點了點頭，同裴文宣聊了一會兒後，便讓福來送著他離開。

裴文宣同福來走出院子，裴文宣聲音很輕：「陛下近來可是有所憂心之事？」

「昨日陛下醒來時失明片刻，十分驚慌。」福來壓低了聲，裴文宣面上神色未變，福來繼續道，「如今陛下正在暗中徵召名醫，尋找仙師。」

裴文宣聽得這些，同福來一起走到門口，他朝著福來行了個禮，便退了出去。

李明的話，他明白。

李明和上一世的李川很相似，但又有不同。

李明想北伐、想南征，期盼的都是以此為手段，瓦解世家軍隊財權，真正的瓦解世家，好讓他安睡龍床，高枕無憂。

而李川則剛好相反，他想瓦解世家，獲得軍隊財權，則是為了北伐戎狄，南修水患。世家是所有帝王的心腹大患，無論是為了私欲收歸皇權還是當真為了國家基業，一個皇帝要實現他的政治理想、成就其政治地位，都不能容忍權力如此瓜分旁落。

身體的衰竭讓李明開始做好最壞的打算，他對他說這麼多，也不過是想讓裴文宣這個「寒族」意識到，肅王才會是他建立宏圖偉業最好的歸宿。

裴文宣思索著李明的話，剛剛出宮，就看見崔玉郎站在宮門前。

裴文宣挑了挑眉，隨後就聽崔玉郎笑道：「裴大人，娘娘有請。」

如今崔玉郎幫著柔妃做事，已經是朝臣中差不多都知曉的事。

崔玉郎做事圓滑有謀略，又精於誇讚女子，近來誇讚柔妃的詩詞便作了不下二十首，在坊間廣為流傳，讓柔妃美名傳遍盛京，於是深得柔妃信任。

裴文宣由崔玉郎領著去了督查司，柔妃正教著肅王如何審訊犯人。這次審訊的奴僕，沒有律法中官員世家子弟不允受刑的保護，裴文宣進去時，便見這個下人身上幾乎沒有完好之處。

肅王手裡提了個長鞭，鞭子上帶著血，裴文宣進去時，便見肅王正驕傲回頭，同柔妃高興道：「母妃，我打得如何？」

「好得很，誠兒鞭法又有進步。」柔妃拍著手，溫柔道，「來，我給你擦擦汗，你父皇最喜歡你這男子漢的氣概了。」

肅王聽著，上前給柔妃擦汗。

裴文宣站在牢獄門口，神色不變，恭敬出聲：「娘娘。」

「啊，」柔妃聽裴文宣說話，回過頭來，笑著道，「裴侍郎來了，快，坐下。」

裴文宣行了禮，坐到了一旁空著的椅子上。

柔妃給肅王細緻擦著頭上的汗，溫和道：「裴大人近來在平樂府中過得如何呀？」

「吵吵鬧鬧，」裴文宣聲音平靜，「也無甚。」說著，裴文宣話鋒一轉，抬眼看向柔妃：「不過微臣倒是想問問娘娘，聽聞娘娘覺得微臣當主考官不妥，想換了微臣？」

柔妃聽到這話，動作一僵。

她原先準備好質問裴文宣的話，一時竟然都被堵住了。她本來想著，裴文宣擅自找王厚文的麻煩，又和平樂不清不楚，昨日吏部一干世家子弟上了平樂的門，今日他就上朝。樁樁件件，裴文宣多少要心虛一些才是，不想裴文宣不僅沒有準備同她解釋，反而似乎十分生氣，反問她道：「娘娘，微臣自問為娘娘也算盡心盡力，敢問是微臣哪裡辦事不夠妥當，讓娘娘不喜？」

「裴大人誤會了。」柔妃穩了穩心神，沒有搞清楚裴文宣的立場之前，貿然和裴文宣起衝突並不是柔妃想看見的，她忙帶了笑，「我也是以為裴大人傷勢未癒，又看陛下急著開科舉，才想著先找個備選，沒有當真要換你的意思。」

「娘娘當真嗎？」裴文宣盯著柔妃：「那微臣在平樂殿下府中的幾日，娘娘為何不出手幫忙？」

「幫……幫忙？」柔妃愣了愣，「你在平樂府中，還需要我幫忙嗎？」

「娘娘，」裴文宣似乎是氣極了，深吸了一口氣，「若微臣樂意在平樂殿下府中，微臣還和離做什麼呢？」

柔妃一時轉不過彎來，好半天，她才慢慢反應過來，裴文宣和平樂之間，怕是有點夫妻難以啟齒的不和。

她稍稍鎮定，勉強笑道：「本宮也沒想過這麼多，只當平樂對你一片癡心，你去她那裡休養一陣子也好。而且平樂性子剛烈，你進了她的府，我也沒辦法啊。她打小就是個小霸王，在後宮裡寵著長大，我……」柔妃嘆了一口氣：「我也不過就是個妃子，能多說什麼呢？」

裴文宣板著臉不說話，柔妃看出他不信，趕緊又道：「不管怎麼說，如今你傷好了，一切都好。現下科舉要開了，一切事情我都準備好，你也不用多想了。」

裴文宣僵著臉，朝著柔妃拱手，柔妃喝了口茶，沉默了一會兒，終於感覺氛圍好像正常了些，她這才想起自己的目的，朝著裴文宣笑了笑道：「這次你動了王厚文，算是給我惹了個大麻煩。」

「但是，不也給了娘娘最好的立威機會嗎？」裴文宣轉頭看向柔妃，「娘娘拿下一個吏部尚書，如今滿朝文武，誰不覺得娘娘能力非常，爭相巴結？如此一來，娘娘不才有給肅王殿下收攬人才的機會嗎？」

裴文宣這麼一說，柔妃有些恍惚明白過來：「所以你才去找王厚文的麻煩？」

裴文宣點了點頭：「娘娘不想招惹世家是對的，但是也不能一點都不招惹，畢竟陛下在看著。辦了王厚文，表明了娘娘的態度，放過其他人，世家才會覺得，娘娘放了他們一馬。若娘娘一開始就放了他們，世家還會覺得，娘娘是在賣他們人情嗎？」說著，裴文宣往前探了探，聲音壓了壓：「他們只會覺得，娘娘是沒辦法動他們罷了。」

「你說的，也有些道理。」柔妃想了想，她從袖中拿出了一張名單：「那如今，王家我得罪了，餘下的世家，我也不能都得罪。」

柔妃說著，將一個名單推給裴文宣：「這次科舉，裴大人位列主考官之位，安排幾個人中舉，想必不是大事。」

裴文宣聽到這話，挑了挑眉：「世家子弟，為何不直接推舉？」

「這些人並未入族譜，」柔妃搖了搖頭，「只是有些關係罷了。」

聽這話，裴文宣便明白，有些金錢關係罷了。

裴文宣想了想，抬眼看向柔妃：「娘娘，微臣有一句話想問，還請娘娘清退其他人。」

柔妃抬手揮了揮，周邊人便都走了出去，連架子上早已昏死過去的人都被解下拖走。

等房間裡只剩下裴文宣和柔妃時，裴文宣終於開口道：「娘娘想謀劃的，是得一大筆錢財在後宮頤養天年，還是將肅王殿下……」裴文宣抬手，往皇宮的方向指了指，「送上那個位置？」

第一百四十八章 蛙來了

柔妃聽到這話，神色一凜，裴文宣笑了笑：「娘娘不必緊張，此處只有妳我二人，大可直言。」

「裴大人問這話，心中想必已有答案。」柔妃端起茶杯，思忖著道：「上官氏三代為后，陛下只有兩個皇子，一個出自上官家，一個便是我兒。」

柔妃說著，抬眼看向裴文宣：「我兒年僅十一，已是親王，陛下又將籌謀已久的督查司交給我兒，陛下什麼意思，裴大人想必清楚。」

「微臣自然明白，此事陛下也早已同微臣說過。」

柔妃得了這話，眼裡頓時帶了幾分喜色，正要開口，裴文宣話鋒一轉：「但，若娘娘存了這個心思，科舉一事，娘娘不可干涉。」

「這是為何？」柔妃將茶杯放下，有些著急。她早已同那些世家說好，又收了錢財。

裴文宣笑了笑，解釋道：「娘娘，科舉是陛下這半生心血，陛下這大半生，籌備兵馬，改革稅制，都是為了科舉一事做鋪墊，如今陛下讓您當督查司司主，我來擔任主考官，又下令限制世家推舉名額，為的是什麼？」

裴文宣說著，手指點在桌上：「為的就是讓更多寒門子弟進來，這些人，才是肅王殿下日後真正可用之人。那些世家子弟不過是如今看娘娘得勢與娘娘交好，可骨子裡，他們對正統、出身、嫡長子看得比什麼都重，娘娘再如何討好他們，等到爭位之時，他們又會真的幫著娘娘嗎？」

柔妃沒有說話，裴文宣繼續勸說：「朝廷之上的位置，都是一個蘿蔔一個坑，您讓世家的人多進來，那真正寒門之人必然就少了，哪些是肅王殿下未來能用的人，娘娘還不清楚嗎？」

「裴大人說得有理，」柔妃有些糾結，「我再想想。」

「娘娘再想想吧，」裴文宣恭敬道，「那微臣就先退下了。」

裴文宣起了身，同柔妃告退，等出了門，裴文宣同旁邊人吩咐：「同崔玉郎知會一聲，讓他勸著柔妃，別插手科舉。」

柔妃想了幾天，便開始往世家退錢。

不收錢還好，這樣收了又退的，更惹人厭煩。只是有王厚文的先例在前，眾人也不敢多說，只能朝著其他地方下手。但有裴文宣盯著科舉上下，一時之間，科舉這件事便如鐵桶一般，半個銅板都塞不進去。

李蓉每天在家裡修身養性，就打聽裴文宣的消息，得了空去找一找他，每日他都同她板著臉，等到了暗處，才同她調笑說話。

從開始登記考生名單到閱卷完畢，乃至考生到李明面前殿試，整個流程下來，等科舉放榜時，便已是近七月。

裴文宣忙完了科舉，吏部尚書又沒有定下來，他身為吏部右侍郎，便同左侍郎夏文思一起開始決議這些考生官職去處。

李蓉讓人探聽著消息，聽說裴文宣和夏文思在吏部吵了好幾天，最後消息傳到柔妃那裡，柔妃竟然就直接找了個理由把夏文思抓了。

夏文思入獄，吏部便是裴文宣說了算，裴文宣迅速將考生一一安排在了應有的位置上，等一切做完，各個考生在自己位置上熟悉起來，已經是近八月底的事情。

去年李蓉督查司抓了一批人，今年柔妃又抓了一批人，整個華京朝廷本身不過七百多個官位，許多官員早就被迫身兼數職。

如今科舉讓新的一批官員湧入之後，這些人立刻就成了「肅王黨」，同以前就在朝廷裡的寒門聚集在一起，又深受皇帝寵幸，倒成了朝中不可小覷的勢力。

其中最出風頭的，自然就是裴文宣。

李蓉聽聞他如今出行在外，都是前呼後擁，氣勢非凡。他尚且如此，柔妃更是氣派。她先後下獄王厚文、夏文思，又拒絕了世家收買的請求，竟然都沒什麼大事，柔妃膽子也就大了起來，如今在朝中說一不二，若是有小官員得罪了她，輕則叱喝，重則直接拘入督查司中查問，於是群臣對她越發畏懼，見面都要躲著走。

八月底時，華京就有些冷了。

李蓉披了件披風，和上官雅、蘇容華、李川一起在院子裡打葉子牌。

打從她從督查司離開，李明對她的監視就少了很多，於是這三個人得空就過來，打打葉子牌、聊聊天，也算是華京生活裡的樂子。

如今蘇容華算是徹底無事可做，上官雅在督查司也是得過且過，李川倒是個忙的，但他正是愛玩的年紀，在其他地方，所有人都要用太子的要求提醒他，他覺得太累，於是能躲到李蓉這裡就躲到李蓉這裡。

三個人正搓牌搓得高興，就看靜蘭急急走了過來，小聲道：「殿下，外面幾位大人求見。」

李蓉聽到這話，動作一頓，和上官雅對視了一眼。

李川聽見「大人」兩個字，二話不說，站起來就往後院跑：「我先去躲一躲。」

蘇容華聽到這話，也笑起來，拱手道：「那在下也去逛逛園子。」

「我同蘇公子一道。」上官雅站起來，同蘇容華一起出了院子。

李蓉喝了口茶，從旁邊取了扇子，站起身來，吩咐了靜蘭：「讓人都去大堂吧。」

靜蘭應聲，轉頭讓人去傳了話。

李蓉悠悠然走進大堂時，掃了一眼，發現大堂已經坐了十幾個人，為首的是王厚敏、顧子淳、鄭秋。

蘇王謝崔、顧鄭上官，大夏最頂尖的七大姓裡，已經坐了三姓人家在這裡。這三位雖然不是當家的家主，卻也是族中有分量的人物，而其餘十一人，也分別是華京各家說得上話的人。

李蓉大約猜到了他們的來意，搖著扇子進了屋，笑道：「各位大人今日怎的這麼多人一起過來，可是有甚要事？」

說著，李蓉抬手讓人給眾人上茶，眾人也沒說話，互相對視了一眼。

王厚敏率先開了口：「我等前來，是有一件喜事要恭喜殿下。」

「哦？」李蓉笑著端了茶，「喜從何來？」

「我等是提前祝賀殿下，從柔妃娘娘手中取過督查司，重任督查司司主。」

王厚敏一字一句，說得極為謹慎，李蓉吹開茶杯上漂浮的茶葉，沒有說話。所有人都觀察著李蓉的動作，就見李蓉慢慢悠悠抿了口茶，又將茶碗放到手邊，整個人斜倚在椅子上，懶洋洋道：「諸位大人說笑了，督查司如今在柔妃手中好好的，又與我有什麼干係？」

「殿下，我等這麼多人一起過來，便不說什麼客套話了。」顧子淳手放在拐杖上，緩慢出聲。他年紀最長，顧家又最重禮節，李蓉聽他說話，也不由得直了起來，以示尊敬。

「柔妃本為後宮女子，與殿下公主身分不同，不應參政。陛下強行讓後宮妃子參政也就罷了，而柔妃出身卑賤，不知禮數，擔任督查司司主以來，倒行逆施，以至群臣不滿。今日我等過來，就是想同殿下商議，看看如何幫著殿下，將督查司重新取回來。」

李蓉聽著這些人說話，面上帶著笑：「顧大人誤會了，當初建督查司，本宮也只是奉命行事。本宮不過一介女流，也沒什麼野心，督查司有柔妃娘娘和肅王做事，本宮很是放心，也不想摻和。」

「可這是殿下心血，」鄭秋開口勸慰，「我等也是為殿下著想。其他不說，哪怕殿下不貪慕權勢，難道也不為太子殿下想想嗎？就算這兩年殿下與太子不合，可畢竟是殿下親弟弟，一榮俱榮、一損俱損，殿下怎麼能眼看著肅王在朝中培植黨羽而不聞不問呢？」

「鄭大人說的話，平樂也聽不懂。太子殿下有太子殿下的造化，哪裡需要我來操心？各位大人就不必為我姐弟多操心了。」

眾人見李蓉油鹽不進，不禁對視了一眼，李蓉觀察著他們，笑而不語。

顧子淳猶豫片刻，終於道：「殿下若是有什麼要求，不妨明說。」

「顧大人明事理。」李蓉輕輕一點頭，靠到椅子上，環顧四周，慢悠悠道：「諸位大人近日前來是為什麼，我也清楚。與其說是幫我，不若說是幫自己吧？馬上就要到秋後，柔妃要處理的大批官員都要等到這時候一併問斬。各位大人不過是想著推我上去改判，免了家裡人的死刑罷了。」

大家沒有說話，李蓉笑了笑，接著道：「而且大家也應當都看出來，柔妃心大，又對世家心存怨憤，若再不加以阻止，長期以往，那就是養虎為患。今日是改科舉，來日，怕盯得就不是科舉，而是諸位手中的兵、權、糧了。」

「殿下看得通透。」顧子淳讚揚。

李蓉用摺扇輕輕敲打著手心。

「可柔妃又有父皇護著，你們要動她，等於要動父皇，你們不願意正面和父皇對峙，便想推我出來，拿我當個傀儡，操縱著與父皇鬥爭。」

「所以，當個傀儡的事，」李蓉似笑非笑，「我為什麼要搶著做呢？」

「殿下誤會了，」王厚敏趕忙道，「我等是來輔佐殿下，不是來操縱殿下……」

「那你們聽我的嗎？」李蓉這話問出來，讓所有人愣了。

李蓉搖了搖頭：「不聽我的，又有什麼好說呢？」說著，李蓉站了起來：「送客吧。」

「殿下！」王厚敏急急起身，「督查司乃您一手創建，您當真就這麼甘心拱手相讓？」

「比起同父皇起爭端，」李蓉微收下巴，「我還是好好休息，再如何，我也是個公主，不是麼？倒是各位要好好想一想，」李蓉提醒道，「柔妃的野心，怕是不至於此呢。」

說著，李蓉便頭也不回，走了進去。

眾人面面相覷，靜蘭走上前來，恭敬道：「諸位大人，請吧。」

李蓉將眾人送走，又折回後院。

被這麼一打岔，幾個人也失去了幾許打牌的興趣，上官雅和李川都有話想問，但蘇容華在，也不好多說，蘇容華也察覺幾個人想讓他趕緊滾的氛圍，拱手道：「天色不早，那在下這就告辭了。」

李蓉微微頷首，算做行禮：「不送。」

等蘇容華走，上官雅立刻開口：「我聽說來了許多世家裡的長老，那些人來做什麼？」

「說要幫我奪回督查司。」

李蓉笑著看了上官雅一眼，上官雅笑起來，「終究還是忍不住了，那殿下答應了嗎？」

「他們自己不想出頭，想拿我衝鋒陷陣，不拿點誠意出來，我自然不會答應。」

「那阿姐要什麼？」李川有些好奇。

李蓉笑著斜睨了他一眼，端了茶杯道，「你最近課業怎麼樣了？」

李川一聽就露出頭疼的表情來：「別說這個。」

上官雅看了看李蓉，又看了看李川，便站起來道：「殿下，我也先走了，妳和太子殿下聊吧。」

「近來督查司妳多去看看，」李蓉吩咐了一聲，「別讓家裡人在那裡受了委屈。」

這次柔妃查辦了許多上官氏的人，貶官流放的已經送出去了，就剩下等著秋後問斬的還在牢裡。

柔妃本是想直接處刑，但涉及的人太多，便被世家人一而再、再而三用各種理由拖著。

上官雅明白李蓉的提醒，上官家真的犯事的人，早就已經被上官雅清理乾淨，不可能留著讓柔妃清理。如今柔妃定下罪來的，幾乎都是偽造證據作出來的冤案。

他們不過是給柔妃作個樣子，給她搭一臺戲，又怎麼能真的讓她傷了人。

上官雅應了一聲，便站起來走了出去。

等上官雅出去後，李蓉看向李川，笑著道：「你又打算什麼時候走啊？」

「阿姐趕我。」李川趴到桌上，眨巴著眼看著李蓉，「孤不高興了。」

「多大的人了，」李蓉抬手戳了他腦門一下，「都要娶妻生子的人，還撒嬌呢？」

「我年紀不大，」李川振振有詞，「我才十七歲，都沒加冠呢，還是個孩子。」

「你這話莫讓人聽去了，」李蓉笑起來，「要讓人知道太子是這麼個樣子，我看誰還輔佐你。」

「我也就在妳面前這樣。」李川聽這話就有些鬱悶起來，「太子該怎麼做，我耳朵都快聽出繭子了，我努力做就是了，還容不得我稍稍在阿姐這裡放肆那麼一點點，」李川抬手掐了指尖一小截，「一點點嗎？」

李蓉本想多說他兩句，但是又想起上一世來。

她上一世便總是罵著他，提點他，鮮少誇讚他，聽他說點什麼。

於是繼續教育他的話到嘴邊，李蓉又停下來。

李川渾然不覺李蓉的情緒變化，只是撐著下巴想著道：「方才那麼好的機會，阿姐妳怎麼不一口應下來？」

「此刻應下來，扳倒一個柔妃簡單，」李蓉聽李川的話，輕聲道，「可日後對付這批人又麻煩了。如今他們與柔妃鬥得厲害，為了要我的幫助，自然會願意犧牲一些東西，現在不談條件，更待何時？」

「那阿姐打算談什麼條件？」

「川兒，世家和皇帝的關係，不是你壓著他，就是他壓著你。」李蓉轉著手裡的葉子牌，摸著上面的花紋，漫聲道，「所以你要記著，咱們永遠不會求世家，都是世家求著我們。他們求我們，才會低頭，否則他們就是永遠訓不好的野馬。」

李川靜靜聽著，似是在想什麼。

李蓉轉頭瞧他，見他發愣，不免問：「你在想什麼？」

李川回了神，笑起來：「沒什麼，就覺得姐妳說得對。」

「你似乎有心事。」李蓉對李川再熟悉不過，他哪裡會無緣無故發呆這麼久？

李川有些不好意思，但還是道：「就是想到一些不可能的事。」

「什麼？」

李蓉有些好奇，李川猶豫了一下，還是道，「我就是隨便想想，真的沒多想什麼。」

「你說吧。」李蓉見李川這麼一而再、再而三的鋪陳，直接道，「我不會多想。」

得了這話，李川舒了口氣：「阿姐，我就是想，如果有一天，我和妳都變得像父皇、母后一樣怎麼辦？」

李蓉愣了愣，李川為難出聲：「阿姐，如果我當了皇帝，總有一日……妳也會是這些世家的。」

李蓉沒說話，她靜靜看著李川。

李川在政治上，有時顯得很天真，但有時又會有一種超乎尋常的敏銳。

如果她真的只是十九歲，聽見李川的話，她會覺得李川傻氣，怎麼會有這麼一天。

可她走過那麼多年雨雪風霜，她手裡掌握過權勢，知道手握權勢後所帶來的致命吸引，她便只覺得，李川也算大智若愚，有些過於早慧了。

「阿姐？」李川見李蓉不答話，有些擔憂。

李蓉苦笑了一下，她站起身來，有些疲憊道：「到那時候，問怎麼辦的，應當就是我了。畢竟……」李蓉斂神提裙上了臺階，「父皇是不會問怎麼辦的。」

李明那樣的人，有太明確的目標，廢太子，廢上官氏，收歸權力，他不需要問怎麼辦，他只需要有足夠的壽命，讓他不斷執行。

「行了。」李蓉一想到上一世，便覺得疲憊，擺了擺手道：「回去吧，我去午歇了。」

各家將李蓉的消息傳了回去，連夜商議了許久。

李蓉倒也不著急，她一面看著各地傳回來的消息，一面讓上官雅暗中收集著柔妃在督查司的各種證據。

九月初，李明在大殿上當場暈了過去，柔妃親自送著李明回寢宮，悉心照看。

等李明病好起來，也不知道是李明的意思，還是柔妃自己的意思，柔妃竟然當眾提出要做稅改！

大夏之中，凡世家土地、僕傭，均不必納稅，也不會納入徵兵之列。這樣的稅收制度，是世家繁盛的根基。

有了錢，才可以養人。

為了逃避徵兵，許多人甚至會主動給世家錢財，依附於世家。

這樣一來，世家就擁有數量堪稱軍隊的家僕，也有了盤踞一方的實力。

如果說科舉制度是斷了世家透過政治掠取擴大自己實力的路，那柔妃提出的稅改，就是在斷世家的根。

這消息是裴文宣給李蓉的，李蓉同他下著棋，聽著裴文宣說這些，等裴文宣說完，李蓉嘆了口氣：「看來父皇的身體，真的不行了。」

「如今……畢竟是第二年了。」裴文宣聲音很輕：「再拖一年，也就差不多了。」

「所以柔妃急了。」李蓉將棋子撚在指尖搓弄，神色平和，「她必須做點什麼，獲得更多的權力，博得父皇的歡心，在父皇駕崩之前，將肅王的太子位定下來。定不下來，日後肅王再想登基，那就是謀反。」

「師出無名，無人響應，就算有蕭肅的軍隊，怕也要栽。」

「如今朝廷裡的人想要扳倒柔妃，有兩個方法。」裴文宣抬眼看向李蓉：「要麼，直接動手。」

「可誰都不想當出頭鳥，」李蓉微笑，「逆君這個名聲，他們不想背。」

「要麼，就藏在暗處，請殿下動手。」裴文宣端詳著李蓉：「可殿下要的東西，他們會給嗎？」

李蓉笑而不語，燭火微爍，落在李蓉漂亮的眼裡，裴文宣抬眼注視了片刻，眸色漸深。他愛這樣的李蓉。

帶了幾分狐狸的狡黠靈動，又帶著貓一般的高貴優雅。

「溫水煮青蛙，」李蓉慢慢道，「想不知不覺抽垮一棟房子，得從抽釘子開始。」

「當年我為什麼不同意川兒做事的風格，就是因為太過剛烈，」李蓉抬手將棋子落在棋盤上，「擾得動盪不安，若不是他後來早早去修仙問藥，大夏就完在他手裡了。」

「殿下是細水長流，太子殿下是先給猛藥再慢慢調養，倒也都是方法。」

裴文宣輕聲說著，李蓉抬眼看他：「聽你的說法，你倒也很是欣賞他囉？」

裴文宣的話，心上一緊，便知自己命懸一線。但他故作無事，溫和道：「殿下的法子，自然是最好的。」

李蓉將棋子往棋盒一扔，抬手搭在椅背上，靠著椅背，看裴文宣絞盡腦汁拍馬屁：「只是如殿下這般雄才偉略，能看到常人所不能看，想到常人所不能想的人畢竟太少。太子殿下做的不錯，但殿下若為陛下，那就是聖君。」

李蓉聽到這話，終於是忍不住笑出聲來，正要回話，就聽外面傳來喚聲：「殿下，有許多大人來了。」

李蓉轉頭看了裴文宣一眼，兩人目光一對視，裴文宣便站起身，去取了袍子，給站起來的李蓉披上。

「蛙來了，」裴文宣將衣服搭在李蓉肩頭，輕聲道，「殿下去加水吧。」

第一百四十九章 準備

李蓉到了大廳，就看王厚敏、顧子淳、鄭秋已經帶著十幾個人坐在廳中。

李蓉走出來，同眾人笑了笑：「都這個點了，各位大人還要過來，是上次的事想好了，要給本宮答覆了嗎？」

所有人站起來，朝著李蓉行了個禮。

「殿下，」最年長的顧子淳首先開了口，「殿下的意思，我等明白，但我等就是不清楚，若我等將全權聽從殿下，萬一殿下……」

顧子淳話沒說完，但李蓉已經明白。

他們要與她結盟，是因為不想自己出面正面逼李明。

李明如今這樣護著柔妃和肅王，他畢竟是天子，如果沒有做好謀反的打算，誰先出這個頭誰就有被李明懲辦的風險。

李明強行辦了出頭的人，若其他人聯合起來一起反了還好，若其他人各自為利，都默不作聲呢？

所有人心裡有自己的盤算，世家看似一張鐵板，可內在中又各自有各自的彎彎道道，於是他們便需要一個人出來，替他們承擔這個風險。

上一世李蓉就承擔著這個角色，她對這些世家的心思揣摩得通透，於是她也明白，顧子淳如今是在向她求一個保證。

一個他們這筆交易做下來，不會比柔妃在督查司更差的保證。

「顧大人，」李蓉聲音很輕，「本宮是有封地的。」

這話出來，所有人便鬆了口氣。

李蓉雖為皇族，但有自己的封地，便決定了她拋開皇族的身分，與一般世家無異。

「諸位大人放心吧。」李蓉聲音很輕，「本宮要的，也不過就是……」李蓉抬眼，輕輕一笑，「安穩而已。」

安穩，守序。

這也是世家最想要的。

只要太子還是那個賢德溫和、出身世家的正統嫡子李川，只要世家還是世家擁有特權，一切不變，是最重要的。

「那，還請殿下示下，」王厚敏恭敬道，「下一步，應當怎麼辦？」

「這些日子，你們先一起陸續參奏柔妃，隨便什麼理由，先參著就是。」李蓉用扇子敲著手心：「後續我會處理。」

「除此之外，本宮還有一個要求，」李蓉抬眼看向他們，「今年西北的軍餉，蕭肅那邊想辦法扣下一部分，交到秦臨那裡去。」

所有人愣了愣，沒想到李蓉會提這麼個要求。

李蓉見他們猶豫，她笑起來：「怎麼，才說聽我的，現下讓你們別貪軍餉，把錢送到前線去，這都做不到？蕭肅可是柔妃的哥哥，你們把錢交到他手裡搞得兵強馬壯，是等著他回頭打到華京來宰了我們嗎？」

「殿下，倒也不是我們不聽您的，」身在兵部的崔明之有些為難開口，「只是送到蕭肅手裡的軍餉，陛下盯得一直很緊。」

「陛下盯得緊，你們就想不出辦法了？」

李蓉冷笑，這些人只是不願惹事，願意惹事，她就不信這麼多環節裡，這些世家想不出個辦法來。

李明能盯著華京，還能盯到西北去？

「可問題是，不僅陛下盯得緊，」崔明之想了想，還是出聲，「謝家的人，也在幫蕭肅盯著啊。」

眾人一時啞聲，下意識看了李蓉一眼。

李蓉流放了謝蘭清，謝蘭清為謝家的家主，這個梁子結下了，他們怕是無論如何都要和李蓉作對到底。

李蓉聽著沒說話，如果有謝家這種大族幫助李明盯著蕭肅的軍餉，那要暗中動這些軍餉，反倒容易被人揪著小辮子。

可繼續這樣下去，秦臨靠著她青州的稅收來養，怕是養不了多久。而蕭肅兵強馬壯，到最後怕又要依賴世家群結府兵來幫李川。

而且，這一世有蘇容卿在，能不能結集世家府兵，還是個問題。

李蓉正想著，就看侍女端著點心走了進來，點心盤上有一張折起來的小紙條。

李蓉取了紙條來看了一眼，就看見上面寫著三個字「削軍餉」。

蕭肅的軍餉既然不能斷，那就削，反正蕭肅多少軍餉，也不影響秦臨。

他本就是得了最少的。

李蓉猶豫了片刻，終於抬起頭來，看向眾人：「那就都削吧。」

「殿下的意思是……」

李蓉從旁邊端起杯子，「南方不修河嗎？要錢啊。反正現在蕭肅在北方養兵、養馬什麼都不做，光拿著朝廷軍餉不浪費錢嗎？」

「可前線……」

「你若擔心，」李蓉目光掃過去，同說話人道，「不妨悄悄往前線送點？軍餉有多少能到前線，」李蓉音調微冷，「各位大人心裡不清楚嗎？」

見李蓉語氣帶了怒，大家都不敢說話。

李蓉放下茶杯，想起什麼來：「哦，說起來，我青州打算修個宅子。」

一聽這話，眾人立刻明瞭：「殿下需要多少銀兩，我等即刻籌備。」

李蓉想了想，慢慢道：「本宮那宅子，想用金磚鋪地，玉石為柱，雖然不大，可算來……五百金，多少得要吧？」

眾人面上犯了難色，李蓉笑起來：「還是說，大家覺著，自己去同陛下談柔妃的事，更好些？」

「殿下的事，就是我等的事。」顧子淳率先開口，慢慢道：「我等還需些籌備時間。」

「行。」李蓉頷首，「什麼時候錢到了，本宮再去問問柔妃的事。」

王厚敏一聽，趕忙出聲：「殿下放心，十日內，我等必拿出這五百金。」

王厚文還在牢裡，等過了十月問斬，人就回不來了。

李蓉笑著起身，朝著眾人一點頭：「那就勞煩各位了。」

送走了所有人，李蓉回到後院，就看裴文宣斜靠在庭院門柱上。

「方才都把話聽了？」李蓉看紙條就知道裴文宣在暗處聽著他們說話。

裴文宣抬手搭在李蓉肩上，輕聲道：「殿下還多要五百金，會打算呀。」

「不然秦臨誰養？」李蓉翻了個白眼，「你養嗎？」

「不敢養。」裴文宣笑道，「我都要靠殿下養呢。」

「你不是繼承家業了嗎？」李蓉戳了戳他，「還想吃我的軟飯呢？」

「我的都是殿下的，」裴文宣同李蓉進了屋裡，他關上門，「吃的終究是殿下的飯。」

「裴文宣。」李蓉轉頭看他，裴文宣聽李蓉叫她，疑惑回頭，就看李蓉踮起腳尖親了他一口，笑咪咪道，「小嘴真甜！」

裴文宣也不知道怎的，竟然有了那麼幾分不好意思。

九月後的天氣冷得很快。

青州今年收成好，李蓉看了青州的稅收，讓人清點過後，就讓拓跋燕將稅收在糧鋪裡流轉了一遍，最後悄無聲息送到了西北。

荀川接收了糧草之後，回信給了李蓉。

荀川如今在軍中跟著秦臨，已經有了些功績，同崔清河一起，成為秦臨的左右副將。

與此同時，李蓉也得到了五百金，她讓人將錢送到了西南，購置了兵器，交給了藺飛白。

九月中旬，參奏柔妃的摺子便已堆積如山，而關於稅改的爭論，在朝堂上紛爭不休。

李明鐵了心要保柔妃，面對群臣對柔妃的指責，不僅不處理柔妃，還杖責了幾個參奏柔妃的官員。

科舉、稅改，柔妃樁樁件件行徑，在民間傳位美談，廢太子、立肅王的聲音，也開始漸漸有人呼應。

相比柔妃遠揚的美名，科舉出來的學子在裴文宣的指導下，一一開始習慣自己的位置。

裴文宣每日都在幫著這些學子引路，帶著他們交友，這些學子心中，裴文宣也日漸成為了恩人和老師一般的存在。

九月底，稅改未定，柔妃又被王家人參奏，這次參她逾越禮制，用了皇后才能用的花紋，李明再如何護她，也要裝出些樣子來，罰了她一個月的俸祿。

柔妃許久沒有受過這樣的委屈，於是當天便讓崔玉郎準備了摺子，打算在明日早朝上，確認王厚文的行刑時間，敲打敲打王家人。

崔玉郎得了柔妃的命，轉頭就將消息告訴了李蓉。

李蓉看著崔玉郎傳來的信，她想了想，笑了起來：「也好。」李蓉轉頭看向靜蘭：「去知會駙馬一聲，今晚我會讓陳厚照回城去刑部告狀，讓他告知裴禮明辦事，別讓人被蘇容卿截了。把之前柔妃威脅學生放棄告狀的供詞都準備好，今晚拿來給我。」

「是。」

「再吩咐上官小姐，將之前的證據都整理給我。」

「明白。」

「準備一件漂亮的衣服。」李蓉走到鏡子旁邊，抬手將臉頰邊上的頭髮繞到耳後，對著鏡子左右看了看，頗為高興，「本宮明日，要漂漂亮亮上朝！」

第一百五十章　問罪

十月初一，李蓉清晨起來，細心打扮之後，便起身去了宮裡。她出門時，天還是灰濛濛的一片，冷風在整個華京流竄而過，在李蓉捲開簾子時撲到她的臉上。

李蓉揚起頭來，看向巍峨的宮門，她目光在高頂上輕微停留片刻，就聽旁邊靜蘭輕聲道：「殿下，該入宮了。」

李蓉收回目光，輕輕一笑，便將手搭在靜蘭的手上，踩著車凳下了馬車。

她往大殿走時，早朝將將開始，柔妃的人便已經參奏要求確認今年問斬的具體時期。為了順應天時，大夏只在冬季處死囚犯，李蓉去年一連斬了這麼多人，都是恰好在冬季解決了所有爭端。而如今柔妃將人關的關、流放的流放、貶官的貶官，卻一個人都沒殺，全都要推遲到冬季。

如今十月剛到，柔妃的人便迫不及待提出要求具體的行刑時間，所有人都明白，柔妃的意思，不是在殺人，而是在警告。

「問斬時間，慣來是欽天監來測算。」上官旭見不慣柔妃跋扈，自己直接出聲，罵向參奏官員，「何時還需朝堂商議過？你在朝堂上多年，這麼不懂規矩的嗎？」

上官旭畢竟是左相，他開了口，下面官員自然不敢做聲。

柔妃見得這樣場景，瞪了一眼跪在地上的官員，笑著出聲：「上官大人這話就不對了，畢竟今時不同往日，今年處理的人數眾多，若不確定一個具體時間，怕是要一拖再拖，拖到最後，」柔妃嗤笑了一聲，「還能不能行刑，誰知道呢？」

柔妃是暗指世家要在背後暗中運作救人，御史大夫上官敏之冷淡道：「為何不能行刑？什麼叫今時不同往日？朝堂一直是朝堂，陛下也一直是陛下，如今不一樣的，只是有後宮婦人干政，牝雞司晨，禍亂朝綱而已。」

「上官敏之，」一聽這話，柔妃立刻厲喝出聲，「你什麼意思！」

上官敏之冷眼看過去：「娘娘，臣只是在盡御史之責而已。」

「你說我牝雞司晨？」柔妃被上官敏之氣得笑起來：「那當初平樂公主在朝堂時，你怎麼不說？不過就因她是你上官家的公主罷了！」

「公主是皇家的公主，」上官敏之目不斜視，「上官家有不了公主。還請蕭氏明白，皇族世家之不同，莫因無知逾越了。」

柔妃下意識還想回話，可是看見上官敏之身後一眾御史臺的官員，她一時又生生憋住。

她有什麼想不開，要去和御史臺的人爭執？

這批人在朝堂上興風作浪、唇槍舌戰幾十年，隨便出來一個都不是善茬，當年上官敏之也是一路罵到了御史大夫，這些年自持身分很少說話，但也不代表他那張嘴是不帶獠牙的。

柔妃忍了忍，她笑起來，緩和了聲道：「上官大人也就只能撿這些字詞做文章了。同樣是女子，平樂殿下做得督查司司主，我就做不得？」
「阿姐至少沒弄出這麼多冤假錯案。」李川聲音很淡，「為何群臣不服，柔妃娘娘不自省一下嗎？」
「她和你們沆瀣一氣，你們自然不會說他們壞話，」柔妃冷下語調，「太子殿下說我辦冤假錯案，可有證據？若是沒有，那你……」
「我有！」
柔妃話沒說完，門口就傳來一個清亮的女聲。
裴文宣第一時間轉過頭去，就看大殿面前，一個女子逆光而來，提步進入大殿之中。
李明皺起眉頭，看見李蓉手持一份卷軸，步入大殿。
所有人凝視著她，她從人群中一路往前，而後從容停在李明身前，行了個大禮，恭敬道：「兒臣見過父皇，父皇萬歲萬歲萬萬歲。」
「妳來做什麼？」李明下意識開口，然而話音剛落，他便知道自己這話問得不對。
無論李蓉是為什麼來，如今出現在大殿上，就已經脫離了他的控制。
他不該讓她出現在這裡，於是他立刻道：「未經宣召，妳……」
「兒臣為自己、為朝臣、為這天下寒門學子，向現今督查司司主、貴妃蕭柔討一份公道而來！」李蓉不等李明說完，便驟然提聲，她一字一句鏗鏘有力，字字落地有聲。
說著，李蓉便抬起手中卷軸：「請陛下為我等做主。」
柔妃看著李蓉，頓時便有些慌了，可她面上不顯，她故作鎮定，死死盯著李蓉。

而李蓉一番搶白，讓李明趕她的話也說不出來。

李明冷眼看著李蓉，許久後，他出聲，提醒道：「平樂，妳如今當在府裡休息。」

「父皇，」李蓉面對李明近乎警告的提醒毫不畏懼，淡定道，「請父皇傳喚告狀之人入殿。」

「妳知道我是妳父皇，還敢教我如何做事？」

「陛下，」上官旭平靜開口，「殿下既然狀告柔妃，陛下身為明君，應當先關心這冤案才是。」

「陛下，請宣與柔妃此案相關人等入殿。」

大半朝臣齊聲開口，李明盯著這些逼他的臣子，他捏起拳頭，終於只能回了一聲：「宣。」

話音落後，被柔妃關押在牢中的上官氏相關的官員一個接一個入殿，同時還有一些督查司的人由上官雅帶著一起進來。

等他們一一落定後，柔妃笑起來：「告狀的，就是這些已經被判了有罪的人？」柔妃目光在上官氏的人身上緩慢掃過：「平樂，上官氏為了給自己的人求一條生路，栽贓陷害、徇私枉法，膽子可真不小。」

「娘娘覺得有人陷害妳？」李蓉聽到這話便笑了，「那麼……」李蓉身子挪開，將身後跪著的人讓了出來，「這一位呢？」

李蓉身形讓開之後，一個青年抬起頭來，那青年生得方正，目光落在柔妃臉上，隱隱帶著幾分憤慨。

柔妃看著這個青年，有些茫然：「這位是？」

「草民陳厚照，」青年跪俯在地，揚聲道，「乃去年渝州青城考生。」

聽到陳厚照名字後，柔妃頓時變了臉色，片刻後，她趕忙道：「原來是你？本宮四處找人尋你都沒找到人，你今日在此，可是受人脅迫？」

柔妃先發制人，試圖將陳厚照說的話都推成是李蓉脅迫。

陳厚照一聽她的話，便嘲諷笑開：「娘娘，草民能被脅迫什麼呢？就算有人能脅迫草民在這裡，還能脅迫您的堂弟蕭順文奪了我春闈名額嗎？」

李明臉色微變，他不動聲色看向柔妃，柔妃故作鎮定：「先前辦理科舉案時，本宮未能找到你的蹤跡，若你有冤，為何不早早告狀？反而要到今日來，說這些莫須有的事？」

「莫須有？」陳厚照情緒一時激動起來，「妳知道我寒窗苦讀這麼二十多年是怎麼過來的嗎？妳知道我母親為了供我讀書洗了多少衣服、繡壞了眼睛，我舉家希望都繫於我身，蕭順文、蕭平章這狗賊就這麼盜了我的身分，我的試卷，我的二十多年！妳今日竟然敢同我說莫須有？」

「陳公子，你先不必激動。」柔妃見陳厚照激憤難以自抑，忙安撫道，「我不過是想確認一下事實，你不必多心，若當真有冤，你又何必這樣大吵大鬧？你只需直言，本宮絕不會徇私，必要還你一個公道！」

「公道？」陳厚照冷笑了一聲，「妳要給我的公道，就是讓人四處打探我的消息，追殺我，希望我一輩子別活過來，好讓這個案子永遠不要浮起來嗎？」

「你胡說八道什麼！」

「妳做過什麼你自己不清楚嗎？你們謊稱我病故在華京，用我弟弟的前程威脅我母親，讓我母親不要來華京繼續追查我的案子。你們承諾給我弟弟推舉為他人幕僚的信還在這裡，」陳厚照從袖中抽出了一張信紙，「還要狡辯？」

「我知道了。」柔妃聽到這話，急急轉頭看向李明，「陛下，他們想要誣陷我，今日他們的證據都是偽造的，都是故意謀害我！陳厚照是在平樂那裡告了狀就失蹤了，如果我想害他，我又何必追查他的去向和平樂起爭執？」

「陛下。」裴文宣緩慢出聲，所有人看向他，就看裴文宣從群臣中出列，恭敬道，「微臣以為，柔妃娘娘冤枉。」

聽到裴文宣為她說話，柔妃立刻滿是希望看向裴文宣，裴文宣分析著開口：「肅王殿下自從繼任督查司查辦科舉案以來，由柔妃娘娘輔佐，為上百位學子求回公道，秉公執法，為天下所稱讚，又怎會徇私枉法，庇護血親？微臣以為，此案還需多加審查，切勿冤枉無辜之人。」

「是。」柔妃順著裴文宣的話，看著李明，認真道，「陛下，臣妾為了科舉案耗費多少心血？怎麼會為了保護幾個遠方血親，就如此辜負陛下信任？」

李明不說話，他抬眼看向李蓉。

李蓉跪在地上，她雖然跪著，可整個人挺得筆直，一雙清明的眼看著他，沒有半點跪在地上之人應有的謙卑。

「那麼，兒臣就要讓娘娘看看第三批告狀之人了。」

李蓉說著，將卷軸放在地上，她抬手讓卷軸往旁邊一滾，長長的卷軸鋪開，露出一個個熟悉又陌生的名字。

「第三批告狀之人，便是由柔妃娘娘所查辦科舉案中的受害者，柔妃娘娘說自己為此案耗費心血，秉公辦理，那我想問問柔妃娘娘，您既然秉公執法，」卷軸終於停下，鋪了大殿半邊道寬的長度，李蓉抬眼看向柔妃，「那您為何以參加春闈考試資格作為威脅，勸說著這些學生放棄告狀呢？」

「讓頂替之人逍遙法外，只是把這些學生本該給的春闈名額給他們，」李蓉笑中帶了幾分嘲諷，「這就是娘娘說的，秉、公、執、法？」

柔妃一時說不出話來，她震驚看著卷軸上的名字。

李明死死盯著那卷軸上的名字，捏起拳頭。

李蓉看著大殿上的兩個人，緩緩叩首：「陛下，柔妃貪汙受賄、徇私枉法、蓄意殺人、陷害忠良。還請陛下將柔妃收押徹查，依律問罪！」

第一百五十一章 找死

「懇請陛下將柔妃收押徹查，依律問罪。」

「懇請陛下將柔妃收押徹查，依律問罪。」

「懇請陛下將柔妃收押徹查，依律問罪！」

李蓉聲音一落，立刻有官員跟著跪下，陸續出聲——從柔妃得罪過的世家，到普通寒門學子。

李明看著跪了一地的官員，世家寒族，滿朝文武，竟然只剩下蘇容卿和裴文宣立在原地。

裴文宣看了一眼蘇容卿，蘇容卿漠然看過去，目光在空中對峙片刻之後，就聽李明緩慢響起聲來：「蘇愛卿和裴愛卿，為何不跪？」

聽到這話，蘇閔之和裴禮賢都抬起頭來，看向站著的兩個人。

和長輩短暫的僵持之後，兩人都跪了下來：「微臣附議，懇請陛下將柔妃收押徹查，依律問罪。」

李明聽著這些話，他靜靜看著滿朝文武，許久之後，他輕笑了一聲：「好。」

他目光落在李蓉身上：「好的很。」

「你們都逼朕，」李明抬起手，指向眾人，猛地將整張桌子上的東西一把推到地面上：「都逼著朕！」

「父皇。」李蓉聲音平靜，「不是我們逼您，若柔妃娘娘沒有做這些事，誰都不能將她如何。可柔妃娘娘既然做了，便當知道，天網恢恢、疏而不漏，」李蓉抬眼，看向站在李明身邊的柔妃，「早晚，都有這一天。」

「您是帝王，是陛下，」李蓉抬手按在自己的膝蓋上，站起身來，「您身繫萬民，理應作為表率，不當徇私，不當枉法。兒臣知道您偏愛柔妃娘娘，可科舉是您一生心血，您當真要為了一個女人，毀了這數百位學子忠良應得的公正，毀了大夏朝綱，毀了您史書之上一世清譽嗎？您今日若還偏袒她，我李氏列祖列宗如何看您，朝臣如何看您，天下百姓如何看您，千秋萬載之後，史書青筆，又要如何寫您？」

「陛下，」李蓉沒有叫他「父皇」，她彷彿一個打算死諫的文臣，「兒臣為兒亦為臣，兒臣不能看著父皇，背此千古罵名。請父皇秉公執法，」李蓉單膝跪下，抬手在前，「立刻將柔妃收押獄中嚴查！」

李明沒有說話，他死死捏著拳頭。

福來看了看朝臣，又看了看李明，有些擔憂道：「陛下……」

聽到福來的呼喚，李明看向了這個跟隨自己一起長大的人，他看出福來眼中的憂慮，許久之後，他終於閉上眼睛：「來人。」

「陛下？」柔妃轉過頭去，看著李明，震驚道，「您不信我？」

「來人！」李明沒敢看柔妃，大喝了一聲，「將柔妃帶下去，送入獄中，此案由……」

「陛下，」王厚敏突然開口，「平樂殿下一手創建督查司，勞苦功高，又被柔妃所冤，說殿下謀害學子陳厚照。如今陳厚照未死，平樂殿下沉冤得雪，不說有賞，亦不當罰。還請平樂殿下重歸督查司，徹查柔妃之案！」

王厚敏開了口，全場一片沉默。

李明掃了一眼眾人：「你們，都是這個意思？」

「臣無異議。」眾人齊聲回答。

李明笑起來：「好，朕有一個好女兒。」李明抬手擊掌：「好的很，聰明得很。」

李蓉聽到李明的話，跪在地上，俯身行禮：「兒臣謝過父皇。」

李明聽著李蓉的話，感覺頭開始劇烈疼起來，他硬撐著自己，站起身來：「既然你們都決定好了，還需要朕做什麼？下朝吧。」說著，李明提步走下臺階。

他頭開始疼得有些厲害了，福來趕忙上前，扶住李明。

從高臺上走下，李明和李蓉擦身而過的瞬間，李明停住步子。

他抬眼看著李蓉，李蓉毫不示弱回望著他。

她看出李明額頭上的細汗，也看見這個父親冰涼中帶了幾分哀切的眼神。

她沉默了許久，終於退了一步：「兒臣恭送父皇。」

李明閉上眼，輕笑了一下，搖了搖頭，往外走了出去。

李蓉和李川一起看向李明的背影，他極力支撐著自己，所有人都看得出，他想讓自己走得更得體一點，不失他帝王尊嚴。

可是他做不到了。

他老了。

病痛啃噬著他的身軀和意志，他再如何努力，都已經是一個被時光擊垮的老人。

裴文宣側眸看過去，看見李蓉和李川眼神裡都帶了些許悲憫，和那隱藏在深處的、難言的一絲悲哀混雜。

只是李川畢竟年少，他所有情緒都暴露得更為真切，李蓉目光似如一潭死水，沒有半點波瀾。可正是有李川在旁邊，彷彿是將她所有內心都展現在人前，裴文宣才清晰意識到，此刻的李蓉，身為兒女，她會有的所有失望、可悲、憐憫。

李明的身形消失在朝廷大門前。

李蓉終於回過神，她抬眼看向高臺上的柔妃，冷淡道：「來人，將罪犯蕭柔拿下！」

士兵聽得李蓉的話小跑上前，即將觸碰到柔妃那一瞬，柔妃大喝了一聲：「誰都別碰我！」說完之後，柔妃一甩袖子，提步往前，冷淡出聲：「本宮自己會走。」

知道大勢已去，柔妃也並未做太多反抗，她被士兵圍在周邊，帶著她押了出去。

等柔妃出去後，李蓉同朝臣一一道謝，等最後走到蘇容卿面前時，大殿裡已經沒剩下什麼人。

李蓉看著他，雙手放在身前，笑了笑道：「我以為蘇大人不會幫我。」

蘇容卿沒說話，他行了一禮，便沉默著退開。

「現在回頭還來得及。」

李蓉突然出聲提醒他，蘇容卿背對著李蓉，他駐足片刻，低啞出聲：「謝過殿下好意，容卿心領。」

蘇容卿說完，便提步離開。

裴文宣走到李蓉身後，淡道：「殿下大方得很。」

李蓉轉頭笑了笑：「能不為敵，我還是不想為敵。」

「殺了妳不計較？」

「我對四種人都比較寬容。」李蓉用小扇輕敲著手心，同裴文宣一起走出去，裴文宣看過來，就聽李蓉揚起笑容，「有錢、有權、有才、有貌。」

「那妳對蘇容卿，想必是極其寬容了。」裴文宣神色帶笑，語調裡卻讓李蓉聽出了幾分不快。

李蓉斜眼瞧他，用扇子戳了戳他：「再寬容，也比不上對你寬容啊。」

「哦？」裴文宣轉頭看她，「他在妳心裡都能和我比了？」

「嘖。」李蓉擺擺手，「你這樣就沒意思了。」

裴文宣笑笑，他和李蓉一起走下臺階。

兩個人靠的很近，他們腳下是廣闊的平地，在往前是巍峨的宮門，李蓉一手拿著扇子，裴文宣一手握著笏板，兩人默契的將靠近的手空了出來，衣衫摩娑之間，裴文宣輕輕握住了她的手。

「李蓉，」裴文宣聲音很輕，「我一直都陪著妳。」

李蓉轉頭看著他，裴文宣看出她眼神中的疑惑，他也轉頭看她，輕描淡寫：「我一直愛妳。」

李蓉露出嫌棄神情：「噫，噁心。」

裴文宣沒說話，他看著她眼底裡融化的笑意，笑意盈盈。

李蓉明白這是裴文宣的安慰。

一個人走在黑暗的路上，走得久了，若沒有人拉一把，也就看不到光了。

她慢慢收斂了表情，聲音很輕：「我以為，你會覺得我很高興。」

「怎麼會呢？」

「我在你心裡，」風輕輕拂過李蓉的頭髮，「不一直是個貪慕權勢的女人嗎？如今把柔妃收押，應當高興才是。」

「可妳高興嗎？」

裴文宣徑直問她，李蓉頓了頓，片刻之後，她緩慢道，「人與人的鬥爭，有什麼好高興的呢？」

「以前我或許還會覺得高興，」兩個人一起出了宮門，李蓉抬眸眺望遠方，「可經歷過這麼多事，我卻覺得，殺了柔妃這樣的人並無甚可喜，真正可喜的應當是沒有柔妃這樣的人。」

「我並不比柔妃高貴很多，」李蓉苦笑，「我也不過只是，比她出身好一些罷了。」

「殿下憐憫她，這是殿下您自己的善良，」裴文宣輕輕頷首，「這世上受苦難的，是大多數人。可作惡的，一直是少部分人。若人人將自己出身可悲作為作惡的理由，那這世上，便再無約束人心的道理。殿下，」裴文宣抬眼看她，認真道，「對惡的鄙夷，才是對善的讚美。」

「可我是善嗎？」李蓉覺得有些可笑。

「妳可以成為善。」裴文宣平靜回答：「執劍的善。」

風從遠處吹來，捲起的衣擺呼呼作響。

兩人交握的手心，是這寒冷中唯一溫暖之處。

這時候，柔妃已經到了御書房裡。

李明讓人直接將柔妃帶到御書房，柔妃剛進屋中，就看李明斜臥在榻上，他頭痛症似乎又犯了，疼得臉色發白。

福來跪在一邊給他揉著頭，聽見柔妃進來，李明勉強抬眼，就看這個寵愛了大半生的女人，靜靜跪在他身前。

「妳過來。」李明看著柔妃抬手，朝著柔妃招了招手，虛弱出聲。

柔妃聽話挪步往前，剛停在榻前，李明便揚起手來，猝不及防就一巴掌，狠狠就將柔妃摑到地上：「賤人！」

李明大喝出聲：「扶不上牆的爛泥，出身豬圈的賤種！妳沒見過錢嗎？」

李明頭疼得厲害，一生氣更痛，這種痛苦令他整個人越發煩躁，看著倒在地上的女人，他輕輕喘息著：「朕耗費了多大力氣，將妳放在這個位置上，囑咐了妳多少次，除了我給妳頂下的世家，其他都不要接觸！妳看看妳如今做的好事……」

李明抬手指著柔妃，顫抖出聲：「就為了那麼點錢，就為了那麼點銀子，妳就毀了朕半生心血！蕭柔，」李明咬著牙關，「妳這是自己找死！」

第一百五十二章 不忍

「陛下，」柔妃慌忙爬起來，急急來到李明身前，伸手想去握住李明的手，「我錯了，三郎，是我想岔了，我也是為了誠兒著想，怕得罪太多人，我是被李蓉設套，我……」

「妳還敢說！」李明一把掀開她，坐起身來，「妳不貪，蓉兒她能給妳設套？妳就目光短淺、出身卑賤的賤婢，妳但凡有上官玥半點沉穩，太子位早就是誠兒的了！朕放妳在後宮裡這麼久，扶持妳這麼久，妳抓到上官玥半點錯沒有？」

李明越想越氣，撐著自己起身，從旁抽了東西一股腦砸過去：「朕將督查司交給妳，朕為妳和誠兒費盡心機，妳這混帳東西，妳幹的狗屁倒灶的事！」

摺子和杯子一樣一樣砸到柔妃身上，柔妃跪在地上拚命磕頭，等李明砸完了，李明一個踉蹌往後退了一步。

福來趕忙扶住了他，李明輕輕喘息著，看著跪在地上滿身狼狽的柔妃，李明終於停下來，福來扶著他，輕聲道：「陛下，龍體要緊。」

李明沒有力氣再說話，他發完了火，稍稍冷靜，柔妃趴在地上低低啜泣，李明靜靜端詳著她，好久後，他揮了揮手：「罷了，下去吧。」

「陛下……」柔妃聽到這話，詫異抬頭。

李明站在她面前，靜靜端詳著她，他目光裡有悲憫、有失望，還有那麼幾分難言的痛苦哀傷。

柔妃猛然意識到什麼，她趕忙跪著上前，伸手去拉李明的衣擺，「陛下，我錯了，我以後都聽您的，我會改，您救救我，我還有用，」柔妃說著，眼淚急急落下來，「陛下，我是誠兒的母親……」

「拉下去！」李明大喝出聲，旁邊侍從趕過來去拉扯柔妃，柔妃死死拽著他，侍從將她強行拉扯出去，她奮力掙扎著，半路又撲回來。

她用盡了全身力氣，周身衣衫都被扯亂，髮簪也掉在了地上，她哭花了妝容，滿臉是淚，整個人像是一隻被人用刀叉按在地上的狐犬，奮力掙扎著苦求一絲生機。

李明靜靜看著這個拚了命撲向自己的女子，看著她死死抓著自己衣衫，然後被人強行拖著往外，她發出悲嗚之聲，手指扣在他金絲繡龍紋鞋面上，她平日染了丹蔻色的指甲生生折斷，痛哭出一聲：「殿下……」

這個遙遠的稱呼傳來，讓李明有一瞬間恍惚，彷彿回到多年前冷宮裡，自己還是無人問津的皇子時的時光。

他不由自主出聲：「停下。」

聽得這一聲吩咐，所有人停住動作。

柔妃如蒙大赦，激動抬起頭來：「陛下，我知道您不會不管我的。陛下……」

李明沒有說話，他半蹲下身，靜靜看著面前的女子。

其實她老了。

她不復韶華時光，美麗也早已失去了朝氣，她的眸子早被欲望充盈，和整個宮廷一樣醜陋不堪。

可這樣的醜陋，這樣的面目全非，卻也只讓他覺得可憐。

和他一樣可憐。

他靜靜注視著柔妃，緩慢抬起手來，放在柔妃面容上。

「三郎，」柔妃趕緊抬手，握住李明的手，她眼淚急流而下，滿懷期望，「我只剩下你，只剩下你了啊。」

「可我除了自己，」李明聲音很輕，「什麼都沒有了。」

「阿柔，」李明帶了幾分低啞，「我管不了妳，妳放心，」李明眼裡滿是溫柔，「誠兒會好好的，妳走吧。」

柔妃愣愣看著李明：「管不了我？」

柔妃喃喃出聲，李明面露苦澀：「那麼多人聯手要妳死，妳又有這麼多把柄，妳在朝廷沒有根基，世家不顧妳，寒族不護妳，今日之事傳出去，天下必定對妳口誅筆伐，朕護不住妳。」

「妳回去，等到合適時候，」李明用額頭抵住柔妃額頭，「留一封自白的信，說是太子陷害妳，妳以死證明自己的清白。妳死了，案子就會停下，這樣，誠兒的名聲才不會受損。」

「陛下？」柔妃不可置信看著李明，聲音打著顫。

李明面露哀憫：「妳別怨我，我沒辦法。」

「什麼沒辦法！」柔妃似乎是終於無法忍耐，大喝出聲：「你就是軟弱無能，連個女人都護不住而已！」

「蕭柔！」李明壓低了聲，帶了幾分警告。

福來見兩人吵起來，趕緊讓所有人跟著他出去，大殿裡就剩下柔妃和李明兩個人。

柔妃笑出聲來：「不是嗎？你是皇帝，你要護我，你怎麼會護不住？歸根到底不過是你怕那些人！你知道太后是上官家的人，你知道你妻子是上官家的人，你知道現在宮裡上上下下都是他們的人。他們想廢你就廢你，想讓你爬你就不能站……」

「啪」的一巴掌，柔妃話沒說完，就被搧到了地上。

李明抬手指著她，目眥欲裂：「朕看在誠兒的面子上饒過妳，妳休要再胡說八道。」

「我胡說八道？」柔妃坐在地上笑起來，「我說錯了嗎？我不過是戳中了你的痛處而已。」柔妃捣著臉，轉頭看他，眼裡滿是譏諷：「你還饒過我，你能對我如何？終歸是死，你既然護不住我，我連命都沒了我怕你嗎？」

「妳信不信朕這就廢了妳兒子！」

「那你廢啊！」柔妃驟然提聲，「你當我傻子嗎？你立誠兒真的是為了他、愛著他嗎？你不過是想用他牽制太子，一旦你拔除上官氏，後宮再多一個皇子，誠兒還有立足之地嗎？」

「你以為我不知道你到處臨幸宮裡的女人，還特意找了生兒子的方子想多要幾個兒子？你以為我不知道你心裡始終覺得我出身卑賤，誠兒不堪大任？你以為我不知道，我在你心裡什麼都不是，我就是你用來打壓世家的一個藉口，上官玥也好，你母后也好，整個朝堂上上下下，都覺得你是愛我昏了頭，可你真的愛過我嗎？」

不等李明開口，柔妃便笑著開口：「你沒有。」

「你心裡，我也好，誠兒也好，都只是一種手段，今日你既然要我死，你以為我還會怕你嗎？」

「誠兒是你唯一的選擇，」柔妃笑容裡帶了幾分瘋狂，「如果你想讓李氏擺脫上官家的壓制，李明，誠兒是你唯一的選擇。」

「妳什麼意思？」

李明面上瞬間變冷，柔妃面容上笑容很溫柔：「陛下，您不會再有兒子了。」

聽到這話，李明睜大了雙眼，柔妃靠近他，聲音很輕：「這麼多年，打從誠兒之後，您再也沒有過孩子，」柔妃眼神溫柔，「您沒想過是為什麼嗎？」

「蕭柔，」李明不可置信，「妳做了什麼？」

蕭柔沒有說話，她眼裡的笑意帶了一種蓄謀已久的瘋狂。

這種沉默肯定了李明的猜想，他勃然大怒，猛地站起來，一把掐在蕭柔脖子上，將蕭柔整個人按在地上，他死死掐著她的脖子，暴喝出聲：「朕要殺了妳！朕要殺妳這個賤婦！」

蕭柔被李明掐著脖子，她卻笑出聲來，她的笑聲迴蕩在房間裡，明明瀕死的是她，弱勢的是她，但李明卻有了一種位置顛倒的錯覺。

她欺騙他，她憎恨他，她利用他，這麼多年。

李明看著面前女人的笑聲開始變成艱難的呼救，看著她的臉色變得漲紅，看著她伸手奮力去抓他，在他手下一點點失去生息。

也不知道為什麼，在那一刻，他腦海裡突然就想起年少時在冷宮時第一次見蕭柔。

她跪在地上，怯怯生生抬起頭，輕輕叫他：「殿下。」

他突然就失去了力氣。

也不久是一愣神之間，蕭柔猛地推開他，而後趴在地上，激烈咳嗽起來。

等緩了許久後，蕭柔撐著自己，笑著起身。

她捣著脖子，笑著道：「怎麼，下不了手，還是殺不了我是不是？」

「李明，你知道你這輩子為什麼這麼窩囊嗎？要說狠，你不夠狠。」蕭柔嗓音沙啞，「要說善，你不夠善。作為一個君主你不仁，作為一個兒子你不孝，作為一個父親你無情，作為一個丈夫你無義。」

「你明明就自私透頂，又偏生還帶幾分良知。心比天高、命比紙薄。你好好當個窩囊廢，上官氏也能保你一世無憂。可你偏生又不甘心，折騰半輩子，你折騰出什麼來了？」

「你一輩子可笑又可悲。折騰一輩子，眾叛親離，一無所獲，李明，」蕭柔笑著轉身，滿是譏諷，「你就一個人，孤獨終老吧。」說著，蕭柔往大殿之外走去。

李明靜靜坐在高座上，好久後，他緩緩抬頭，看向遠處的北燕塔。

北燕塔的風鈴在風中叮鈴作響，他看了好久，終於才回過神來。

福來小心翼翼走進來，見屋裡一地狼藉，他彎腰撿起地上的摺子，來到李明面前，小聲道：「陛下，柔妃娘娘已經押送至刑部，您還好吧？」

李明沒說話，他低著頭，福來不由得又喚了一聲：「陛下？」

「將蕭文叫進來，」李明抬頭，疲憊道，「朕有話要同他說。」

蕭文是柔妃的侄兒，福來動作頓了頓，恭敬道：「是。」

福來應聲後，又忍不住多看了李明幾眼：「陛下，您……可是身體不適？要不要宣太醫？」

李明聽到他的話，抬頭注視著他，福來被李明看著，手心不由得有了些汗。

李明看了他許久，突然出聲：「朕第一次見你的時候，你是不是十一歲？」

福來暗中舒了口氣，他恭敬回答：「奴才十歲。」

「你老了。」

李明笑起來，福來也跟著笑了，「畢竟已經快四十年了。」

「福來，」李明轉過頭去，看著遠處的北燕塔，「人要是不會長大，就好了。」

福來沒說話，李明聲音很緩：「當年朕修北燕塔的時候，真挺高興的。」

那時候他剛和上官玥成婚，他還不知道什麼叫世家掣肘，什麼叫平衡朝堂，什麼叫帝王心術。

可四十年，太漫長了。

漫長到足夠一個柔弱少女變成欲壑難填的奸妃，一個明媚閨秀變成冷漠保守的皇后，一個溫和皇子變成軟弱可悲的帝王。

他覺得時光如刀，他一回頭，都認不出誰是誰了。

蕭柔從大殿走出來，就再也撐不住了。

她腳瞬間軟了下來，旁邊侍女一把扶住她，急道：「娘娘。」

侍衛走上前來，恭敬道：「柔妃娘娘，請。」

蕭柔勉力支撐著自己，點了點頭，由著侍女將她扶著上了馬車。

她畢竟還是肅王和華樂的母親，哪怕如今落難，餘威仍在，侍衛也不敢太過為難。

等她到了刑部，沒過多久，就聽外面傳來急急的腳步聲。

蕭柔抬起頭，就看華樂帶著蕭家的族人走了過來。

「母親。」華樂一見蕭柔，頓時紅了眼睛。

蕭柔冷靜下來，倒也平靜了，她看了來的人一眼，見崔玉郎也在，她動作頓了頓，隨後淡道：「都下去吧，我和華樂說說話。」

崔玉郎恭敬下去，蕭柔趕忙伸手拉過華樂的手，急道：「妳沒事吧？這事牽連妳沒？」

華樂紅著眼搖頭：「尚未，只是今日還在朝堂上，我就聽說您出事了，我馬上就去找三舅舅，四處找人，現在才過來看您。」

「誠兒呢？」

蕭柔趕緊追問，華樂也少有的可靠起來，「弟弟還好，現在在府裡。母親，現下怎麼辦？」

「妳聽我說，」蕭柔從袖子裡拿出一個權杖，交給華樂，「咱們這次遭人算計了，現在除了咱們蕭家自己人，妳誰都不能信。那個崔玉郎不能用了，蘇容卿也別信他的話。我怕是保不住了，這個權杖交給妳。」蕭柔將權杖交在華樂手裡：「誠兒就交給妳了。」

「母親！」華樂一把抓住蕭柔的手，慌亂道：「我該怎麼做，您告訴我，我要怎麼做才能救您？」華樂說著，眼淚就流了下來：「我嫁人可以嗎？我找個有權有勢的男人嫁了，我……」

「華樂！」蕭柔低喝出聲，她握住華樂的手，深吸了一口氣：「妳記住，這時候，不要靠任何人。陛下已經不行了，他撐不住多久，妳現下只要做一件事。」

「您說。」

華樂急急出聲，蕭柔抬手將華樂的頭髮挽到耳後：「殺了李川。」

華樂驟然睜眼，蕭柔目光很冷：「連著李蓉殺了最好。李川一死，皇子只剩下誠兒，到時候妳把所有責任推在我身上，妳還是公主，妳父皇會保妳，誠兒登基之後，妳就是長公主。」

華樂握著權杖的手輕輕打顫，蕭柔抬手握住她的手，平穩道：「妳別害怕，華樂，妳是我的女兒，妳不能輸給上官玥的女兒。她能算計咱們，妳就要算計她。」

「母親……」

「只有這樣，」蕭柔壓低聲，「妳我才有活下來的機會。只要我們活下來，我們就贏了。到時候，妳就可以把李川、李蓉踩在腳底下，把他們碎屍萬段。」

「沒有什麼好怕的。」蕭柔盯著華樂，「我們都是一條賤命，妳怕什麼？」

華樂聽著蕭柔的話，慢慢鎮定下來。

她抬眼看向蕭柔，從蕭柔鎮定的眼睛裡，尋找著支撐自己的信念和力量。

她的母親出身寒族，她或許愚蠢、貪婪，但是她卻一直像野草一樣，在這宮裡莽撞地奮力生長。

華樂深吸了一口氣，點了點頭，努力讓自己鎮定下來：「我明白。」

蕭柔靜靜注視著華樂，好久後，她握了握華樂的手：「去吧，娘等妳。」

華樂眼淚落在蕭柔手上，她有些踉蹌站起來，努力讓自己沉穩一些，走了出去。

那天晚上有些冷，李蓉披了衣服在公主府裡，重新審讀近期督查司的資料。

上官雅站在一邊，同李蓉簡單說明著：「上官家之前有問題的官員，早已處理了，這次柔妃抓不到把柄，證據幾乎都是作假，口供都是逼出來的。」

「這麼大膽子的麼？」

李蓉翻看著一頁頁寫好的口供，上官雅輕笑：「柔妃沒有太多朝堂做事的經驗，後宮是看陛下臉色吃飯的地方，朝堂可不是，她還以為督查司和她統領後宮時一樣呢。這些口供都是有破綻的，妳要翻案隨時可以，不過殿下如何打算呢？」

「先拖一拖。」李蓉聲音平緩，「柔妃倒得太容易，王厚敏這些人心裡面難免覺得自己價碼出得太高。王厚文這些人也該死，就先牢裡多待待，等拖個半死，再放出來吧。」

兩人正說著話，就聽外面傳來腳步聲。

李蓉和上官雅一起抬頭，就看裴文宣提步進來，他看了一眼李蓉，走上前去，低頭覆在李蓉耳邊，輕聲道：「陛下召了柔妃的侄兒蕭文進宮，蕭文出去後，就有人出華京了。」

李蓉冷了眼神，抬眼看向裴文宣。

裴文宣明白李蓉的意思，他點了點頭。

「陛下怕是忍不住了。」

——長公主（五）　完

高寶書版集團
gobooks.com.tw

YE 009
長公主（五）

作　　者　墨書白
責任編輯　高如玫
校　　對　林子鈺
封面設計　張新御
內頁排版　賴姵均
企　　劃　鍾惠鈞

發 行 人　朱凱蕾
出　　版　英屬維京群島商高寶國際有限公司台灣分公司
　　　　　Global Group Holdings, Ltd.
地　　址　台北市內湖區洲子街88號3樓
網　　址　gobooks.com.tw
電　　話　(02) 27992788
電　　郵　readers@gobooks.com.tw（讀者服務部）
傳　　真　出版部　(02) 27990909　行銷部 (02) 27993088
郵政劃撥　19394552
戶　　名　英屬維京群島商高寶國際有限公司台灣分公司
發　　行　英屬維京群島商高寶國際有限公司台灣分公司
初版日期　2022年5月

本著作物《長公主》，作者：墨書白
由北京晉江原創網絡科技有限公司授權出版。

晉江文學城
WWW.JJWXC.NET

國家圖書館出版品預行編目(CIP)資料

長公主（五）/墨書白著. -- 初版. -- 臺北市：英屬維京群島商高寶國際有限公司臺灣分公司, 2022.05
冊； 公分. --

ISBN 978-986-506-380-1（第5冊：平裝）
ISBN 978-986-506-381-8（第6冊：平裝）

857.7　　111000191

GOBOOKS
& SITAK
GROUP©